W

Ulrike Schelhove

- Band 5 -

Die Autorin

Ulrike Schelhove, 40 Jahre alt, schreibt für Erwachsene und Kinder. Sie lebt mit ihrer Familie in Kall in der Nordeifel.
Ihr Debüt-Kriminalroman *Der Kindermacher* ist 2013 erschienen und wird über die Grenzen der Eifel hinaus erfolgreich verkauft. Er ist der erste Band ihrer Serie um die sympathischen Kommissare Alex Stettenkamp und Ilka Landwehr.
Alle Eifel-Krimis der Autorin sind als Taschenbücher und E-Books erhältlich.

Für Leser im Grundschulalter schreibt Ulrike Schelhove die bislang dreibändige Kinderkrimi-Reihe *Die Schwertfegerbande.*

Bisher erschienen in Ulrike Schelhoves Eifel-Krimi-Reihe:

- Der Kindermacher (Band 1)
- Trügerische Fährten (Band 2)
- Bande des Schweigens (Band 3)
- Fangnetz (Band 4)
- Höhenflüge (Band 5)

Ulrike Schelhove

Höhenflüge

- Ein Eifel-Krimi -

Der 5. Fall für
Ilka Landwehr & Alex Stettenkamp

KVE-Verlag
Originalausgabe November 2015
Autorin: Ulrike Schelhove
ulrikeschelhove@yahoo.de
Lektorat: Sandra Blum
Korrektorat: Sandra Blum
Umschlaggestaltung: Alexander Kopainski

Für Sandra Blum
- Danke! -

Prolog

Zwölf Minuten nach Mitternacht.
Er stand auf der menschenleeren Aussichtsplattform der 28. Etage und atmete ruhig ein und aus.
Überwachungskameras, das hatte er gecheckt, gab es hier oben auf der Dachterrasse keine.
Die Außentemperatur war in dieser nassgrauen Novembernacht knapp unter null Grad gesunken.
Eine leichte Brise hatte er in dieser Höhe einkalkuliert.
Konzentriert fokussierte er sein Ziel.
Von hier oben wirkten sie fast wie Ameisen.
Die beiden aus der Eifel schlenderten lachend am Kennedy-Ufer entlang zum Hyatt; die blonde Frau hakte sich bei ihrem Begleiter ein.
Über den Minisender in seinem rechten Ohr hörte er, wie sie über die Weihnachtsfeier ausgewählter rheinischer Unternehmer im KölnSKY-Turm hoch über den Dächern der Stadt sprachen, die sie soeben allein über die 27. Etage mit dem gläsernen Aufzug verlassen hatten.
Sein Finger lag auf dem Abzug.
Mit dem Schalldämpfer büßte die automatisch nachladbare Winchester zwar ein wenig von ihrer Präzision ein, doch das Krachen eines Schusses hätte zu viel unnötige Aufmerksamkeit erregt. Trotz der knapp vierhundert Meter Entfernung musste er sein Ziel exakt treffen.
Er wusste, er war Shaakins bester Mann.
Der Königsfalke selbst hatte ihn bis vor Kurzem im Libanon ausgebildet. Nun musste er beweisen, dass er auch schwierigen Aufträgen gewachsen war.

Er bewegte die Augen hin und her, kein Mensch war in Sicht.
Ein letzter aufmerksamer Blick durch das Zielfernrohr, dann zog er den Abzug zwei Mal hintereinander durch. Die Rückstöße trafen sein Schlüsselbein.
Ihre Schädel zerplatzten in Sekundenbruchteilen.
Aus ihren kühlen Köpfen war eine blutige Masse geworden.
Mit ruhiger Hand zerlegte er das Gewehr und verstaute es zusammen mit dem Zielfernrohr unauffällig in seiner grauen Kameratasche. Er musste niesen. Die Patronenhülsen, die bei den Schüssen ausgeworfen worden waren, steckte er sich in die Hosentasche.
Niemand beachtete ihn in seinem anthrazitfarbenen Anzug und dem Allerweltsgesicht, als er die einsame Dachterrasse verließ und sich unter Hunderte gut gekleidete Männer und ein paar wenige Frauen der Deutschen Vermögensberatung mischte, die im 28. Stock ausgelassen ihre Jahresabschlussparty feierten.
Er griff nach einem herumstehenden Glas Bourbon, leerte es genussvoll und steckte es ein.
Langsam schlenderte er zum Aufzug und ließ sich hundert Meter tief ins Erdgeschoss hinuntergleiten.
Der Nachtportier wünschte ihm eine gute Heimfahrt und verabschiedete ihn aufs Höflichste.
Zwei Minuten später verschmolz er am Flussufer mit der schwarzgrauen Nacht, seine Tasche ruhte bereits in den Tiefen des Rheins.
Khalid wartete im Auto bereits auf ihn.

Als sie die Großstadt verließen, war es ihnen selbst beinahe so, als seien sie niemals dort gewesen.
Der Königsfalke würde zufrieden sein.

Samstag - 1. Tag

Ilka Landwehr lehnte sich entspannt im 'Touchdown' gegen die Theke und sog genüsslich an dem langen Strohhalm, der zusammen mit einer Orangenscheibe in ihrem quietschgelben Mai Tai steckte. Sie liebte gut gemixte, fruchtige Cocktails.
Zusammen mit ihrem Chef Alex Stettenkamp und ihren Kollegen Peter Bongardt und Manfred Habig feierte sie an diesem Abend in Kommern am See ihre Beförderung. Nachdem sie fast tellergroße, amerikanische Burger gegessen hatten, waren sie nun zur Bar hinüber gewechselt.
„Kriminalhauptkommissarin Landwehr mit vier silbernen Sternen auf der Schulter und Besoldungsgruppe A12, das ist doch was!“, freute sich Stettenkamp mit ihr.
Sie nickte glücklich und spürte, wie der Alkohol sie längst ein bisschen beschwipst gemacht hatte.
Ilka fühlte sich leicht und sorglos.
Vor ihr lag zudem eine Woche Urlaub mit ihrem Freund Daniel und dessen fünfjähriger Tochter Nele in Barcelona. Na gut, er würde einen Großteil der Zeit für das Sportmagazin, dessen Leitung er sich mit einer Kollegin teilte, arbeiten müssen. Er plante ein umfangreiches Dossier über die Mannschaft des FC Barcelona. Spielerportraits, Interviews, das ganze Gedeck; Daniel freute sich mächtig auf die Chance, die Jungs um Trainer Luis Enrique mehrere Tage lang begleiten zu dürfen.
Morgen Nachmittag würde es losgehen. Zusammen mit Nele, die in dieser Nacht bei ihrem Opa Paul in Oberschömbach schlief, würde sie vom Flughafen

Köln/Bonn in die Hauptstadt Kataloniens fliegen. Daniel weilte bereits seit Freitag mit zwei Fotografen des Magazins vor Ort.
Ilka schloss die Augen und wähnte sich nach monatelanger harter Arbeit ohne einen einzigen Urlaubstag bereits in den verwinkelten Gassen der Altstadt, am mondänen Hafen und - Nele würde darauf bestehen - natürlich am Strand.
Aus den Lautsprechern drang gerade der im Sommer neuaufgelegte Ohrwurm „Supergirl".
Sie liebte den fröhlich-beschwingten Song, schon als Reamonn ihn vor fünfzehn Jahren gesungen hatte. Er erinnerte Ilka zurück an die unbeschwerteste Zeit ihres Lebens.
Sie begann vor den Barhockern mit den Fingern zu schnippen, um kurz darauf ausgelassen zu Stettenkamp hinüber zu tanzen, der sich angesichts seines Bereitschaftsdienstes eine weitere alkoholfreie Fassbrause bestellte.
Zu ihrem Erstaunen entpuppte sich der Westfale als äußerst textsicher und sang grinsend vor ihr stehend in ein imaginäres Mikro:

„You can see in her eyes
That no one is her chain
She's my girl, my supergirl"

Ilka fiel lauthals ein:

„And then she'd say, 'It's okay
I got lost on the way
But I'm a supergirl
And supergirls don't cry'
And then she'd say, 'It's alright
I got home late last night

But I'm a supergirl
And supergirls just fly"
(aus „Supergirl" von Anna Naklab)

Sie lachten und schauten dann gleichzeitig zu Kriminalassistent Peter Bongardt hinüber, der ein Stück weit entfernt begonnen hatte, heftig mit einer rappeldürren Blondine zu flirten. Deren weißes Shirt schien wie zufällig verrutscht und gab den Blick auf das Sonnen-Tattoo auf ihrer rechten Schulter frei. Die Frau mochte gerade mal Anfang zwanzig sein und kicherte unentwegt, während Peter ihr etwas erzählte, was Ilka und Alex angesichts der Lautstärke jedoch nicht verstanden.
„Sag mal, ist Peter nicht mehr mit dieser Susanne zusammen? Du weißt schon, mit der er im Sommer zusammen bei Daniels Geburtstagsparty war", fragte ihr Chef irritiert.
Sie winkte ab.
„Schon lange nicht mehr! Alex, du kriegst aber auch mal wieder gar nichts mit."
Ilka lachte und knuffte ihm leicht in die Seite.
Es war in Ordnung, so mit ihm zu reden.
In den beiden Jahren ihrer Zusammenarbeit im Kriminalkommissariat Euskirchen hatte sich zwischen ihnen ein enges Vertrauensverhältnis entwickelt. Sie ergänzten sich gut, obschon sie selbstverständlich nicht immer einer Meinung waren. Zu ihrem Team gehörte außerdem Peter Bongardt. Der Kriminalassistent gab seiner potenziellen Eroberung gerade einen Desperados aus und prostete ihr zu.
Manfred Habig war der Vierte im Bunde.
Drei Jahre vor seiner Pensionierung hatte Polizeidirektor Groß den kauzigen wie liebenswerten Polizisten zu ihnen in den Innendienst versetzt,

nachdem rechtradikale Demonstranten Manni in Köln auf der Deutzer Brücke durch einen Schuss ins rechte Bein zum Rollstuhlfahrer gemacht hatten.
„Hast ja recht", gab Stettenkamp unumwunden zu.
„Ich hatte auf meiner eigenen Baustelle zu Hause allerdings auch genug zu tun", brummelte er. „Aber deine Freundin Meike hat in ein paar psychologischen Sitzungen aus mir einen echten Frauenversteher gemacht."
Alex grinste schelmisch.
„Na, da muss Meike aber ein mittleres Wunder vollbracht haben", neckte Ilka ihn.
In diesem Moment vibrierte Stettenkamps IPhone in seiner Jeans. Es würde doch wohl hoffentlich nicht ausgerechnet an diesem lustigen Abend die Leitstelle anrufen!
„Bloß irgendeine fremde Handynummer", murmelte er nach einem flüchtigen Blick auf das Display. „Wer ruft mich denn um diese Uhrzeit noch an?"
Neugierig nahm er das Gespräch an.
Stettenkamps eben noch so entspannte Miene versteinerte sich. Ilka fing seinen Blick auf. Irgendetwas Schreckliches musste in dieser düsteren Novembernacht passiert sein!

„Wir fahren sofort nach Köln", sagte er, nachdem er das kurze Telefonat beendet hatte. „Am Kennedy-Ufer wurden zwei Tote entdeckt, ein Mann und eine Frau. Erschossen!"
Ilka sah ihn irritiert an.
„Alex, das ist ein Fall für die Kölner. Doch nicht für uns! Du sagtest doch gerade, der Mord sei in..."
Er schüttelte heftig den Kopf.
„Die beiden Toten kommen aus der Eifel! Die Kollegen Zehnpfennig und Meier haben am Tatort im

Portemonnaie des Mannes dessen Personalausweis gefunden. Stell dir vor: Jochen Mahlstädt ist erschossen worden!"
Der Name war ihr selbstverständlich ein Begriff. Das Gesicht des Bankers tauchte schließlich alle paar Tage im Eifeler Lokalteil der Kölnischen Rundschau und des Kölner Stadt-Anzeigers auf.
Mahlstädt arbeitete seit einigen Jahren als Vorstandsvorsitzender der *Eifelbank Nord/Süd*. Der Achtundvierzigjährige hatte die Fusion der zahlreichen kleinen Banken maßgeblich mit vorangetrieben und galt in der Eifel als unangefochtener Wirtschaftsförderer der Region. Sein Name war untrennbar mit dem Nationalpark Eifel verbunden: Durch die von Mahlstädt ins Leben gerufene Bürgerstiftung, das immense Engagement der *Eifelbank* sowie seine politischen Kontakte bis in den Düsseldorfer Landtag hinein hatte er für den Nationalpark Gelder in Milliardenhöhe locker gemacht. Aus dem ehemaligen belgischen Truppenübungsgelände war inzwischen ein Touristenmagnet geworden, von dem die gesamte Region wirtschaftlich profitierte.
„Und wer ist die Frau?", fragte Ilka in Stettenkamps Gedanken hinein.
Er starrte sie an.
„Das habe ich in der Eile gar nicht gefragt! Auf jeden Fall nicht Jochen Mahlstädts Ehefrau, denn die versuchte ihn auf dem Handy zu erreichen, während er bereits niedergeschossen am Boden lag. Makaber, nicht wahr?"
Er fuhr fort: „Zehnpfennig sagte mir, die unbekannte Dame habe mit Mahlstädt zusammen am Abend in Köln eine Feier besucht. Offenbar auf dem Weg zurück ins Hyatt, in dem die beiden eine

Übernachtung gebucht hatten, sind sie - von wem auch immer - getötet worden."
Ilka trommelte mit den Fingern auf die Theke.
„Das Hotel liegt direkt am Kennedy-Ufer", sagte sie nachdenklich. „Los, lass' uns hinfahren!".
Auf einen Schlag fühlte die Kommissarin sich wieder vollkommen nüchtern; so, als habe sie die fünf Cocktails gar nicht getrunken.

Vier Minuten später saßen Ilka und ein etwas mauliger Peter Bongardt in Stettenkamps dunkelblauem Audi; eine mittlerweile in die Jahre gekommene Familienkutsche.
Alex steuerte den Wagen in Wißkirchen auf die um diese Zeit wenig belebte Autobahn. Der Regen trommelte so stark gegen die Windschutzscheibe, dass die Wischblätter ihm kaum Einhalt gebieten konnten.
Innendienstler Manfred Habig hatte sich ein Taxi nach Hause gerufen, in dem stattdessen viel lieber der Kriminalassistent mit seiner neuen Flamme gesessen hätte.

Ilka, Stettenkamp und Bongardt eilten in der von den Lichtern der Großstadt durchbrochenen Dunkelheit auf den zum größten Teil geräumten und mit rot-weißem Flatterband abgesperrten Tatort zu.
Die beiden Toten lagen mitten auf der Promenade am Kennedy-Ufer unweit des Hyatt-Hotels im rechtsrheinischen Stadtteil Deutz. Außer dem Polizeiaufgebot um die am Boden liegenden Menschen herum war angesichts des ungemütlichen Novembernachtwetters niemand zu sehen. Das Kölner Nachtleben spielte sich hier ohnehin nicht ab.

Im Laufschritt ließ Ilka ihren Blick über die Hohenzollernbrücke wandern. Von diesem Standort aus bot sich eine der bekanntesten Postkartenansichten von Köln, wie sie vor allem Touristen liebten. Vor dem auch in dieser grautrüben Nacht angestrahlten Dom lag das Museum Ludwig im architektonischen Kontrast zum Wahrzeichen der Stadt.
Linker Hand befand sich der Rheingarten mit seiner Altstadtgastronomie. Hier legten im Sommer auch die Ausflugsschiffe der Köln-Düsseldorfer Rheinschifffahrtsgesellschaft ab. Im Rhein spiegelte sich das intensiv blaue Licht des beleuchteten Musical Domes, das durch die Konstruktion der Hohenzollernbrücke schien.

Ilka und ihre Kollegen hatten den Tatort soeben erreicht; die drei Gesichter verrieten pure Anspannung.
Bevor sie einen Blick auf die Toten werfen konnten, fingen die Kölner Ermittler Max Zehnpfennig und Conny Frings die Eifeler ab, um sie auf deren Stand der Erkenntnisse zu bringen.
Mahlstädt und seine Begleiterin, so berichtete Frings, hätten am Abend eine Weihnachtsfeier besucht. Er deutete mit der Hand hinüber zum imposanten KölnSky-Turm hin.
Im Hyatt habe man sie in der Nacht von Samstag auf Sonntag als Übernachtungsgäste auf der Liste gehabt. Vermutlich auf dem Heimweg zum nur ein paar Fußminuten entfernt liegenden Hotel seien die beiden erschossen worden. Die Opfer, so berichtete ihr Kölner Kollege im breitesten Kölsch weiter, hätten bereits am Nachmittag im Hotel eingecheckt und einen kleinen Besprechungsraum für ein Meeting gebucht.

All diese Auskünfte hatte Conny von Sonja Mälzer erhalten, einer sechsundzwanzigjährigen Concierge des Hyatt.
Die Hotelmitarbeiterin war es gewesen, die die beiden Opfer am Kennedy-Ufer entdeckt hatte. Sie kam mit ihrem Auto gerade von einem Botendienst für einen prominenten Gast zurück, den es mitten in der Nacht nach Himalaya-Wasser dürstete. Sonja Mälzer rief von der Hotelrezeption aus gleich die Polizei an und schilderte am Telefon den grausigen Anblick der leblos am Boden liegenden Menschen.
Während seiner Befragung vor Ort wollte Frings von der blassen jungen Frau die Namen der toten Hotelgäste wissen, doch just in diesem Augenblick brach diese zusammen.
Der Notarzt kümmerte sich sofort um Sonja Mälzer und versorgte sie angesichts des erlittenen Schocks im Sanitätsraum des Hotels.
Weitere Zeugen gab es neben Sonja Mälzer offenbar nicht.
Die Concierge hatte noch ausgesagt, niemanden in der Nähe der Opfer auf der Promenade gesehen zu haben, was angesichts des heftigen nächtlichen Regens nicht verwunderlich schien.

„Wissen Sie, was das für eine Feier war, die Mahlstädt und seine Begleiterin im KölnSKY besucht haben?“, wollte Ilka von Conny Frings wissen.
Er schüttelte den Kopf.
Ihr Blick wanderte den hohen Turm hinauf.
Womöglich hatte sich ihr Mörder unter den Gästen befunden und von dort aus geschossen. Andererseits hätte die Tat dort kaum unbemerkt bleiben können.
„Wir müssen unbedingt rüber zu dieser Partylocation und dort die Gäste befragen“, meinte sie emsig.

Conny grinste.
„Dat ha mer doch schon längs anjeordnet, bevor ihr jekumme sid. Sechs Mann vun us kontrolliere da drinne jrad jede Einzelne und nemme de Personalien auf“, antwortete er in seinem kölschen Singsang. „Mir sin ja he e paar mi Lück als ihr in d'r Eefel“, fügte er lächelnd hinzu.
Ilka mochte den untersetzten Mittfünfziger mit dem unübersehbaren Bauchansatz auf Anhieb. Er band seine Eifeler Kollegen aktiv mit ein statt sie, angesichts des Tatorts, der nun einmal zweifelsfrei in Zehnpfennigs und seinem Revier lag, außen vor zu lassen.
Unter seiner offenen Daunenjacke trug Conny ein schwarzes Vereinsshirt mit vier aufgedruckten Bildern der beliebtesten Spieler des FC Köln sowie dem Slogan '*Aufstieg 2014 - Do wo mer hinjehüre*'. Stettenkamp war der Spruch gerade erst aufgefallen, doch ihm war angesichts des Doppelmordes ganz offensichtlich gerade nicht danach, ihn aus westfälischer Sicht zu kommentieren.

Ein Polizeihubschrauber kreiste am nachtschwarzen Himmel.
Die Beamten kontrollierten in Schutzwesten die wenigen Fußgänger, die um diese nächtliche Uhrzeit die Absperrung am Kennedy-Ufer passieren wollten. Angrenzend zum Rhein lagen die beiden Toten seltsam verrenkt auf dem nassen Asphalt.
Ilka kniete sich neben sie.
Der etwas stämmige Jochen Mahlstädt trug einen dunkelblauen Nadelstreifenanzug. Im Kragen des Bankenchefs entdeckte sie etwas ungläubig ein eingenähtes Etikett, das den Namen der Kaufhof-Eigenmarke trug. Sie zwang sich, in sein Gesicht zu

blicken, das es eigentlich gar nicht mehr gab. Ilka war dem Achtundvierzigjährigen manchmal zufällig auf einer Veranstaltung begegnet; noch häufiger hatte sie sein Bild im Lokalteil des Kölner Stadt-Anzeigers gesehen. Mahlstädt, fand sie, hatte eindeutig charismatisch gewirkt: Seine hohe Stirn, die hohen Wangenknochen, das dunkle, krause Haar; aber vor allem seine joviale Ausstrahlung.
Ilka überlegte, warum der Mann auf sie sympathisch gewirkt hatte.
Weil er überhaupt nicht wie ein typischer Banker aussah!, schoss es ihr durch den Kopf und sprach es aus.
Stettenkamp hob die Augenbrauen.
„Wie sieht denn deiner Meinung nach ein typischer Banker aus?"
Sie rollte mit den Augen.
„Ach, du weißt schon, wie ich das meine. Jochen Mahlstädt sieht in seinem Anzug für mich ein bisschen wie ein verkleideter Förster aus. Guck' dir allein mal seine Hände an! Nee, den hätte ich mir immer eher als Ranger im Nationalpark vorstellen können als in der Vorstandsetage seiner Bank."
Ihr Chef lächelte.
„Vielleicht kam er auch deswegen bei den Eifelern so gut an."

Der schlanke Körper der großgewachsenen Frau steckte in einem silbergrauen, paillettenbestickten Abendkleid. Darüber trug sie ein dünnes Jäckchen. Neben ihr lag eine kleine, schmale Handtasche. Ilka zog den Reißverschluss auf und blickte neugierig hinein. Auf dessen Boden befanden sich ein Smartphone, ein Papiertaschentuch, ein Lippenstift sowie

ein rosa-weißes Päckchen Tabletten; die Aufschrift des Medikamentes sagte ihr jedoch nichts.
Keines der beiden Opfer hatte angesichts der winterlichen Temperaturen eine Jacke oder einen Mantel getragen. Die beiden haben es schließlich von ihrer Partylocation bis zum Hyatt nicht weit gehabt haben, überlegte sie weiter.
Auf eine besondere Art waren sie ein schönes Paar, ging es Ilka durch den Kopf - und fand diesen Gedanken sogleich fehl am Platz.
Waren der Vorstand der *Eifelbank* und seine Begleiterin nur geschäftlich miteinander verbunden gewesen oder steckte mehr hinter ihrer Verbindung, vielleicht eine Affäre?
Das galt es noch herauszufinden.
Sie ließ den Tatort in Ruhe auf sich wirken und prägte sich jedes noch so kleine Detail ein, obgleich ein Spurensicherer in seinem weißen Ganzkörperanzug Unmengen Fotos schoss. Aus seinen Bildern konnte sie hinterher einfach nichts mehr lesen, nichts kombinieren.
Nein, ein Tatort musste sich dazu regelrecht in ihr Gehirn einbrennen.
Ein Kriminaltechniker untersuchte gerade ein braunes Herrenportemonnaie. Doch außer Mahlstädts Ausweis, hundertzwanzig Euro in Scheinen, etwas Kleingeld, die üblichen Plastikkarten und einem Urlaubsfoto - es zeigte eine Frau mit drei kleinen Jungen vor einem Gipfelkreuz - , steckte nichts darin.
Auch Jochen Mahlstädts Jacketttaschen waren, bis auf einen schwarzen, recht schweren Kugelschreiber mit einer goldfarbenen Gravur *Club Rheinischer Unternehmer*, leer.
Sein Kollege umriss die leblosen Silhouetten soeben mit weißer Kreide und entfernte sich.

Ilka starrte erneut in die Gesichter der Toten - doch von ihnen war im Grunde nichts mehr übriggeblieben. Die beiden Projektile hatten ihre Köpfe getroffen und aus ihnen eine verspritzte blutig-grausige Masse gemacht.
Sie blickte sich um.
Von wo aus hatte der Täter geschossen?
Die Flugbahn der Kugeln - hoffentlich würden die Kriminaltechniker die Dinger noch finden - würde hoffentlich Aufschluss darüber geben, wo genau der Mörder gestanden hatte.
Stettenkamp bewegte gerade etwas ganz anderes.
„Konnten Sie die Identität der Frau inzwischen klären?“, wandte er sich an Max Zehnpfennig, der soeben mit einem Mann aus dem Hyatt auf sie zugeeilt kam.
„Das ist Adrian von der Heiden, der Hoteldirektor“, stellte Zehnpfennig hastig vor. Der Manager reichte den Euskirchener Kommissaren die Hand.
„Ich bedaure zutiefst, was unseren Gästen zugestoßen ist“, begann er etwas betulich. „Herr Mahlstädt und Frau Lautwein waren mir persönlich bekannt; sie tagten in diesem Jahr zwei, drei Mal in unserem Haus. Ich traf die beiden abends einmal in unserer 'Schäl Sick Bar'“. Von der Heiden deutete in eine unbestimmte Richtung. „Dort haben wir zusammen einen Bourbon getrunken und hatten gleich so eine Verbindung zueinander...“
„Was meinen Sie damit konkret?“, hakte Ilka nach.
„Tja, wie soll ich das formulieren? Ich habe Frau Lautwein und Herrn Mahlstädt an jenem Abend als Visionäre kennengelernt, verstehen Sie? Als Unternehmer, deren Denken mich begeistert hat... aber das ist ja nun auch nicht mehr wichtig.“

Der Hotelchef räusperte sich.
„Wenn ich Ihnen behilflich sein kann, diese menschenverachtende Tat aufzuklären, so stehen mein Personal und selbstverständlich auch ich Ihnen jederzeit zur Verfügung."
Ilka nickte gedankenverloren.
„Wie heißt Frau Lautwein eigentlich mit Vornamen?"
Eigentlich wollte sie sich nur letzte Gewissheit verschaffen. So, wie er sie beschrieben hatte, konnte es sich eigentlich nur um...
„Daphne heißt sie", antwortete er leise. „Daphne Lautwein."
Sie hatte also richtig gelegen mit ihrer Vermutung!
Ilka kannte die Frau nicht persönlich, doch ihr Konterfei erschien ebenfalls regelmäßig in den Lokalteilen der Kölnischen Rundschau und des Kölner Stadt-Anzeigers; vor Kurzem hatte sie auf dem Heimweg nach Kall ein Interview mit ihr auf Radio Euskirchen verfolgt.
Daphne Lautwein arbeitete als Geschäftsführerin einer der größten und, soweit Ilka wusste, auch erfolgreichsten Partnervermittlungsagenturen - deutschlandweit, verstand sich.
Die siebenunddreißigjährige Bonnerin hatte vor sechs Jahren den Mut besessen, ihr Unternehmen statt in der Großstadt sozusagen auf der grünen Wiese im Kaller Industriegebiet unweit des Möbelimperiums Brucker anzusiedeln. Ilka erinnerte sich, dass Daphne Lautwein im Radiointerview von zweihundertachtzig Mitarbeitern gesprochen hatte, die sie inzwischen beschäftigte.
Woher mochte die junge Frau Jochen Mahlstädt kennen? Und weshalb traf sie sich mit ihm zu Besprechungen außerhalb der Eifel in Köln? Vielleicht,

weil sie im Gegensatz zur Provinz dort unerkannt blieben?
Sie bat den Hotelmanager, ihnen den gebuchten Besprechungsraum zu zeigen.
Adrian von der Heiden führte sie bereitwillig in sein Hotel. Offenbar hatten inzwischen etliche Gäste von der Tat erfahren.
Eine Menschentraube bildete sich rings um die Rezeption, wo mehrere Mitarbeiterinnen beruhigend auf sie einsprachen. Zwei Portiers hielten ein paar Wenige von dem Versuch ab, hinüber zum Tatort zu gelangen.
In dem kleinen, funktional eingerichteten Büro wies - sie hatten es fast nicht anders erwartet - nichts mehr auf das Meeting zwischen Jochen Mahlstädt und Daphne Lautwein hin.
„Wo befindet sich denn das Zimmer der beiden?“, fragte Ilka.
Adrian von der Heidens Gesicht zeigte für den Bruchteil einer Sekunde leichte Verwirrung.
Dann lächelte er.
„Sie meinen sicherlich die beiden Einzelzimmer, die die Herrschaften gebucht hatten“, sagte er leichthin. „Ich habe mich selbst vergewissert, Herr Mahlstädt und Frau Lautwein hatten die Nummern 23 und 28 reserviert. Ich führe sie hin.“
Der Hotelchef wies auf einen gläsernen Aufzug.
Warum bin ich eigentlich davon ausgegangen, dass sie ein Doppelzimmer genommen haben?“, ärgerte Ilka sich.
Was ist los mit mir?
Ich sehe zwei äußerlich attraktive Menschen vor mir, die zusammen eine Party besucht haben und danach in Köln übernachten wollten - und schließe gleich daraus, dass sie etwas miteinander hatten...

„Haben die beiden in der Vergangenheit schon einmal hier genächtigt?“, fragte Stettenkamp.
An seinem gestelzten Tonfall erkannte Ilka, dass er den gleichen Verdacht hegte wie sie selbst Minuten zuvor.
„Nein, zuvor noch nie...“
Im luxuriösen Zimmer Nr. 23 mit einer riesigen Glasfront - ihr Blick fiel gleich auf die Kölner Altstadt und den Dom - standen lediglich zwei Gepäckstücke: Eine Sporttasche mit dem Emblem der *Eifelbank* sowie ein kleiner schwarzer Trolley. In Zimmer Nr. 28 war überhaupt nichts abgelegt worden.
Die Betten schienen in beiden Räumen vollkommen unberührt, nichts Persönliches lag in den Zimmern oder dem angrenzenden Bad herum.
Von der Heiden führte die Kommissare zurück in die großzügige Empfangshalle.
Sie verabschiedeten sich einstweilen, kündigten ihm jedoch an, dass die Spurensicherer die beiden reservierten Zimmer später noch auf eventuelle mit dem bloßem Auge nicht zu erkennende Indizien hin untersuchen würden.

Zurück am Tatort murmelte Stettenkamp: „Daphne Lautwein... wisst ihr, was mir da gerade einfällt?“, wandte er sich an Ilka, Bongardt und die beiden Kölner Kollegen.
„In der Zeitung stand vor vier, fünf Wochen eine Todesanzeige, in der unser Opfer für tot erklärt wurde!“
„Du hast recht“, fiel Ilka ein.
„Watt?“, rief Conny Frings.
„Ja! Irgend ein krankes Hirn hat die Annonce im Namen der Angehörigen online aufgegeben und eine

E-Mail-Adresse von Frau Lautweins Vater angegeben“, berichtete er weiter. „Ich erinnere mich noch, der Typ hat in der Anzeige wortwörtlich geschrieben: 'Die *Liebesgöttin* Daphne wird ihren achtunddreißgjährigen Geburtstag an einem anderen Ort feiern.' *Liebesgöttin* war wohl seine Anspielung auf ihren Job als Partnervermittlerin.“
„Ist der Typ gefasst worden?“, fragte Zehnpfennig.
„Das ist er“, bestätigte Ilka. „Daphne Lautwein hat bei der Euskirchener Polizei Anzeige erstattet, das weiß ich von den Kollegen. Sie haben den Mann nach kurzer Zeit ausfindig machen können. Und nun haltet euch fest: Es handelt sich nicht um einen Schüler oder so, der sich einen makaberen Scherz erlaubt hat, sondern um einen Typen Anfang dreißig, ein begnadeter Computerfreak, aber wohl menschlich total neben der Spur. Wenn ihr mich fragt, der Kerl wollte entdeckt werden!“
„Wieso das?“, hakte Zehnpfennig nach.
„Dat is doch klar!“, meinte Conny. „Wenn der watt von PCs versteht, hätt der sich doch locker so jeschickt anstellen können, datt man ihm net dahinter jekommen wär.“
„Genau“, sagte Stettenkamp. „Er hat die Anzeige von seinem Laptop aus in Blankenheim aufgegeben und da war es ein Leichtes, ihn über seine IP-Adresse ausfindig zu machen. Sogar die Mail an die Kölnische Rundschau hatte er noch in seinem Postfach!“
„Weshalb hat er das gemacht?“, wollte Zehnpfennig wissen. „Kannte er Daphne Lautwein und wollte sie fertigmachen?“
Stettenkamp zuckte die Schultern.
„Im Detail haben wir das dann nicht mehr verfolgt. Ich erinnere mich, Staatsanwalt Dr. Rettich hat damals gemeint, der Mann werde wohl mit einer

Geldbuße von vielleicht dreihundert Euro davonkommen. Das muss man sich mal vorstellen!“
Ilka nickte grimmig.
„Ich kümmere mich um seine Personalien und dann werden wir ja sehen, ob der Typ ein Alibi hat. Vielleicht hat er Daphne Lautwein aus welchen Gründen auch immer so abgrundtief gehasst, dass er nun statt einer falschen Todesanzeige eine echte aufgeben wollte...“
Stettenkamp stimmte ihr zu.
„Der Ansatz ist gut, doch wir müssen morgen Früh natürlich erst mal klären, wer nun ermittelt. Ihr Kölner, wir Eifeler oder vielleicht eine gemeinsame SoKo?“
Conny grinste.
„Mir werden sehen. Also ich würd jern mit euch zusammen arbeiten.“
Max Zehnpfennig hingegen blickte etwas angestrengt zum Tatort, wo die Spurensicherer gerade zusammenpackten und zum Hotel hinübergingen, um in den gebuchten Zimmern ihre Arbeit fortzusetzen.
Einer von ihnen, Claus Merheim, kam jedoch mit hochgestrecktem Daumen auf sie zu.
„Wir haben zwei Projektile entdeckt!“, rief er triumphierend und hielt einen kleinen, transparenten Beutel in die Höhe. „Sie steckten in zwei nebeneinander stehenden Bäumen unweit des Tatorts. Wir werden die Dinger gleich im Labor untersuchen - sie stammen übrigens aus einer Winchester - und soviel kann ich schon sagen...“
Er machte eine kurze, bedeutungsschwangere Pause.
„Das sind doch zwei Hohlspitzgeschosse“, unterbrach ihn Stettenkamp und starrte auf die deformierten Gewehrkugeln.
Merheim seufzte.

„Richtig. Jetzt ist mir auch klar, warum von den Gesichtern der Toten nichts als eine breiige Masse übrig geblieben ist. Ein Hohlmantelgeschoss ist so konstruiert, dass es sich nach dem Aufprall ausdehnt und weiches Gewebe augenblicklich zerreißt. Wenn es in den Körper - oder in unserem Fall in den Kopf - eindringt, fächert sich der Kupfermantel zu einem sechszackigen Stern auf."
Er betrachtete das Tütchen in seiner Rechten. „Jede einzelne Spitze ist so scharf wie eine Kralle. Allerdings", fuhr er fort, „wurden Hohlmantelgeschosse bereits 1993 vom Markt genommen, denn der Hersteller Winchester erhielt eine so schlechte Presse, dass er beschloss, die Produktion einzustellen. Ein paar von den Dingern sind, wie ihr seht, allerdings noch im Umlauf."
Ilka dachte an das kleine Einschussloch, das sich sowohl bei Jochen Mahlstädt als auch bei Daphne Lautwein jeweils auf Schädelhöhe befunden hatte. Nach allem, was sie soeben von Claus Merheim erfahren hatten, musste das Hohlmantelgeschoss den Kopf seines Opfers von innen heraus regelrecht gesprengt gaben.
Sie blickte auf die beiden Toten und unterdrückte den aufsteigenden Würgereiz. Das ungewöhnlich brutale Vorgehen des Doppelmörders schlug ihr auf den Magen.
„Zumindest sollten wir aus einer derartigen Munition Rückschlüsse auf den Täter ziehen können", sagte sie mit belegter Stimme. „Mein Gefühl sagt mir: Das ist kein Amateur, der hier in der Gegend herumgeballert, sondern ein Profi, der sich irgendwo auf die Lauer gelegt hat."
„Das denke ich auch", meinte Stettenkamp. „Mit ziemlicher Sicherheit hat er einen Schalldämpfer

benutzt. Auch wenn hier um diese Zeit so gut wie nichts los war - das Risiko, in der Stadt in der Nähe eines beliebten Hotels Aufsehen zu erregen, wäre viel zu groß gewesen."
Wer hatte Jochen Mahlstädt und Daphne Lautwein derart eiskalt ermordet?
Und weshalb?
„Ich frage mich", überlegte Ilka, „ob der Anschlag tatsächlich ganz bewusst Mahlstädt und Lautwein gelten sollte oder ob es der Täter im Grunde auf einen der beiden abgesehen hat und der andere, sagen wir mal salopp, mit dran glauben musste."
Bongardt schaltete sich ein.
„Na beiden natürlich, das ist doch klar! Der Mörder muss seine Tat schließlich sehr gut geplant haben. Er hat ganz sicher gewusst, dass Jochen Mahlstädt und Daphne Lautwein gestern zusammen hier in Köln gefeiert haben und im Hyatt übernachten wollten." Er fuhr sich über seinen Dreitagebart. „Und dann hat er sich im Laufe des Abends auf die Lauer gelegt und gewartet, bis sie das KölnSKY verlassen würden."
Conny Frings stimmte dem Kriminalassistenten zu und sprach mehr mit sich selbst, als er vor sich hin murmelte: „Ich jlöv, der hät absichtlich drop jewaat, dat die zwei ür Eefel verlosse. En beister Jeläjenhet wie hück ovend kunnt her ejentlich net han! Anonym in der Jroßstadt..."
Stettenkamp sah den Kölner irritiert an.
„Ich versteh' kein Wort..."
Max Zehnpfennig grinste zu seinem Kollegen hinüber.
„Ich auch nicht. Conny, rede hochdeutsch mit uns Imis! Also, für mich bleibt die Sache nebulös. Natürlich hat der Typ sich auf die Lauer gelegt. Aber mit welchem konkreten Ziel? Wirklich, um bewusst

Mahlstädt und Lautwein zu erschießen? Vielleicht haben wir es stattdessen auch mit einem Psychopathen zu tun, dem in der Nacht alle Sicherungen durchgebrannt sind. Der sich seine Knarre geschnappt und in seinem Versteck auf irgendein Zufallsopfer gewartet hat..."
Ilka schüttelte heftig den Kopf.
„Dagegen spricht die Waffe! Claus Merheim hat uns doch eben erzählt, dass es diese Hohlmantelgeschosse von Winchester eigentlich gar nicht mehr auf dem Markt gibt. Die hat doch nicht irgendein Psychopath mal eben so in der Nachttischschublade."
Sie machte eine kleine Pause und sah in die Runde.
„Ich finde, das Ganze spricht eher für einen Auftragskiller..."
Stille.
„Ein Auftragskiller! Ilka, ich glaub', dein letzter Cocktail war schlecht", unkte Peter Bongardt.
„Du weißt selbst", hakte Stettenkamp ein, „in rund siebzig Prozent aller Mordfälle in Deutschland gibt es irgendeine Verbindung zwischen Täter und Opfer..."
Natürlich wusste sie das und auch, dass der Täter häufig sogar aus dem näheren Bekanntenkreis seines Opfers stammte. Meist spielten heftige Emotionen wie Eifersucht oder Wut eine Rolle. Reine ziellose Mordlust, die ein willkürliches Opfer fand, war sehr selten. Hinzu kam: Solche Fälle waren extrem schwer zu lösen, ohne einen Zeugen oder einen hinterlassenen genetischen Fingerabdruck nahezu unmöglich.
Bevor sie weitersprechen konnten, kam der Notarzt mit zusammengepackter Tasche auf sie zu. Er drückte Zehnpfennig die Totenscheine in die Hand und stellte seinen Mantelkragen hoch. Der Wind pfiff nun ordentlich am Rhein entlang und holte die letzten

Blätter von den Bäumen. Gleichzeitig mit Claus Merheim verabschiedete er sich flüchtig und verschwand mit ihm durch die Dämmerung des anbrechenden Morgens zu seinem Wagen.

Ilka, Stettenkamp und Bongardt standen schweigend mit den Kölner Ermittlern um die Kreidesilhouetten der Opfer herum. Deren Leichname waren inzwischen abgeholt und in das rechtsmedizinische Institut zur Obduktion gebracht worden.
„Wir müssen die Angehörigen verständigen", sagte Stettenkamp nach einer Weile und sah auf seine neue schwarze Polar.
Schon kurz vor fünf!
„Peter, check mal, wo Jochen Mahlstädt und Daphne Lautwein wohnen. Ich weiß zufällig, dass der Banker mit seiner Familie in Gemünd lebt. Du musst also nur noch die Straße herausfinden. Ilka, hast du eine Ahnung, wo die Frau wohnte?"
Sie hob die Schultern.
„Nein, leider nicht. Ich weiß auch nicht, ob sie allein lebte. Über ihr eigenes Privatleben habe ich noch nie etwas gehört oder gelesen."
Stettenkamp wandte sich an Zehnpfennig.
„Ich schlage vor, unser Assi bleibt hier und wir vier gehen rüber zu der Feierlocation. Vielleicht haben Ihre Kollegen bei der Befragung der Gäste schon irgendetwas Aufschlussreiches entdeckt."
Sie machten sich auf den kurzen Fußweg hinüber zum KölnSKY, wo die beiden Opfer nach Aussage der Concierge Sonja Mälzer den Abend verbracht hatten. Der über hundert Meter hohe gläserne Turm ragte über die Kölner Skyline und prägte vor allem den rechtsrheinischen Teil der Stadt durch seine imposante wie moderne Architektur.

Ilka erinnerte sich zurück an den Abend im Juli, an dem sie mit Daniel anlässlich der Kölner Lichter selbst einmal oben auf der Dachterrasse der achtundzwanzigsten Etage gesessen hatte. Nach einem romantischen Essen mit Blick über die Stadt, die vor allem ihr Freund so liebte, hatten sie bei Wein und Bier das unglaublich aufwändig inszenierte Feuerwerkspektakel über dem Rhein bewundert.
Die sechs Ermittler, denen Zehnpfennig unmittelbar, nachdem seine Truppe und er am Tatort angekommen waren, die Aufgabe zugeteilt hatte, Personal und Gäste zu befragen, kamen ihnen unten im Foyer gerade entgegen.
„Und?“, fragte Max Zehnpfennig gespannt.
Sie ließen sich in den schwarzen Clubsesseln nieder.
„Es stimmt: Jochen Mahlstädt und Daphne Lautwein haben hier tatsächlich an einer Weihnachtsfeier teilgenommen“, bestätigte einer seiner Männer. „Es handelte sich um eine Feier des *Clubs Rheinischer Unternehmer*. Die Party fand in der siebenundzwanzigsten Etage mit rund vierzig Leuten statt, also eine überschaubare Gesellschaft.“
Der Kölner lächelte.
„Sorry, ich hab mich noch gar nicht vorgestellt, Franz Schmitz heiß ich. Na ja. Jedenfalls haben wir die Gäste vor einer halben Stunde alle gehen lassen. Etliche haben uns bestätigt, dass Jochen Mahlstädt und Daphne Lautwein die Feier um kurz nach Mitternacht verlassen haben. Auch der Portier konnte sich an die beiden erinnern.“
Er seufzte.
„Die späteren Opfer hätten während des Abends einen fröhlichen, unbeschwerten Eindruck gemacht. Ansonsten hat scheinbar niemand etwas Ungewöhnliches beobachtet.“

„Was ist das für eine Gesellschaft, dieser *Club Rheinischer Unternehmer*?“, fragte Stettenkamp.
„Mir sagte der Name zunächst auch nichts“, erklärte Schmitz. „Es ist wohl so, dass man da nicht einfach Mitglied werden kann, sondern der Vorsitzende des Clubs geht gezielt auf besonders erfolgreiche Manager der Stadt und des Umlands zu, die er quasi für würdig hält, beizutreten.“ Er lächelte. „Unsere Opfer gehörten beide seit knapp zwei Jahren dazu; übrigens sind sie die einzigen Mitglieder aus der Eifel.“
Stettenkamp stand auf und sah aus dem Panoramafenster.
„Hielten sich außer dieser Clubgesellschaft noch weitere Menschen hier auf?“
Schmitz nickte.
„Ja, im achtundzwanzigsten Stock feiert die Deutsche Vermögensberatung ihre Jahresabschlussparty. Von denen sind immer noch gut dreißig Mann dort oben, richtige Partylöwen sind das wohl.“
Ilka sah hinüber zu einem jungen, gut gekleideten Mann mit adretter Scheitelfrisur, der den deutlich älteren Nachtportier gerade von der Nachtschicht ablöste.
„Hier kann aber nicht jeder herein- oder herausspazieren wie er lustig ist, oder?“
Franz Schmitz schüttelte den Kopf.
„Nein, ich habe nachgefragt, wie die Gästekontrollen hier ablaufen. Man muss sich ausweisen können und natürlich auf einer Gästeliste stehen, wenn man vom Portier mit dem Aufzug entweder in die siebenundzwanzigste oder in die achtundzwanzigste Etage gelangen will. Das sind die beiden Ebenen, auf denen im KölnSKY Veranstaltungen stattfinden. Hinunter

kommt man allerdings allein, also ohne die Begleitung eines Portiers“, erklärte der Beamte.
Ilka, Stettenkamp und Bongardt unterhielten sich noch ein paar Minuten mit ihren Kollegen, beschlossen dann aber, dass sie vor Ort zunächst nichts weiter ausrichten konnten.
„Uns bleibt nichts anderes übrig, als auf die Auswertung der Kriminaltechniker und natürlich den Autopsiebericht zu warten“, meinte Stettenkamp.
Alex klingt wenig zuversichtlich, fand Ilka, und konnte gut nachvollziehen, weshalb: Sie hatten bislang keinen Zeugen ausfindig machen können, der etwas beobachtet hatte. Und sie wussten nicht einmal sicher, ob der Mörder ausschließlich auf der Lauer gelegen hatte, um gezielt die beiden Eifeler Unternehmer zu töten oder ob sie nicht doch zu Zufallsopfern eines Irren geworden waren.

Auf der Rückfahrt nach Euskirchen - sie waren gerade auf die A 1 aufgefahren - sprach niemand ein Wort.
Ilka empfand die Stille im Auto wohltuend. Im Moment war alles gesagt und jeder verarbeitete nach einer langen und unerwartet arbeitsreichen Nacht die schrecklichen Bilder des Tatorts, wie sie auch für erfahrene und recht hartgesottene Kriminalkommissare nicht alltäglich wurden.
Kurz vor Wißkirchen klingelte Stettenkamps Handy, das er in die Freisprechvorrichtung gesteckt hatte.
Ilka erkannte vom Beifahrersitz aus die Telefonnummer des Bonner Polizeidirektors Armin Groß.
Er hatte sich über Zehnpfennigs Chef bereits auf den aktuellen Stand bringen lassen.
„Die Kölner werden ein Ermittlungsersuch an uns stellen“, dröhnte sein voller Bass durch den kleinen

Lautsprecher. „Dem werden wir selbstverständlich entsprechen. Der Mord ist zwar in Köln geschehen, aber es sind ja zwei Menschen aus unserem Zuständigkeitsgebiet ums Leben gekommen“, erklärte er wichtig. „Wir reden schließlich über Persönlichkeiten des wirtschaftlichen Lebens, deren berufliches und auch privates Umfeld bei ihnen in der Eifelprovinz angesiedelt ist. Also zumindest der Mahlstädt war verheiratet und hatte Kinder, soweit ich weiß“, redete er unentwegt weiter.
„Deshalb sollten Sie den Fall auch übernehmen. So einen Doppelmord kriegen Sie doch gelöst, Stettenkamp, was?“
Ein überflüssiges Lachen drang durchs Telefon.
„Ich hab den Kölnern schon gesagt, wir brauchen keine Sonderkommission, alles Quatsch. Sie, die Landwehr und Bongardt im Außeneinsatz, so hab' ich mir das gedacht. Und dann haben Sie mir ja Herrn Habig zusätzlich im Innendienst als Verstärkung zu verdanken...“
Stettenkamp und Ilka sahen sich kurz an und rollten gleichzeitig die Augen gen Himmel.
Armin Groß hatte eine Art, sie innerhalb weniger Minuten auf die Palme zu bringen - es war jedes Mal schier unfassbar.
„Herr Groß, selbstverständlich übernehmen wir den Fall“, antwortete der Kommissar ruhig. „Allerdings ist Frau Landwehr ab Montag eine Woche lang im Urlaub...“
„Papperlapapp! Urlaube sind dazu da, um sie zu verschieben, sage ich immer. Im Ernst, Leute, es ist ja wohl klar, dass hier keiner Ferien machen kann, wo gerade zwei bedeutende Personen des öffentlichen Lebens erschossen worden sind!“

Ilka fasste sich an den Kopf. Wenn man Groß zuhörte, hätte man meinen können, bekannte Politiker oder berühmte Schauspieler seien umgebracht worden. Dabei spielte es doch überhaupt keine Rolle, um wen es sich bei einem Mordopfer handelte!
Doch für den Polizeidirektor insgeheim sehr wohl, das wusste sie genau. Sicherte ihm doch ein Fall wie dieser die Aufmerksamkeit der hiesigen Presse, der Wirtschaft und sicherlich auch der Lokalpolitik.
Sie fühlte sich hinsichtlich ihrer bevorstehenden Urlaubswoche hin- und hergerissen. Wäre ich Single, wie früher, würde ich überhaupt nicht überlegen, dachte sie. Aber Daniel und auch Nele haben sich so auf diese sieben Tage gefreut. Die Kleine hatte schon vor Tagen ihren Kindertrolley gepackt und sprach seither von nichts anderem mehr als von Meer, Sand und Eis, auch wenn sie immer wieder versucht hatte, ihr zu erklären, dass es in Spanien im November nicht sommerlich warm sein würde. Dieses Argument hatte Nele aber gleich mit einem „Egal!" in den Wind geschlagen. Sie freute sich. Schlicht und ergreifend. Und nun das!
Nele ist in den letzten zwei Jahren so oft von ihrer beruflich ständig abwesenden Mutter, die ihr während der seltenen Telefonate stets das Blaue vom Himmel versprach und dann doch nicht hielt, enttäuscht worden, dachte Ilka. Natürlich, Martina litt selbst unter ihrer Unfähigkeit, sich zu binden, sei es an einen Partner oder an ihr eigenes Kind.
Nun hatte die Fünfjährige endlich Vertrauen zu ihr gefasst. Sollte sie das nun auf's Spiel setzen? Und außerdem: Ihr siebzigjähriger Vater würde sich entgegen jeder Absprache die gesamte Woche - und zwar Tag und Nacht - um Nele kümmern müssen.

Daniels Eltern befanden sich nämlich zu allem Überfluss gerade selbst im Urlaub.
Überhaupt...
Was würde Daniel wohl sagen, wenn sie ihn anrufen und ihre Reise nach Barcelona, auf die sie sich lange gefreut hatten, absagen würde? Am Ende, dass stets ihre Arbeit Vorrang habe, nie aber die Familie?
Andererseits...
In ihre Überlegungen hinein klingelte Stettenkamps Handy erneut. Sie hatte gar nicht mitbekommen, dass Armin Groß sich schon wieder verabschiedet hatte. Am anderen Ende der Leitung sprach nun Max Zehnpfennig.
„Kollegen, von unseren Kriminaltechnikern gibt es schon ein erstes Ergebnis“, verkündete er atemlos. „Dieser schwarze Kugelschreiber, den die Spusi in Mahlstädts Anzugsjackentasche gefunden hat, ist überhaupt kein normaler Kugelschreiber!“
„Sondern?“, fragte Ilka alarmiert, noch bevor ihr Chef Luft holen konnte.
„In dem Stift steckt absolut unauffällig eine winzige, aber hoch effektive Abhörwanze! Dazu gehört ein winziges Gegenstück, kleiner als ein Centstück, das sich der Lauscher ins Ohr stecken kann.“
„Das ist ja ein Ding!“
„Allerdings. Die Techniker haben festgestellt, dass Mahlstädt insgesamt fast fünf Stunden lang abgehört worden ist. Jemand muss ihm den manipulierten Stift also entweder zu Beginn der Weihnachtsfeier eingeschaltet in die Tasche gesteckt haben oder...“
Stettenkamp räusperte sich.
„Jemand hat ihm den teuren Kugelschreiber geschenkt. Natürlich hat er ihn angenommen, er stammte ja dem Emblem nach von diesem *Club Rheinischer Unternehmer*, in dem er und Daphne

Lautwein Mitglieder waren. Wohin damit an so einem Abend? Ich hätte ihn mir auch in die Jackentasche gesteckt."
Ilka schüttelte den Kopf.
„Niemals, Alex! Das Risiko wäre doch viel zu hoch für den Mörder gewesen, dass einer der Gäste ihn dabei beobachtet hätte. Und außerdem: Auf der Feier befanden sich rund vierzig Gäste. Da kennt man sich doch untereinander! Nein, ich glaube, dass jemand ihm den Stift untergeschoben haben muss. Und selbst wenn Mahlstädt ihn irgendwann in seiner Jackentasche bemerkt hätte: So einen Stift würde man doch nicht wegwerfen. Man würde sich kurz wundern und weiterfeiern."
Stettenkamp nickte. Diese Theorie klang tatsächlich wesentlich plausibler.
Ganz in Gedanken versunken bog er auf den Parkplatz am Kreishaus ab, obwohl Peter Bongardts Auto noch in Kommern am 'Touchdown' parkte. Ilka war zu ihrer Beförderungsfeier mit den Kollegen per Taxi gekommen.
„Wir müssen doch davon ausgehen, dass es der Mörder war, der ihm den Kugelschreiber untergeschoben hat", sprach Ilka mit fester Stimme. „So wusste er ganz genau, wann Mahlstädt und Daphne Lautwein die Feier verlassen würden und das kurze Stück bis zum Hyatt hinübergingen. Er musste also nicht stundenlang auf sie warten, sondern konnte quasi in Sekunden seinen Posten beziehen, wo auch immer der sich befand, und abdrücken!"
Sie bedankten sich am Telefon bei Max Zehnpfennig.
„Nun wissen wir also mit an Sicherheit grenzender Wahrscheinlichkeit", sagte Ilka in die Morgendämmerung hinein, „dass wir es definitiv nicht mit

einem Irren zu tun haben, der sich ein Zufallsopfer gesucht hat."
Sie blieb stehen.
„Das dieser Kugelschreiber in Jochen Mahlstädts Tasche statt in der von Daphne Lautwein steckte, muss meiner Ansicht nach nichts heißen. Vielleicht hatte der Täter bei Mahlstädt lediglich eine günstigere Gelegenheit, ihm das Ding unterzuschieben."
Sie dachte an die kleine Handtasche der Agenturchefin, die diese vielleicht ständig bei sich getragen hatte, ohne sie aus den Augen zu lassen.
„Wir müssen diesen Killer finden, auch wenn das unglaublich schwer werden wird!", meinte Stettenkamp entschlossen.
„Wer hatte einen Grund, Jochen Mahlstädt und Daphne Lautwein zu erschießen? Und handelt es sich überhaupt um einen Mord, der ganz bewusst beide treffen sollte?", fragte er sich halblaut.
„Oder musste nicht viel eher der oder die Andere mit dran glauben, weil sie beide in dieser Nacht gemeinsam unterwegs waren?"

Sonntag - 2. Tag

„Aha, hier also residiert der Eifeler Geldadel!“, meinte Peter halb spöttisch, halb neidvoll.
Sie waren soeben in Gemünd vor dem großzügigen, weiß geklinkerte Haus der Mahlstädts angekommen. Nina Mahlstädt, die Ehefrau des Toten, hatten sie bislang nicht über die Handynummer erreichen können, von der aus sie versucht hatte, ihren Mann auf dem Weg ins Hyatt-Hotel anzurufen - just bevor dieser Minuten später erschossen worden war. Stettenkamp hoffte inständig, dass sie Nina Mahlstädt sonntags morgens um halb zehn zu Hause antreffen würden - bei einer Familie mit drei jungen Kindern, zumal im Winter, nicht eben unüblich.
Das Haus des Bankvorstands lag im verschneiten Steilhang oberhalb des Kurortes auf der Landstraße in Richtung Heimbach. Verglichen mit einem gewöhnlichen Einfamilienhaus war es deutlich breiter gebaut. In das mit glänzenden, dunkelblauen Pfannen gedeckte Dach hatte der Architekt des Hauses rechts über der Garage und links oberhalb einer Einliegerwohnung zwei stattliche Rundbogenfenster integriert, was den fast majestätischen, jedoch nicht protzigen Anblick des Anwesens noch unterstrich.
„Bringen wir es hinter uns“, murmelte Stettenkamp. Den Angehörigen eines Mordopfers die Todesnachricht zu überbringen, fiel ihm auch nach fast zwanzig Jahren Polizeidienst unvermindert schwer. Er dachte an Lisa und seine sechsjährigen Zwillinge. Wie würden sie wohl weiterleben, wenn er selbst...
Da hatte Ilka bereits vorsichtig an der gusseisernen Glocke geläutet.

„Vielleicht schlafen sie noch“, mutmaßte sie mit Blick auf die herabgelassenen Rollläden und versuchte es erneut.
Doch auch nach zehn Minuten öffnete niemand die Tür. Durch den Glaseinsatz spähten Stettenkamp und sie in die Diele hinein.
Nichts regte sich.
In diesem Augenblick kam ihnen ein Jogger entgegen, der sich mit Mütze und Handschuhen gegen die Kälte gerüstet hatte. Unter dem Arm klemmte eine prall gefüllte Bäckertüte.
Ilka sprach ihn an. Und hatte Glück.
Marcel Münstermann entpuppte sich als direkter Nachbar der Mahlstädts. Nachdem er sich ihre Dienstausweise hatte zeigen lassen, erzählte er bereitwillig: „Die Nina ist mit den Kindern im Skiurlaub. Soweit ich weiß, sind sie nach Österreich gefahren.“
„Seit wann ist die Familie denn im Urlaub?“
„In der Nacht von Freitag auf Samstag sind sie losgefahren. So hatte Nina es zumindest geplant. Ich hatte ihr am Freitagnachmittag noch geholfen, die Dachbox auf das Auto zu laden. Ihr Mann ist ja beruflich extrem eingespannt. Sie wissen sicherlich, wer ihr Mann ist, oder?“
Stettenkamp nickte nur.
„Ist etwas passiert?“, fragte Münstermann in die Stille hinein.
„Wissen Sie zufällig, wo Jochen Mahlstädts Eltern leben?“, wollte er stattdessen wissen.
„Hm, wären Sie nicht von der Kripo, würde ich Ihnen gar nicht soviel über die Familie erzählen...“
Er begann, auf der Stelle zu laufen, um sich aufzuwärmen oder als wolle er schnellstens weiter. Gerede über die Nachbarn schien hier nicht üblich zu sein.

Das haben wir in der Eifel auch schon anders kennengelernt, dachte Stettenkamp.
„Seine Eltern wohnen, glaube ich, in Urft. Wir haben nicht oft über sie geredet, es sind wohl alte, gebrechliche Leute. Hier gesehen habe ich sie noch nie.“
Ilka reichte Marcel Münstermann ihre Visitenkarte und sah ihm noch nach, wie er zu seinem Haus hinüberlief und die Haustür aufschloss.
„Fahren wir los!“, schlug sie vor. „Wir werden schon rauskriegen, wo die alten Mahlstädts leben.“

Der Kaller Ortsteil Urft wirkte wie ausgestorben, obwohl die Kirchenglocken der nahegelegenen Steinfelder Basilika bereits den letzten Gottesdienst am Sonntagvormittag und damit die frühe Mittagszeit verkündeten.
Lediglich die Lichterkette in den Fenstern des Restaurants 'Urfter Hof' wirkte an diesem nebligen Novembertag einladend.
„Ich habe Hunger!“, verkündete Bongardt. „Also ohne was zu essen könnt ihr mich langsam vergessen...“
„Geht mir genauso“, meinte Ilka. „Vielleicht haben Maria und Guido schon auf.“
„Du bist mit den Wirtsleuten per Du?“, wunderte sich Stettenkamp.
Sie lachte.
„Inzwischen schon. Daniels Eltern haben uns ein paar Mal in den Urfter Hof zum Essen eingeladen. Vor ein paar Wochen hat sein Vater bei Weckmanns seinen Siebzigsten gefeiert und da hat sich das abends an der Theke bei ein paar Absackern halt so ergeben.“
Das Restaurant öffnete gerade.

Maria Weckmann begrüßte Ilka so herzlich, als gehöre sie zur Familie, erkundigte sich nach Daniels Eltern und stellte sich ihren Kollegen vor.
„Den schönsten Tisch hab ich extra für euch reserviert, als ob ich geahnt hätte, dass ihr heute hier hereinschneien würdet“, strahlte sie charmant.
Kurz darauf standen drei Terrinen voll mit herrlich duftender Monschauer Senfsuppe vor ihnen, anschließend gönnten sich Bongardt und Stettenkamp ein Rumpsteak mit Champignons, während Ilka die Poulardenbrust Hawaii probierte.
Die Gaststube füllte sich zusehends.
„Fantastisch!“ Stettenkamp klopfte sich auf den Bauch. „So gut habe ich schon lange nicht mehr gegessen. Aber es hilft alles nichts. Wir müssen dringend weiter!“
Während sie ihr Mittagessen bezahlten, nutzte Ilka die Gelegenheit, die Chefin nach den Eltern des Bankvorstands zu befragen.
Maria Weckmann beschrieb ihnen freundlich den Weg zu Anna und Franz-Josef Mahlstädt.
Sie verabschiedeten sich und versprachen ihr, bald wiederzukommen.

Ihre Überraschung hätte kaum größer sein können, als sie in den kleinen Waldweg etwas abseits des Hermann-Josef-Heims abbogen. Der Nebel hing in den Feldern; weit und breit war kein Mensch zu sehen. Nie hätten sie hier im Forst ein Haus erwartet. Doch schließlich standen die drei vor einem heruntergekommenen Fachwerkhäuschen.
Der kleine Vorgarten war vollkommen verwildert, eine kaputte Fensterscheibe notdürftig durch eine milchige Plane ersetzt worden.

Die zur Hälfte abgelöste Klingel funktionierte nicht mehr.
Ilka klopfte vorsichtig und bemerkte dann, dass die morsche Holztür gar nicht verschlossen war.
Sie dachte an die stattliche Immobilie des Sohnes in Gemünd. Mit einem derartigen Gegensatz hatte sie nicht gerechnet.
Zögernd traten die Polizeibeamten ein.
Das Ehepaar Mahlstädt saß in einem winzigen Zimmer - Küche und Wohnstube zugleich - vor einem Holzofen. Beide wirkten mit ihrem grauen Haar, den wettergegerbten Gesichtern und der in die Jahre gekommenen, wohl aber gepflegten Kleidung vermutlich deutlich älter als sie tatsächlich waren.
Während Franz-Josef Mahlstädt sich offenbar zunächst über den seltenen Besuch freute, blieb seine Frau Anna vor dem Feuer sitzen; in den Händen hielt sie eine hölzerne Gebetskette. Anna murmelte unablässig die Gebete des Rosenkranzes.
Ilka nutzte die Chance. Als sich das Vaterunser dem Ende neigte, zog sie sich einen Stuhl direkt vor die alte Frau heran, räusperte sich vernehmlich und berührte leicht deren faltigen, von harter Arbeit gezeichneten Hände.
„Wir müssen Ihnen eine traurige Nachricht überbringen“, begann sie eine Spur lauter als nötig. „Ihr Sohn Jochen ist in der vergangenen Nacht...
Ihre Worte schienen überhaupt nicht zu Anna durchzudringen.
„Gegrüßet seist du, Maria, voll der Gnade, der Herr ist mit dir. Du bist gebenedeit unter den Frauen und bebenedeit ist die Frucht deines Leibes, Jesus...“, murmelte sie stattdessen weiter.
„Meine Frau kämpft seit Jahren mit schweren Depressionen und hat sich ganz in den Glauben hinein-

geflüchtet“, erklärte Franz-Josef. „Sie lebt die meiste Zeit über in ihrer eigenen Welt.“
Er streichelte ihr sanft über die Schultern.
„Was ist mit unserem Sohn passiert?“, fragte er dann.
Der alte Mann ließ sich kurz nach Ilkas Antwort in einen abgeschabten Fernsehsessel fallen.
Er starrte die Kommissare ungläubig an, seine Lippen öffneten sich ein paar Mal kurz, als wolle er etwas sagen, doch er brachte keinen Ton heraus.
„Ehre sei dem Vater und dem Sohne und dem Heiligen Geiste, wie es war im Anfang, so auch jetzt und allezeit...“
„Anna“, krächzte der alte Mahlstädt schließlich.
„Anna, Jochen ist tot. Tot! Verstehst du?“
Dann begann er zu weinen wie Ilka noch nie zuvor in ihrem Leben einen Mann hatte weinen sehen. Auch ihren eigenen Vater nicht, als er ihre Mutter nach deren Krebstod mit vierundsechzig Jahren zu Grabe getragen hatte, in einer Zeit, in der er abends deutlich mehr Rotwein getrunken hatte, als er vertrug und in seinem eigenen Weiterleben lange keinen Sinn mehr gesehen hatte.
Es dauerte eine ganze Weile, bis Franz-Josef Mahlstädt sich soweit gefasst hatte, dass sie ihm ein paar Fragen stellen konnten.
„Wie war Ihr Verhältnis zu Ihrem Sohn?“
Er holte tief Luft.
Ein Rasseln drang aus seiner Kehle.
„Jochen ist unser einziges Kind und unser ganzer Stolz“, sagte er dann leise. „Sehen Sie sich doch hier um. Der Junge hat es zu was gebracht im Leben. Trotz der Umstände hier. Ich musste immer stark sein im Leben für meine Frau.“
Der alte Mahlstädt schwieg einen Augenblick.

„Ihre Depressionen fingen im Grunde schon vor unserer Hochzeit an, aber ich wollte sie doch nicht fallen lassen. Und ich habe sie ja schließlich geliebt... liebe sie immer noch. Mit vierundvierzig Jahren bekam ich einen Schlaganfall und konnte nicht mehr arbeiten."
Er sah kurz auf.
„Ich war Schreinermeister und hatte einen eigenen, kleinen Betrieb, von dem wir ganz gut leben konnten."
Ilka dachte sofort an ihren Vater.
Paul Landwehr hatte ebenfalls als selbstständiger Schreiner gearbeitet, mit sechsundsechzig Jahren jedoch selbst entschieden, seinen Betrieb zu verkaufen.
Mahlstädt benötigte mehrere Versuche, bis es ihm gelang, mit fester Stimme weiterzusprechen, während seine Frau unverdrossen betete.
Hatte sie überhaupt wahrgenommen, was geschehen war?
„Jochen war ein Junge, dem in der Schule alles zufiel. Gott sei Dank! Wir hätten ihm auch nicht großartig im Gymnasium weiterhelfen können." Er hob die Schultern. „Er wollte unbedingt Betriebswirtschaft studieren und ich habe ihn dazu ermutigt. Finanziell unterstützen konnte ich ihn mit keiner müden Mark, das war bitter... Jochen bekam dann BAföG und hinterher sogar ein Stipendium von irgendeiner Stiftung."
Er stand auf, nahm mit zittriger Hand ein Glas Wasser vom Kühlschrank und trank es in einem Zug aus.
„Tja, und dann machte der Junge Karriere bei der *Eifelbank*. Jedes Jahr kletterte er die Erfolgsleiter ein Stück höher hinauf, wie man so schön sagt. Hätte er die Nina nicht, wer weiß, ob er so weit gekommen

wäre. Mit ihr hatte er das große Los gezogen. Meine Schwiegertochter ist eine starke Frau, die unseren Sohn immer unterstützt hat."
„Wir haben sie heute Morgen in Gemünd nicht angetroffen", warf Ilka ein.
Was wusste Franz-Josef Mahlstädt tatsächlich vom Leben seines Sohnes?
„Nina und die Jungen sind am Samstag nach Tirol in den Wintersporturlaub gefahren", sagte er sofort. „Eine Woche wollen sie bleiben."
Er sah aus dem Fenster.
„Ich muss sie anrufen. Sie weiß doch noch gar nicht, was passiert ist..."
Hektisch riss er aus einer kleinen Schublade diverse gelbe Zettel mit Namen und Telefonnummern darauf. Rasch wurde er fündig und hielt ein kleines Blatt in die Höhe.
Ninas Handynummer war identisch mit der Nummer, von der aus kurz vor Mahlstädts Tod auf dessen Mobiltelefon angerufen worden war.
„Wenn Sie möchten, informieren wir ihre Schwiegertochter", bot Ilka an. „Wir werden weiterhin versuchen, sie auf dem Handy zu erreichen."
Mahlstädt sank in seinen Sessel.
„Ja", meinte er dankbar, „das wäre mir sehr recht. Obwohl das doch eigentlich meine Aufgabe ist. Aber ich schaffe es nicht", fügte er matt hinzu und warf einen flüchtigen Blick zu seiner Frau hinüber.
Ilka sah zu dem Fenster neben der Tür. Der Wind blähte die provisorisch angebrachte Plane immer wieder auf und brachte die Kälte ins Zimmer.
„Darf ich Ihnen eine sehr persönliche Frage stellen, Herr Mahlstädt?"
Er antwortete nicht.

„Konnte Ihr Sohn Sie und Ihre Frau nicht finanziell unterstützen?“
Die Frage lag einfach auf der Hand und musste gestellt werden, fand sie.
Der alte Mann schwieg.
Lange.
Die Tränen schossen ihm erneut in die müden Augen.
„Jochen hat immer wieder angeboten, uns zu helfen. Er wollte unser Haus von Grund auf renovieren oder uns ein neues bauen lassen. Auch in seiner Einliegerwohnung in Gemünd hätten wir wohnen können.“
Er sah auf.
„Aber ich wollte das nicht. Ich konnte es nicht annehmen, verstehen Sie?“
„Ganz ehrlich?“, platzte Bongardt heraus. „Nee, das verstehe ich nicht! Ihr Sohn muss doch als Bankvorstand Geld ohne Ende gescheffelt haben!“
Ilka stieß ihm reflexartig in die Rippen.
„Mit Sicherheit“, nickte Mahlstädt senior. „Aber das hat Jochen doch auch verdient, oder nicht?“ Er lehnte sich in seinem Sessel vor.
„Vielleicht verstehen Sie meine Generation da nicht, junger Mann“, wandte er sich an Peter. „Dass wir ihm als Eltern finanziell nicht helfen konnten, als er uns gebraucht hätte, das war schon schlimm genug. Aber von meinem Kind, das es - anders als wir - im Leben zu etwas gebracht hat, Geld nehmen? Nie und nimmer!“
Das sind die alten Eifeler, dachte Ilka.
Sogar der impulsive Bongardt schwieg, nachdem Stettenkamp ihm einen scharfen Blick zugeworfen hatte.
In die Stille hinein fragte Anna plötzlich:
„Franz-Josef, ist heute nicht Sonntag?“
Sie erhob sich.

„Hat Jochen schon angerufen? Kommen sie heute Nachmittag vorbei? “
Ihr kleines Gesicht hellte sich mit einem Mal auf. Anna stand von ihrem Stuhl auf und wurde ganz geschäftig. Sie holte eine Schüssel und einen alten Mixer aus dem Küchenschrank hervor.
„Ich muss noch einen Kuchen backen... Marmorkuchen mit Schokoladenguss! Den mögen die Kinder am liebsten.“

Als sie das Heim der alten Mahlstädts verließen, war der kalte Wind in einen stürmischen Regen übergegangen. Ilka zog sich die Kapuze ihrer dunklen Winterjacke über den Kopf und seufzte.
„Wenn ich an unseren Mörder denke, so frage ich mich immer mehr: Warum mussten seine Opfer sterben? Über Daphne Lautwein wissen wir noch so gut wie nichts. Doch von Jochen Mahlstädt fügt sich ein ganz grobes Bild zusammen, ähnlich wie bei einem Puzzle, wo man zumindest den Rahmen schon mal gelegt hat. Versteht ihr, was ich meine?“
Sie sah zu Bongardt und Stettenkamp hinüber, die neben ihr über den matschigen Waldweg stapften. Der Kriminalassistent fluchte über seine verdreckten, vollkommen eifelwinter-untauglichen Sneakers und zuckte mit den Schultern.
„Also ich kann mir von ihm noch überhaupt kein Bild machen. Für hiesige Verhältnisse hat Mahlstädt eine unglaublich steile Karriere hingelegt. Er ist Vorstandsvorsitzender der *Eifelbank Nord/Süd*. Ich hab mal gegoogelt. Sie ist seit der Fusion inzwischen - haltet euch fest - die fünftgrößte öffentlich-rechtliche Bank deutschlandweit! Der Typ geht da ganz sicher nicht unter fünfhunderttausend Euro im

Jahr nach Hause. Und dann die Hütte in Gemünd. Unter einer Million wird die nicht zu haben sein!"
Stettenkamp blieb stehen.
„Peter, was willst du uns eigentlich sagen?"
Bongardt fuhr sich über den Kopf und blieb mit der Hand fast in seiner gegelten, inzwischen jedoch völlig regendurchnässten Haarpracht kleben.
Seine Laune schien auf dem Nullpunkt.
„Ach kommt! Dass so ein Erfolgstyp sonntagsnachmittags in so einer abgerissenen Hütte bei seinen Eltern angeblich Marmorkuchen mampft - irgendwas passt da nicht!"
Ilka tippte sich an die Stirn.
„Peter, nichts für ungut, aber du hast echt einen Knall! Ich sage stattdessen: Er weiß noch, wo er herkommt! Und das spricht doch absolut für ihn."
Stettenkamp nickte.
„Sehe ich genauso."
Aber der Kriminalassistent ließ sich nicht beirren.
„Ihr wollt in Mahlstädt den Eifeler Jung sehen, der es aus armen Verhältnissen bis ganz nach oben geschafft, die Region hier wirtschaftlich maßgeblich auf Vordermann gebracht hat und dabei natürlich ein ganz redlicher Mensch geblieben ist. Ich frage euch: Was machte der denn mit der kleinen Lautwein samstagsabends in Köln? Sie wollten nach dieser Feier im KölnSKY wohl kaum zum Kartenspielen im Hyatt übernachten..."
„Peter! Selbst wenn die beiden etwas miteinander hatten - was geht es uns denn in moralischer Hinsicht an? Gar nichts! Es interessiert uns natürlich insofern, als dass uns eine mögliche Affäre der beiden vielleicht zum Motiv des Mörders führen könnte. Allerdings sagt mir meine Erfahrung, dass dem nicht so ist."

„Und warum nicht?“
„Denk' doch mal an die Waffe! Welche eifersüchtige Ehefrau verfügt denn in der Nachttischschublade über eine Winchester mit Hohlmantelgeschoss und Schalldämpfer?“
Bongardt schob die Unterlippe vor.
„Vielleicht die Frau eines Wirtschaftsbosses, der zur Not seine Familie und sich selbst gegen einen Einbrecher verteidigen können will? Nicht gerade abwegig, wenn ihr an Mahlstädts Haus in Gemünd denkt, oder? Vielleicht hatte seine Frau längst den Verdacht, dass der feine Herr fremdgeht und hat sich deshalb diesen Kugelschreiber mit der Abhörwanze darin besorgt. So ein Ding kannst du für hundertfünfzig Euro im Internet kaufen, das hab' ich heute Morgen schon recherchiert!“
Ilka sah ihm an, dass er - aus seiner Sicht - gefühlt allmählich Oberwasser mit seiner Theorie gewann.
„Und wer“, fuhr er unbeirrt fort, „hätte denn - außer seiner Frau - eine bessere Gelegenheit gehabt, ihm den manipulierten Stift in die Anzugsjacke zu stecken?“
„Ruhig Blut, Peter! Wir werden Nina Mahlstädt befragen, sobald wir sie erreichen, das ist ja klar. Aber vergiss nicht: Für die Tatzeit hat sie ein Alibi. Die vergangene Nacht haben die Frau und ihre drei Kinder mit ziemlicher Sicherheit in einem Wintersporthotel in Österreich verbracht. Du wirst das ja ohnehin gleich im Büro noch überprüfen. Solltest du Nina Mahlstädt über ihr Handy weiterhin nicht erreichen, telefonierst du halt die Hotels ab.“
„Und ob!“, brummte Bongardt. „Ich sage euch nämlich: Jochen Mahlstädt ist nicht der Edelmann, den ihr in ihm sehen wollt.“

Nora Meindrich setzte sich zur gleichen Zeit an ihren Esszimmertisch und fuhr gespannt ihren Laptop hoch. Die schlanke Siebenunddreißigjähre trug noch ihren Schlafanzug, ihr halblanges schwarzes Haar war ein bisschen verwuschelt.
Es war schließlich Sonntag.
Und als Single, zumal hier in der Eifel, hatte sie heute nichts weiter vor. Früh genug würde es ab morgen in der Kölner Versicherung, in der sie als Marketingspezialistin arbeitete, wieder hoch hergehen.
Gestern Abend hatte Nora sich endlich dazu durchgerungen, sich bei Two-hearts anzumelden.
Früher war sie mit ihren Single-Freundinnen durch die Clubs gezogen - heute hatten diese Frauen fast alle Familie oder zumindest einen festen Partner. Auf den einschlägigen Ü-30-Partys fühlte sie sich einfach nicht recht wohl. Und allein in eine Kneipe ging sie ebenfalls nicht gern. Ihre Arbeitskollegin Heidi hatte sie schon lange versucht zu überreden, endlich neue Wege zu gehen. Und am Freitagabend nach Büroschluss endlich ein paar durchaus gelungene Fotos von ihr gemacht, die sie gleich zu ihrem ausgefüllten Profil hatte hochladen können.
'Ich bin eine passionierte Langschläferin, die gerne lacht, einfühlsam, nachdenklich, warmherzig und unkompliziert ist', hatte sich Nora Meindrich beschrieben. 'Manchmal bin ich ungeduldig, meist sage ich direkt, was ich denke und ich nehme mich selbst nicht zu ernst'.
Möglichst aus dem Rheinland sollte der Mann ihrer Träume stammen, nicht größer als ein Meter neunzig sein, wie sie das Motorradfahren, den gelegentlichen Besuch von Rockkonzerten, aber auch kuschelige

Abende zu zweit auf dem Sofa lieben - all das stand nun in ihrem Suchprofil.
Trotz der eingestellten Fotos hatte Nora Meindrich sich nach abgeschlossener Anmeldung nicht mehr unter ihrem realen Namen, sondern sich unter dem Pseudonym 'Zaubermaus' im Online-Portal ausgegeben.
Zwei Stunden hatte sie gestern Abend gebraucht, um sich durch exakt sechsundachtzig Fragen mit über fünfhundert Antwortmöglichkeiten hindurchzuarbeiten.
Ihr Blick fiel gerade auf einen aufgeschlagenen Roman, den sie gerade las. Selbst zu diesem Thema hatte Two-hearts eine Frage gestellt: 'Wenn Ihnen ein Buch besonders gut gefallen hat, wünschen Sie dann, dass Ihr Partner es auch liest?'
Nora schüttelte den Kopf. Verrückt.
Sie hatte sich für die Antwort 'Das ist mir egal' entschieden - und überlegte gerade, zu welcher Einschätzung ihrer Persönlichkeit eine Antwort wie diese im System von Two-hearts wohl geführt hatte.

Tatsächlich!
Kaum hatte Nora Meindrich sich auf dem Online-Portal angemeldet, sah sie, dass sieben Nachrichten in ihrem Postfach eingegangen waren!
Sie spürte förmlich, wie das Adrenalin in ihrem Blut anstieg.
Was mochten diese Männer ihr wohl geschrieben haben?
Doch die Nachrichten waren längst noch nicht alles an Neuigkeiten.
'Hallo Zaubermaus! Wir haben dir fünfunddreißig Partnervorschläge geschickt', ploppte soeben eine Botschaft von Two-hearts auf.

Nora klickte auf das betreffende Feld.
Neben den jeweiligen Profilen der Männer stand: 'So gut passen Sie zusammen:' Und direkt daneben las sie eine Zahl.
Nora überflog die Werte, die allesamt zwischen fünfundsiebzig und neunundachtzig lagen. Irgendwo hatte sie gestern Abend etwas von Matchingpunkten gelesen: 'Je höher diese Zahl, desto höher ist die Wahrscheinlichkeit, dass ihr im wirklichen Leben gut zusammenpasst', schrieb Two-hearts auf seiner Portalseite.
Nora Meindrich arbeitete sich durch die Vielzahl an Partnervorschlägen, die bereits einen Tag nach ihrer Anmeldung eingetroffen waren. Auf den ersten Blick schienen einige sehr interessante dabei zu sein...
Eines stand fest: Vor ihr lag ein spannender Sonntagnachmittag!

„Mit deiner Familie hast du einfach wahnsinnig viel Glück."
Ilka nickte Stettenkamp lächelnd zu und lenkte den silbernen Dienst-Mercedes auf den Parkplatz. Unter der Woche war er den Angestellten der Agentur *Two-hearts* vorbehalten, an diesem Sonntagnachmittag jedoch bis auf zwei Autos vollkommen leergefegt.
„Allerdings! Ich hätte nicht erwartet, dass mein Vater sich fünf Tage lang um Nele kümmern würde."
Ilkas Vater lebte in Oberschömbach im Ländchen, ihre Mutter war vor vielen Jahren an einem besonders heimtückischen Krebs verstorben.
„Stell dir vor", berichtete sie, „eine halbe Stunde nachdem er zugesagt hatte, rief er mich noch einmal an und fragte, ob er mit der Kleinen in einen Center

Parc nach Zandvoort fahren dürfe. Weil Nele sich doch so auf den Urlaub gefreut habe. Ich wusste nicht einmal, dass mein Vater solche Ferienparks kennt", schmunzelte sie.
Alex lachte.
„Dem Opa ist wirklich nichts zu viel!"
Sie grinste.
„Wohl wahr! Ich wollte schon auflegen, da druckste er ein wenig herum und erklärte mir dann, er habe sich das mit Hubertine Jansen aus dem Unterdorf zusammen überlegt. 'Mädchen, mit Tinchen unternehme ich jetzt sonntags schon mal was...', druckste er herum und sie fahre mit nach Holland, wenn uns das alles so recht sei."
Alex stieß einen anerkennenden Pfiff aus.
„Dein Vater auf Freiersfüßen, würde ich sagen!"
Sie lachte.
„Ich gönne es ihm. Und Nele ist aus dem Häuschen und hat unseren geplanten Barcelona-Trip wohl schon längst vergessen."
Ilka stellte die Scheibenwischer an; der Regen war inzwischen in Schnee übergegangen.
„Sag mal, wie läuft es denn bei Lisa und dir?", fragte sie dann. „Du machst mir einen ganz zufriedenen und ausgeglichenen Eindruck."
Er grinste.
„Du kennst mich halt! Es ist alles wieder im Lot zwischen uns, sofern man das nach so einer schweren Krise sagen kann."
Alex hatte vor Jahren eine Affäre mit einer Münsteraner Studentin gehabt, die ihm auch später immer wieder Avancen gemacht, im Sommer jedoch geheiratet hatte. Seine Frau hatte ihm diese Liaison nie verziehen und auf dem Höhepunkt ihrer Streitigkeiten schließlich ihr gemeinsames Haus in Eicks

verlassen, um mit den Zwillingen vorübergehend in ihre alte Heimat zu ziehen.
Alex litt in dieser Zeit wie ein Hund, konnte seine Familie im Sommer jedoch für sich zurückgewinnen. Das Benehmen seiner Rabauken Ben und Moritz in einer piekfeinen Münsteraner Penthousewohnung, die ein paar freischaffenden Architekten gehörte, hatte nicht unwesentlich dazu beigetragen, dass Lisa mit ihnen in die Eifel zurückgekehrt war. Mithilfe einer Paartherapie bei Ilkas Schulfreundin Meike in Schleiden fanden Alex und seine Frau scheinbar wieder zueinander.
„Lisa arbeitet ab morgen übrigens wieder in Euskirchen beim Stadt-Anzeiger“, fügte er hinzu. „Das hoffe ich jedenfalls, sie hat sich nämlich stark erkältet und hütet seit gestern das Bett. Trotzdem freut sie sich schon riesig darauf, endlich wieder einsteigen zu können.“
Lisa Stettenkamp hatte, nachdem die Familie aus dem Münsterland in die Eifel gezogen war, als freie Mitarbeiterin in der Lokalredaktion der Zeitung gearbeitet - und das sehr erfolgreich. Schlomberger, ihr Chef, sagte ihr sogar eine feste Stelle als Redakteurin zu. Aber dann überschlugen sich die Ereignisse. Michael Stettenkamp, Alex Vater, erkrankte nach dem Tod seiner Frau an Demenz; die Familie bewegte ihn nach einiger Zeit zu einem Umzug zu ihnen nach Eicks. Doch die Belastungen seiner Pflege, die letztlich fast ausschließlich an Lisa hängenblieben, hatten sie unterschätzt. Immerhin kümmerte seine Frau sich auch noch um ihre Kinder. Und latent schlummerte eben auch ihre lange totgeschwiegene eheliche Krise. Inzwischen hatten sich viele Dinge verändert; Stettenkamp senior lebte nun im Pflegeheim

Sonnenhof in Kommern und fühlte sich dort sehr wohl.
„Das finde ich ja toll!“, rief Ilka angesichts dieser Neuigkeiten.
Sie mochte die Frau ihres Chefs.
„Auch wenn es den Alltag anstrengender macht. Es wird ihr und euch sicherlich gut tun.“
Er nickte.
„Das sehe ich genauso! Wenn Lisa erst mal wieder bei der schreibenden Zunft arbeitet, wird sie innerlich vollkommen erfüllt sein, das weiß ich.“

Claudia Rollinger hatte sich offenbar auf den angekündigten Besuch der beiden Kommissare in einem repräsentativen Glasbau im Kaller Gewerbegebiet vorbereitet.
Mit tiefen Schatten unter den grüngrauen Augen und ernstem Zug um den Mund kam ihnen die Mitgeschäftsführerin von *Two-hearts* bereits in der Eingangshalle mit vielen Kunstwerken an hohen Wänden entgegengeeilt.
In ihrem Büro - eingerichtet wie ein modernes Wohnzimmer - entschuldigte sie sich für ihren zu dünn geratenen, selbst gekochten Kaffee und bot ihnen dazu ein paar Schokoladenkekse an. Alex griff sofort zu.
„Mit der Nachricht von Daphnes Tod muss ich erst einmal zurechtkommen“, murmelte Claudia Rollinger in die Stille hinein. „Ich dachte, ich höre nicht recht, als Sie mich heute Früh anriefen...“, sagte sie nachdenklich. „Es war ein Zufall, dass Sie mich hier im Büro erreicht haben, normalerweise arbeiten sonntags lediglich unsere Telefonberaterinnen.“
Sie schob sich eine Haarsträhne ihres brünetten Longbobs hinter das linke Ohr.

Klar, sonntags haben Singles die meiste Zeit und rufen sicherlich hier an, mutmaßte Stettenkamp. Ansonsten, gestand er sich ein, kenne ich mich in der Partnervermittlungs-Branche überhaupt nicht aus.
Als habe die Fünfunddreißigjährige seine Gedanken erraten, sagte sie: „Der größte Teil unserer Kundschaft wickelt natürlich alles online ab, aber manche Eifeler kommen dann doch lieber persönlich hierher oder rufen an, wenn sie..."
Stettenkamp unterbrach sie freundlich, aber bestimmt. „Frau Rollinger, wir kommen später noch auf die Agentur zu sprechen. Zunächst einmal haben wir ein paar Fragen an Sie, was die Tote betrifft."
Sein Gegenüber erhob sich und deutete auf ein großformatiges Portraitfoto, das neben ihrem eigenen Bild gerahmt an der Wand hing.
Eine Frau voller Energie.
Dieser Gedanke schoss Alex Stettenkamp durch den Kopf, als er das Konterfei Daphne Lautweins betrachtete. Sie hatte, so fand er, eine tolle Ausstrahlung mit ihren stahlblauen Augen und dem blonden, modisch kurz geschnittenen Haar.
„Haben Sie vielleicht einen Verdacht, wer ihre Geschäftspartnerin erschossen haben könnte?"
Sie schüttelte den Kopf.
„Überlegen Sie bitte ganz genau. Hatte sie Feinde? Beruflich - oder privat?"
„Feinde? Nein. Nicht, dass ich wüsste..."
„Wirkte Frau Lautwein in der letzten Zeit verändert? Besorgt, in sich gekehrt, hat sie vielleicht etwas bedrückt?"
Die Geschäftsfrau sah zum Fenster in die einsetzende Dämmerung hinaus.
„Nein", sagte sie schließlich. „Da gab es nichts. Ich meine, eine solche Wesensveränderung hätte ich

sicherlich an ihr bemerkt, schließlich arbeiteten wir tagtäglich miteinander."
Stettenkamp nickte und blickte kurz auf sein IPhone.
„Frau Lautwein lebte nach unseren Informationen in einem Haus in Gemünd oben auf dem Salzberg. Wohnte sie dort eigentlich allein?"
„Ja."
„Hatte sie eine feste Beziehung?"
„Nicht, dass ich wüsste."
Ihre Antworten klangen auffallend einsilbig.
„Wussten Sie, dass Frau Lautwein gestern Abend zusammen mit Herrn Mahlstädt in Köln auf einer Party gewesen ist?"
Sie hob das Kinn.
„Ja", sagte sie schlicht.
„Woher kannten die beiden sich so gut, dass sie zusammen eine Feier besuchten?"
Claudia Rollinger winkte ab.
„Ach, über die Bank. Daphne hat den Bau hier über die *Eifelbank* finanziert, da ging es um mehrere Millionen, wie Sie sich denken können. So ein Projekt wird in der Vorstandsetage entschieden."
Sie überlegte kurz. „Daphne hat mir mal erzählt, dass die Konkurrenz ihr damals für eine Online-Partnervermittlung keine Finanzierung gewährt habe. Mahlstädt aber habe an sie geglaubt und das Risiko auf sich genommen. So etwas verbindet. Tja, und dann wurden beide vor zwei Jahren in diesen *Club Rheinischer Unternehmer* berufen. Mit den Clubmitgliedern haben sie gestern Abend ja auch in Köln zusammen gefeiert."
„Trafen sich die beiden auch außerhalb solcher offizieller Anlässe?"
Ilka wollte ihr ein wenig auf den Zahn fühlen.

„Ich glaube schon. Ein, zwei Mal hat Daphne über unsere Assistentin einen Tagungsraum im Hyatt buchen lassen. Aber worum es in diesen Besprechungen genau ging, weiß ich nicht. Vermutlich um Bankgeschäfte, irgendwas ist ja immer zu regeln."
„Mit dem Vorstandsvorsitzenden persönlich? Benötigte *Two-hearts* denn weitere Kredite?"
„Nein."
Frau Rollinger seufzte und klang genervt.
„Wie schon gesagt, ich weiß nicht, worum es in ihren Konferenzen ging."
Ilka ließ nicht locker.
„Die beiden hätten sich doch auch hier oder in der Bank treffen können. Warum in Köln?"
„Ich - weiß - es - nicht!"
Stettenkamp hob beschwichtigend die Hand.
„Schon gut, Frau Rollinger, nur eine letzte Frage noch zu Jochen Mahlstädt."
Er wusste ebenso gut wie Ilka, dass dies vermutlich eine glatte Lüge bleiben würde.
„Hatten die beiden eine sexuelle Beziehung zueinander?"
„Das glaube ich nicht..."
Stettenkamp dachte an die gebuchten Einzelzimmer. Warum hatten sie ihr Gepäck zusammen in Nummer 23 abgestellt? Waren sie lediglich in Eile gewesen oder steckte mehr dahinter?
Der Kommissar lächelte entwaffnend.
„Wir hören jetzt auf, sie zu diesem Thema zu löchern. Erzählen Sie uns stattdessen etwas über Frau Lautwein", bat er. „Was war sie für ein Typ?"
Stettenkamp hatte diese Frage bewusst offen gestellt.
„Sie war ein Mensch voller Pläne und Ideen, sie hatte Mut und konnte andere begeistern und überzeugen", begann Claudia Rollinger. „Daphne und ich haben

Two-hearts bis zum gestrigen Tag zusammen geleitet. Sie wissen sicherlich, dass Daphne es war, die die Partnervermittlungs-Agentur gegründet hat."
Sie wirkte nun entspannter und schien sich leichter zu tun, über die gemeinsame Arbeit sprechen zu können.
„Ich bin drei Jahre später bei *Two-hearts* eingestiegen, als ich für mich bei Parship in Hamburg keinen weiteren beruflichen Aufstieg mehr gesehen habe."
Ilka sah sie ungläubig an.
„Sie sind von Hamburg in die Eifel gekommen?"
„Nicht nur ich! Auch Daphne hat nach ihrem BWL-Studium zunächst sechs Jahre lang beim Marktführer gearbeitet. Ein solcher Wechsel ist natürlich trotzdem selten", lächelte sie. „Aber für uns hat er sich in jeder Hinsicht gelohnt. *Two-hearts* hat Parship im vergangenen Jahr erstmals umsatzmäßig überholt! Dabei agieren wir auf einem hart umkämpften Markt dutzender Partnervermittlungen mit einem geschätzten Gesamtjahresvolumen von zweihundert Millionen Euro. Haben Sie das gewusst?", fragte sie mit unüberhörbarem Stolz in der Stimme.
Stettenkamp schüttelte den Kopf.
„Nein. Wir wissen jedoch, dass Ihr Unternehmen zusammen mit Procter & Gamble, Mechatronics, Schöller und Co. inzwischen zu den größten Arbeitgebern unserer Region gehört. Das heißt doch schon etwas!"
Sie schien sofort geschmeichelt.
„Allerdings! Unsere Online-Kunden stammen aus der gesamten Republik. Wir beschäftigen inzwischen fast dreihundert Mitarbeiter. Vom Softwareentwickler über unsere Produktmanager, Mediamanager bis hin zu unseren Kräften in den internen

Serviceabteilungen, sprich Personaler, Buchhalter und so weiter."
Sie machte eine kleine Pause.
„Als Daphne *Two-hearts* in der Eifel gegründet hat, da wurde sie von vielen belächelt, die sie später hofiert haben. Doch die guten Zahlen gaben ihrem Konzept schließlich recht."
Stettenkamp blickte aus dem großen Bürofenster hinaus zum Hauptgebäude des Möbelhauses Brucker, das wie in einen grauen Nebelschleier eingehüllt dastand.
Ein typischer Novembertag, dachte er. Es wird jeden Tag früher dunkel.

Für Claudia Rollinger schien es vollkommen selbstverständlich, über die Tote lediglich im Zusammenhang mit ihrer Partnervermittlungs-Agentur zu sprechen. Vielleicht hatten sie sich privat einfach nicht nahegestanden, was nicht ungewöhnlich wäre, überlegte er. Oder aber die Firma hatte ihnen gar keine Zeit für eine private Verbindung zueinander gelassen.
„Frau Rollinger, wenn ich ehrlich bin, weiß ich gar nicht genau, wie so eine internetbasierte Kuppelbörse funktioniert."
Er grinste zu Ilka hinüber, die fast unmerklich die Augen gen Decke rollte.
„Sie müssten einen Stoffel wie mich da mal aufklären."
Claudia Rollinger lächelte ihm freundlich zu.
„Sie müssen zunächst einmal wissen, dass heutzutage jede dritte Beziehung in Deutschland im Internet beginnt. Mittlerweile gibt es sechzehn Millionen Single-Haushalte; sieben Millionen Menschen suchen einen Partner über das Internet."

Ilka schmunzelte.
„Und bei *Two-hearts* wird aus zwei einsamen Herzen dann ein Liebespaar?“
Die Geschäftsführerin klickte zweimal mit der Computermaus auf ihren Bildschirm und drehte ihn zu ihnen herüber.
it(wert1= wert2), stand dort.
In diesem Moment wusste der Kommissar gleich wieder, warum er Mathe in der zwölften Klasse abgewählt hatte.
Er sah sein Gegenüber fragend an.
„Hier bei uns in der Zentrale geht es weniger um Gefühle, sondern mehr um Mathematik! Dies hier ist ein Teil unserer Liebesformel, die zwei Menschen zu einem Paar machen soll“, sagte sie nüchtern.
Ihm entfuhr ein kurzer Lacher.
„Bitte was?“
„Sie haben ganz richtig verstanden. Daphne hat vor sieben Jahren zusammen mit einem Informatiker und zwei Wissenschaftlern unseren Matching-Algorithmus entwickelt.“ Sie lächelte. „Er ist im Grunde der Versuch, die Liebe, diese mythische, unberechenbare Kraft in eine mathematische Formel zu übersetzen. Sie also kalkulierbar zu machen, planbar...“
Stettenkamp kniff die Augen zusammen.
„Entschuldigen Sie, aber ich kapiere immer noch nicht, was Sie hier genau machen...“
Weshalb grinste Ilka nur so unverhohlen?
Hatte sie die Dienste von *Two-hearts* etwa selbst einmal in Anspruch genommen, bevor sie ihren Daniel beim Klassentreffen wiedergefunden hatte?
Claudia Rollinger schien ein geduldiger Mensch zu sein.

„Also, Herr Stettenkamp, nehmen wir mal an, Sie würden bei uns auf die Suche gehen. Dann würden Sie zunächst einmal per Online-Fragebogen einen ausführlichen Persönlichkeitstest machen, ein Profil über sich und ihre Vorlieben erstellen und ein paar günstige Fotos von sich hochladen. Auf unserer Internetseite erscheinen Sie dann als Suchender und bekommen einen Codenamen. Nun könnten Sie mit anderen Mitgliedern in Kontakt treten."
Die Geschäftsfrau strahlte ihn an.
„Aber bei Ihnen würden sicherlich viele Frauen direkt die Initiative ergreifen, Herr Stettenkamp, das sagt mir meine Erfahrung!"
Ilka hüstelte in ein Papiertaschentuch.
Sie hatte sich wohl an einem der angebotenen Schokoladenkekse verschluckt, anders konnte er sich diesen Anfall nicht erklären.
„Dass aus Ihnen und einem anderen Mitglied im besten Fall eine Partnerschaft entsteht, hat sowohl mit Mathematik als auch mit Psychologie zu tun, mit Übereinstimmung und Ergänzung. Wir berechnen aus Ihren Antworten im Fragebogen also Ihre Persönlichkeit. Und vergleichen sie nach einem hochkomplexen, wissenschaftlichen System mit der anderer Mitglieder."
Er konnte es nicht leugnen: Von der Arbeit der toten Daphne Lautwein zu erfahren, fand er hochinteressant. Wie sollten sie sich auch sonst ein umfassendes Bild von ihr machen?
„Ihre Liebesformel sorgt also letztlich dafür, herauszufinden, welcher Mensch zu mir passt?", fragte er und fügte spitzbübisch hinzu: „Das ist aber doch das Ende der Romantik, Frau Rollinger!"
Sie schüttelte lächelnd den Kopf.

„Schlafen Sie lieber bei offenem oder geschlossenem Fenster?“, wollte sie plötzlich von ihm wissen.
Nun intervenierte Ilka.
„Lassen Sie uns bitte zurück auf Daphne Lautwein kommen. Wann haben Sie sie zuletzt gesehen?“
Die *Liebesgöttin* im grauen Hosenanzug beachtete sie jedoch gar nicht.
„Also, Herr Stettenkamp?“
„Ich weiß zwar nicht, ob meine Antwort wirklich für unsere Ermittlungen notwendig ist“, gab er zu, „aber sei es drum: Ich schlafe Sommer wie Winter bei gekipptem Fenster. Meine Frau übrigens auch“, fügte er betont hinzu.
Sie klatschte in die Hände.
„Das ist ganz wunderbar! Sehen Sie, solche Übereinstimmungen im Alltagsleben finden wir bei *Two-hearts* heraus. Und nennen sie Matching-Punkte. Die meisten Menschen unterschätzen nämlich, wie wesentlich sie für eine funktionierende Beziehung sind. Lassen Sie uns doch ehrlich sein: Schmetterlinge im Bauch vergehen. Vertreten Sie und ihre Partnerin aber die gleichen Werte, Interessen und Vorlieben oder auch Abneigungen, ist die Wahrscheinlichkeit hoch, dass Sie ein Paar bleiben! Je mehr Matching-Punkte, desto besser!“
Sie blicke auf ihre filigrane, goldene Armbanduhr. Dann stand sie langsam auf und deutete mit einem Kugelschreiber auf das einzige Plakat an der Wand neben der Tür. Es zeigte die Unternehmensstruktur der Agentur.
„Frau Lautwein und ich waren bis gestern für vier verschiedene Geschäftsbereiche verantwortlich. Diese Unternehmensstruktur unterscheidet uns übrigens ganz wesentlich von Parship. Die Online-Partnervermittlung ist natürlich unser Kerngeschäft. Zusätzlich

haben wir aber einen kleinen Zweig für Menschen, die sich persönlich bei uns beraten lassen. Das sind meist ältere Leute hier aus der Eifel, die mit dem Internet nichts am Hut haben, die Dienste von *Two-hearts* aber dennoch in Anspruch nehmen wollen."
Sie grinste.
„Und dann bieten wir eben auch Casual-Dating an. Also Treffen zwischen zwei Menschen, die einfach nur unverbindlichen Sex suchen."
„Das läuft sicher gut, oder?"
„Aber ja! Unser Eindruck seit der Gründung von *Two-hearts* ist, dass immer mehr Menschen - Männer wie Frauen übrigens gleichermaßen - erotische Beziehungen ohne Bindungsdruck suchen. Über unsere Plattform *Secret Affair24* lernen sie niveauvolle Partner für diskrete Abenteuer kennen."
Es klang wie ein Werbeslogan.
Der Kommissar trank einen Schluck seines wässrigen Kaffees und bemühte sich, seine Gesichtszüge angesichts dieses Gebräus nicht entgleiten zu lassen.
„Woher stammt Frau Lautwein?"
„Aus der Eifel! Deshalb kam sie ja auch damals auf die Idee, unsere Zentrale hier in ihrer alten Heimat anzusiedeln. Daphne war eine Visionärin", sagte Claudia Rollinger nachdenklich. „Aber mit solch einem kometenhaften Aufstieg hatte sie selbst nicht gerechnet."
Sie klopfte mit ihren Fingerkuppen auf die gläserne Schreibtischplatte.
„Daphne hat quasi rund um die Uhr gearbeitet.
Sie bestand darauf, zusätzlich auch noch unsere VIP-Kunden allesamt persönlich zu betreuen. Das ist unheimlich aufwändig, kann ich Ihnen sagen. Und ich weiß auch gar nicht, wer diese Aufgabe nun

übernehmen könnte. Mir wäre das Ganze jedenfalls zu viel gewesen. Sie aber sagte immer: Mit diesen Typen machen wir ein Viertel unseres Umsatzes. Um sie muss ich mich selbst kümmern."

Claudia Rollinger zuckte mit den Schultern.

„Tja, so war Daphne. Dabei ist da der ein oder andere ziemlich kranke Typ darunter."

Ilka zog die Stirn kraus.

„VIPs? Sind das besonders zahlungskräftige Kunden, weil sie ohne Ihre Agentur quasi unvermittelbar wären?"

Claudia Rollinger lachte herzlich.

„In gewisser Weise liegen Sie mit dieser Einschätzung gar nicht so verkehrt. Wir reden über knapp zweihundert Männer - soweit ich weiß, ist derzeit keine Frau darunter - die extrem karrierefixiert sind und daher so gut wie keine Zeit für die Suche nach einer Partnerin haben. Sie haben hochbezahlte Jobs, viele in der IT-Branche, wissen aber nicht, wie man eine Frau anspricht. Nerds eben. Etliche hatten noch niemals ein Date in ihrem Leben."

Sie schmunzelte.

„Trotz ihrer Unerfahrenheit sind die meisten VIPs sehr wählerisch. Die Damen müssen schön und ebenfalls sehr gut ausgebildet sein und diese Männer vor allem auch intellektuell fordern. Daphne hatte die Geschäftsidee, mit der Unbeholfenheit der Nerds Geld zu verdienen", berichtete Frau Rollinger weiter. „Sie hat die Männer gecoacht. Also simulierte Treffen arrangiert, um ihnen Feedback geben zu können, sie im Umgang mit einer Frau und im Small Talk fit gemacht. Mit einem Typen musste sie erst einmal einkaufen gehen, weil er außer Kapuzenpullis und Schlabberjeans nichts für ein Date im Schrank hatte."

Stettenkamp dachte schmunzelnd an seine eigenen Kleidungsgewohnheiten, bevor Lisa die Sache damals in die Hand genommen hatte.
„Sie sagten eben“, warf Ilka ein, „mit den VIPs macht *Two-hearts* ein Viertel seines Umsatzes. Wie ist das möglich?“
Claudia Rollinger streckte sich.
„Keiner dieser Männer verdient unter einer halben Million im Jahr. Sie können sich folglich eine besondere, persönliche Betreuung leisten. Eine Basis-Mitgliedschaft kostet zweitausend Euro pro Jahr, acht garantierte Dates gibt es für fünfzehntausend Euro.“
Stettenkamp klappte fast die Kinnlade herunter. Daphne Lautwein musste eine außergewöhnliche Geschäftsfrau gewesen sein, soviel stand für ihn fest. Ilka hingegen gab sich unbeeindruckt.
„Ich kann mir überhaupt nicht vorstellen, dass es derart viele Männer ausgerechnet hier in der Eifel geben soll, die in dieser Gehaltsklasse spielen und dazu dann so... verkorkst sein sollen.“ Sie kräuselte die Nase. „Sie sprachen eben von Herren aus der IT-Branche. Wo soll die bei uns in der Region denn derart stark vertreten sein?“
Stettenkamp dachte, dass sie gerade auf dem besten Weg waren, sich von Frau Rollingers Geplauder derart ablenken zu lassen, dass sie sich langsam aber sicher von der Aufklärung der beiden Morde entfernten.
„Na in der 'Byte Burg' Blankenheim natürlich!“, rief diese wie selbstverständlich. „Wissen Sie gar nicht, dass Jochen Mahlstädt vor ein paar Jahren alles daran gesetzt hat, dass sie für eben diese Klientel gegründet werden konnte? Die Unternehmer, über die wir gerade sprachen, arbeiten natürlich fast alle in Köln, Düsseldorf oder Frankfurt. Doch das kreative

Zentrum, wie die Computerfreaks die 'Byte Burg' nennen, befindet sich zwanzig Kilometer entfernt von hier in Blankenheim."
Das hatte er in der Tat nicht gewusst. Stettenkamp warf einen fragenden Blick zu Ilka hinüber.
„Ich habe nicht verfolgt, was aus der ehemaligen Jugendherberge geworden ist", erklärte seine Mitarbeiterin. „Interessant finde ich allerdings", sagte sie betont langsam, „dass Daphne Lautwein ihre höchst gewinnträchtige Klientel ausgerechnet einem Projekt Jochen Mahlstädts zu verdanken hatte."
Claudia Rollinger zuckte gleichgültig mit den Schultern.
„Was für Sie vielleicht ungewöhnlich klingt ist tatsächlich die Frucht eines sehr gut funktionierenden Netzwerks zweier Visionäre."
Aha!
Was war Daphne Lautweins Gegenleistung an Mahlstädt für die Vermittlung derart zahlungskräftiger Kunden gewesen?, fragte sich Stettenkamp. Rein geschäftlich betrachtet konnte *Two-hearts* doch wohl kaum etwas für den Bankvorstand tun. Blieb nur die persönliche Ebene.
Den flüchtigen Gedanken an eine Verbindung über die Seitensprung-Sparte *Secret Affair24* verwarf er rasch wieder. Das hatte Jochen Mahlstädt wohl kaum nötig gehabt, ließ sich aber sicherlich herausfinden.
Stettenkamp und Ilka verabschiedeten sich; die Geschäftsführerin begleitete sie noch ein Stück.
„Ach, eins wollte ich Sie eben noch fragen, Frau Rollinger."
Sie hatten abgesprochen, sich diese Frage wie zufällig bis zum Schluss aufzuheben.
„Sie sagten zu Anfang, Daphne Lautwein habe keine Feinde gehabt", betonte Stettenkamp. „Was wissen

Sie eigentlich über den Mann, der diese gefälschte Todesanzeige im Namen ihrer Familie aufgegeben hat?“
Es konnte nach all dem, was sie gerade gehört hatten, doch kein Zufall sein, dass die Annonce ausgerechnet von einem Computerfreak aufgegeben worden war, dessen PC zudem in Blankenheim stand!
Inzwischen standen sie draußen im Regen vor dem schwach beleuchteten Hauptportal; ein paar Hunde bellten wütend auf dem Gelände eines Autohauses in die Dunkelheit hinein.
„Ich sagte doch bereits“, meint Claudia Rollinger leichthin, „unter diesen Nerds sind manchmal eben ein paar echt verkorkste Typen! Roland Lohmann kam einfach nicht damit zurecht, dass er in seinen Augen fünfzigtausend Euro bei uns in den Sand gesteckt und nach drei Jahren immer noch keine Frau gefunden hatte.“
Ilka und Stettenkamp sahen sich alarmiert an. Claudia Rollinger hingegen zuckte lediglich mit den Schultern.
„Shit happens!“

Montag - 3. Tag

Oh Mann, erst halb sechs!, dachte Alex mit Blick auf die roten Leuchtziffern seines alten Radioweckers, und drehte sich auf der schicken, aber vollkommen unbequemen Schlafcouch im Gästezimmer noch einmal um. Dabei spürte er ein heftiges Ziehen im Rücken und sein Kopf fühlte sich schwer wie Blei. Hier kann einfach kein Mensch vernünftig schlafen, brummte er.
Alex hatte das Ehebett gegen zwei Uhr verlassen, da Lisa im Laufe der Nacht immer heftiger gehustet und schließlich aufgrund ihrer verstopften Nase geschnarcht hatte wie ein Bärin.
Er musste an Roland Lohmann denken und war sofort hellwach. Diesen Computerfreak wollte er sich unbedingt heute vorknöpfen. Was war das für ein Mensch - dazu noch ein vermeintlich Erwachsener - der eine gefakte Todesanzeige für Daphne Lautwein in der Zeitung aufgegeben hatte? Da mussten in seinen Augen bei dem Mann eine Menge Wut und Rachegelüste im Spiel gewesen sein. War ihm auch ein Mord zuzutrauen?
Sie würden es herausfinden!
Im besten Fall trafen sie Roland Lohmann sogar in diesem kreativen Zentrum in der Burg Blankenheim an. 'Byte Burg' hatte Claudia Rollinger die ehemalige Jugendherberge genannt.
Im Bad nebenan hörte er, wie schon die halbe Nacht, die Toilettenspülung rauschen. Die arme Lisa musste noch schlechter geschlafen haben als er selbst. Er hörte sie stöhnend zurück ins Schlafzimmer tapern. Zumindest Ben und Moritz, zu seinem Leidwesen

absolute Frühaufsteher, schienen noch in ihren Betten zu liegen.
Da er ohnehin nicht mehr einschlafen können würde, begann er über sein IPhone zu googeln.
'Byte Burg'...
Den Begriff hatte er noch nie zuvor gehört.
Was er schließlich fand, las sich wie ein Wirtschafts-krimi.
Die Wasserburg Hemmersbach in Kerpen, ein über tausend Jahre altes Rittergut, war vor einiger Zeit unter den Hammer gekommen, nachdem ein dort residierender Bauunternehmer Insolvenz angemeldet hatte. Aus der rund acht Millionen Euro teuren Burg wollte der aus den USA zurückgekehrte Internet-Spezialist Kai Krause seinerzeit die erste 'Byte Burg' machen - eine Mischung aus Forschungslabor und Gründerzentrum für neue Medien. Im Rausch der New Economy sollte aus dem Rittergut ein 'Brutkasten', so titulierte es eine Zeitung, für junge Unternehmer werden. Krause und die Betreiber-gesellschaft verbrieten für den Umbau der Burg zu einem IT-Labor Gelder in zweistelliger Millionenhöhe - maßgeblich unterstützt vom Land Nordrhein-Westfalen. Nachdem der Traum der 'Byte Burg' aufgrund seines marktwirtschaftlich unrentablen Betriebs ausgeträumt war, hatte die Kölner Staatsanwaltschaft ein Ermittlungsverfahren gegen fünfundzwanzig Beschuldigte wegen des Verdachts der schweren Untreue und des Sub-ventionsbetrugs eingeleitet.
Alex sprang von der Schlafcouch auf und stützte sich auf den antiken Schreibtisch seines Vaters, den er bei seinem Umzug in das Pflegeheim aus Platzgründen nicht hatte mitnehmen können.

Seine Hirnzellen arbeiteten inzwischen auf Hochtouren.
Wie kann es nach einer solchen Millionenpleite nur möglich sein, fragte er sich, dass es bei uns in der Eifel nun eine zweite 'Byte Burg' gibt?
Gepusht, wie Claudia Rollinger ihnen gestern berichtet hatte, vom hiesigen Bankvorstand Jochen Mahlstädt.
Alex wollte wissen, wie das Verfahren um die Betreibergesellschaft der 'Byte Burg' Hemmersbach ausgegangen war, doch eindeutige Würgegeräusche aus dem Bad unterbrachen seine Recherchen.

„Ich habe die halbe Nacht auf der Toilette verbracht“, sagte Lisa, vor derselben zusammengesunken, mit schwacher Stimme. Dunkle Haarsträhnen klebten ihr im Gesicht, sie wirkte vollkommen verschwitzt, zitterte nun aber erbärmlich.
Er half ihr auf die Beine und hinüber zum Waschbecken.
„Du wirst dir einen Magen-Darm-Infekt eingefangen haben“, sagte er, „und Schüttelfrost hast du auch. Es hilft nichts, Schatz, du gehörst wieder ins Bett. Ruh' dich aus, ich mache dir erst mal einen Tee...“
Sie schüttelte den Kopf.
„Das geht nicht“, meinte sie vollkommen kraftlos, „ich muss in die Redaktion! Hast du es schon vergessen? Heute ist mein erster Arbeitstag.“
Er streichelte ihr hilflos über den Rücken.
Das durfte doch nun wirklich nicht wahr sein!
Nachdem Lisa die Brocken als freie Mitarbeiterin in der Lokalredaktion durch ihren überstürzten Auszug im vergangenen Winter hingeworfen hatte, waren sie heilfroh gewesen, dass ihr Chef Schlomberger ihr eine zweite Chance gegeben hatte. Und zwar als

festangestellte Redakteurin mit einer geplanten Arbeitszeit von fünfunddreißig Stunden - wer die Branche kannte, wusste ein Angestelltenverhältnis durchaus zu schätzen. Und dazu noch in Teilzeit, sodass genügend Zeit für Ben und Moritz bleiben würde.
Ein Sechser im Lotto, hatte Lisa immer wieder betont. Und nun war sie ausgerechnet an ihrem ersten Arbeitstag - nach dem ganzen Hin und Her im vergangenen Jahr - krank.
„Ich rufe Schlomberger an, er wird das schon verstehen“, sagte Alex.
„Nein! Das mache ich selbst.“
Sie ließ sich bleich auf den Klodeckel sinken.
Alex brachte ihr das Festnetztelefon und ging ins Kinderzimmer der Zwillinge. Es wurde Zeit, sie für die Schule fertig zu machen.
Er roch die Bescherung schon, bevor Moritz es aussprach: „Papa, Ben hat ins Bett gemacht! Ich glaube, er hat Flitzekacke. Und mir ist auch total übel...“
Alex atmete tief durch und schob seine Jungs ins Gästebad. Warum mussten in seiner Familie nur immer alle gleichzeitig krank werden?
Statt an sich hartnäckig ausbreitende Kindergartenviren glaubte er allmählich an einen Fluch. Verkorkster konnte ein Montagmorgen nicht beginnen.
Seufzend blickte er auf die Uhr und rief Ilka an. Sie befand sich bereits auf dem Weg ins Büro im Euskirchener Kreishaus und hatte zwei wichtige Dinge in Erfahrung gebracht:
Nina Mahlstädt würde vermutlich erst am späten Abend mit ihren drei Kindern zurück in Gemünd sein. Bongardt hatte die Ehefrau erst vor einer halben

Stunde über ihr Handy erreicht und ihr die Nachricht vom Tod ihres Mannes überbracht.
Es half alles nichts, sie würden die Ehefrau des Bankvorstands erst morgen Früh befragen können. Das war umso ärgerlicher als dass die ersten vierundzwanzig Stunden - ermittlungstechnisch die kostbarsten nach einem Mord - ohnehin bereits verstrichen waren.
Ilka berichtete zudem, dass der Betreiber der Blankenheimer 'Byte Burg', ein Kölner namens Ben Braun, um neun Uhr dreißig mit Roland Lohmann zu einem Meeting verabredet sei.
Und das in den umgebauten Räumlichkeiten der Burg. Perfekt!
Alex grinste, als Ilka ihm erzählte, dass sie sich als Düsseldorfer Startup-Unternehmerin ausgegeben habe und die Herren sie sehr gern am Vormittag im Turmzimmer empfangen würden. Eine Kriminalkommissarin wäre zumindest Lohmann deutlich weniger angenehm gewesen, da war er sich sicher.
Neun Uhr dreißig, das würde er locker schaffen...
Er rief Annika, seine in die Zwillinge ganz vernarrte neunzehnjährige Nachbarin an. Hoffentlich war sie überhaupt schon wach! Die junge Frau hatte im Mai ihr Abitur gemacht und arbeitete derzeit im Mechernicher Krankenhaus als Praktikantin, um die Wartezeit bis zu ihrem Medizinstudium zu überbrücken. Hatte sie ihm nicht neulich erzählt, montags sei in der Regel ihr freier Tag?
Annika erwies sich, wie schon so oft, auch heute als Geschenk des Himmels. Sie versprach, in einer Viertelstunde bei Stettenkamps aufzuschlagen, wie sie sich ausdrückte, um sich um Ben und Moritz zu kümmern. Die waren inzwischen, genau wie Lisa, in ihre Betten zurückgekrochen.

Alex bereitete in der Küche einen Kamillentee für seine Frau zu - die Jungs konnten warme Getränke aller Art leider nicht ausstehen - , legte eine Scheibe Zwieback für jeden der drei Patienten auf einen Teller und ging nach oben.
„Was hat Schlomberger denn gesagt?“, fragte er Lisa und hoffte, dass der zwar etwas hemdsärmelige, aber sehr erfahrene Redaktionsleiter halbwegs verständnisvoll reagiert haben würde.
„Entweder hatte er einen ganz schlechten Tag und ihm ist heute Morgen schon eine ganze Armee von Läusen über die Leber gelaufen“, seufzte Lisa, „oder er meint ernst, was er gesagt hat: Je länger er darüber nachdenke, umso besser könne er sich einen anderen, zuverlässigen Kollegen als festen Redakteur im Team vorstellen. Ich möge mich auskurieren und Ende der Woche nochmal unverbindlich, wie er betonte, bei ihm anrufen.“
Das durfte doch alles nicht wahr sein!

Ilka hatte gerade mit Manfred Habig und Peter Bongardt einen schnellen Morgenkaffee getrunken und mit ihnen über ihr gestriges Telefonat mit Mahlstädts Vorstandskollegen Dr. Oliver Schmidt gesprochen.
Er hatte sich erschüttert und vollkommen fassungslos gezeigt, als Ilka ihm am Telefon die Nachricht vom Tod seines Chefs überbrachte. Ungläubig fragte er mehrmals nach, ob wirklich kein Irrtum denkbar sei. Schmidt befand sich seit Freitagnachmittag mit einigen Abteilungsleitern und Spezialisten auf einer Klausurtagung in Bitburg. Ilka hatte Schmidt auch nach dem dritten Vorstand der *Eifelbank*, Peter Althaus, gefragt.

Der Zweiundsechszigjährige weilte nach seinem Herzinfarkt im September jedoch zur Zeit in einer Rehaklinik in Bad Driburg im Teutoburger Wald. Über den Tod Jochen Mahlstädts werde er Peter Althaus noch heute mit der gebotenen Sensibilität informieren, so Dr. Schmidt. Eigentlich, so berichtete er weiter, habe Mahlstädt am Sonntagmittag zu ihnen stoßen wollen.
Die gesamte Führungsriege werde am heutigen Abend zurückkehren. Morgen würden sie den Bankvorstand folglich ausführlich befragen können.
Am späteren Nachmittag hatte Dr. Schmidt sie dann noch einmal zurückgerufen.
Er schien nun ein wenig sortierter und berichtete ihr, seine Sekretärin veranlasst zu haben, dafür zu sorgen, dass die Anzugsrevers und Blusen der Bankmitarbeiter mit Trauerflor versehen sowie ein angemessen geschmücktes Bild Jochen Mahlstädts im Foyer stehen würden.
Oliver Schmidt bot ihr zudem an, die Konferenz vorzeitig abzubrechen.
Doch Stettenkamp hatte entschieden, dass die Befragung Nina Mahlstädts, auf die er eigentlich heute gehofft hatte, ohnehin Vorrang haben würde.

Das Telefon klingelte.
Am anderen Ende der Leitung meldete sich Max Zehnpfennig.
„Hallo Frau Landwehr! Wie geht es Ihnen?“, dröhnte es durch die weißgraue Muschel. „Im Grunde schon ein bisschen schade, dass sich die oberen Herren gegen eine gemeinsame SoKo entschieden haben, oder?“
Er ließ sie gar nicht zu Wort kommen.

„Aber da kann man nix machen, Sie werden den Doppelmord auch ohne uns Kölner aufklären. Ich habe Neuigkeiten, Frau Landwehr."
„Schießen Sie los!"
Ilka sprang so heftig von ihrem Schreibtischstuhl auf, dass er einen guten Meter nach hinten rollte.
„Der Bericht aus der Ballistik hat unsere Vermutung hinsichtlich der benutzten Waffe bestätigt", begann er. „Interessant sind die Ergebnisse der Flugbahnanalyse-berechnung."
Er holte etwas aus.
„Sie erinnern sich doch an das Einschussloch, das sich bei beiden Opfern jeweils auf Schädelhöhe befand."
Ilka nickte.
„Stettenkamp und ich fahren heute Mittag zur Obduktion nach Bonn", berichtete sie. „Ich denke, Dr. Grunwald wird uns dort bestätigen, dass die Geschosse oberhalb des linken Ohrs in den Schädel eingetreten sind. Was haben Ihre Kriminaltechniker denn nun herausgefunden?"
Zehnpfennig machte eine kleine Kunstpause.
„Wir wissen jetzt, von wo aus der Täter die Schüsse auf Jochen Mahlstädt und Daphne Lautwein abgegeben hat", sagte er ruhig. „Die Kollegen konnten anhand der Daten, die wir erfasst haben, am Computer den Tatablauf simulieren. Körpergröße des Opfers, Einschusswinkel..."
„So was kennen wir auch in der Eifel", warf Ilka etwas sarkastisch ein. „Kommen Sie zur Sache, lieber Herr Zehnpfennig!"
„Der Schütze hat seine Schüsse eindeutig von der Dachterrasse des KölnSKY-Turms abgefeuert!", rief er in den Hörer. „Er muss seine Opfer abgehört haben, als sie planten, die Feier zu verlassen und hat

sich dann auf der Dachterrasse versteckt. Der Täter hat die beiden auf dem Weg ins Hyatt vermutlich mit einem Zielfernrohr beobachtet und schließlich in einem günstigen Augenblick geschossen. Natürlich steckte auf der Winchester ein Schalldämpfer“, fügte er überflüssigerweise hinzu.
„Das heißt“, überlegte Ilka, „der Mörder hat aus einer Distanz von ungefähr siebenhundert Metern geschossen?“
„Richtig! Wir können also mit an Sicherheit grenzender Wahrscheinlichkeit sagen, dass wir es nicht mit einem guten oder sehr guten Schützen zu tun haben, sondern...“
„Mit einem außergewöhnlich gut ausgebildeten Scharf- oder Präzisionsschützen!“, unterbrach Ilka ihn aufgeregt. „So etwas schafft keiner, der hobbymäßig ein bisschen herumballert.“
Sie schwieg einen Augenblick.
„Sie sind ganz sicher, dass er - oder sie - vom KölnSKY-Turm aus geschossen hat?“
„Aber ja!“
Zehnpfennig schien angesichts ihrer Nachfrage nicht beleidigt. Offenbar war er selbst ganz fasziniert von den Erkenntnissen seiner Kollegen.
„Es gibt sonst kein Gebäude, das hoch genug ist für einen solchen Schusswinkel. Unsere Jungs waren auf dem Dach und haben eine Lasermessung gemacht: 863,7 Meter Distanz - unglaublich, was?“
„Allerdings.“
„Und noch etwas: Seit Freitag funktionierte die Videoüberwachung oben auf der Dachterrasse nicht mehr. Das ist doch kein Zufall! Inzwischen wurden die Kameras wieder instand gesetzt.“ Zehnpfennig fügte hinzu: „Sie hätten das ja sicher noch überprüft, doch der Manager der Location kam Ihnen quasi

zuvor. Er rief Conny und mich vor einer halben Stunde im Präsidium an, weil er natürlich davon ausging, dass die Kölner Mordkommission weiterhin zuständig sei."

Ilka verschlug es fast die Sprache.

Gestern hatten Stettenkamp und Bongardt noch nichts von ihrer Theorie des eiskalten Profikillers wissen wollen. Für sie gab es inzwischen keinen Zweifel mehr an ihr.

„Warum haben die Überwachungskameras nicht funktioniert?", fragte sie leise.

Auf Zehnpfennigs Antwort hätte sie ihr Monatsgehalt verwettet.

„Sie wurden manipuliert."

Nachdem Zehnpfennig aufgelegt hatte, lief Ilka eine Etage hinunter zum Erkennungsdienst.

Sie hatte Glück, Bernd Schmitz beugte sich im Labor gerade über ein Mikroskop.

Ilka berichtete ihm von dem Gespräch und Schmitz reagierte so, wie sie ihn kannte und schätzte.

„Männer!", rief er zweien seiner Mitarbeiter zu. „Wir fahren sofort nach Köln. Vielleicht haben wir Glück und finden noch Spuren auf der Dachterrasse." Er lächelte Ilka zu. „Deine Theorie vom Profikiller klingt in meinen Ohren plausibel. Aber du weißt ja, selbst die ausgebufftesten Typen hinterlassen manchmal unbemerkt etwas."

„Lisbeth", er prostete seiner alten Nachbarin mit einem Glas Rotwein aufmunternd zu, „wir haben mit dem Verkauf unserer Grundstücke alles richtig gemacht, glaub' mir! So eine Chance hätten wir doch nie wieder bekommen."

Erwin nahm einen kräftigen Schluck.
„Schade nur, dass du nicht auf mich gehört und deines unter Wert verkauft hast, Lisbeth. Ohne unseren Grund und Boden könnten diese Projektheinis ihr Luxushotel mit dem Schwimmbad doch gar nicht bauen."
Lisbeth blickte durch die Gardine auf die schmale Dorfstraße in Rollesbroich und schwieg. Gedankenverloren sah sie hinüber zur Kirche St. Mariä Empfängnis und dachte an ihren Fritz, den vor drei Jahren das Zeitliche gesegnet hatte. Sie selbst war vor fast siebzig Jahren in dem Tausend-Seelendorf geboren worden und lebte bis heute in ihrem bescheidenen Elternhaus in der Nähe des Waldes.
Das Grundstück in Schwammenauel - ein beliebter Touristenort direkt an der Rurtalsperre - hatte sie vor über zwanzig Jahren von ihrem Vater geerbt. Ökobauer Erwin, den sie seit Kindesbeinen an kannte, hatte sie seinerzeit keineswegs zum Verkauf überredet.
Nein, es war ihr ältester Sohn Robert gewesen. Robert hatte seiner Mutter zudem geraten, den Verkaufserlös direkt in das Großprojekt in Schwammenauel zu reinvestieren. Die hunderttausend Euro seien in dem geschlossenen Immobilienfonds mit Sicherheit gut angelegt. Ihr Sohn hatte die Dinge dann auch gleich in die Hand genommen und über die Eifelbank ins Rollen gebracht.
Fritz und ich hätten das Geld stattdessen auf ein Sparbuch gepackt, dachte Lisbeth gerade. Wenn wir das Grundstück überhaupt verkauft hätten...

Allerdings war sie beruhigt gewesen, als Erwin ihr im Herbst erzählt hatte, dass er den Gegenwert seiner eigenen beiden Grundstücke ebenfalls in das Fünf-Sterne-Superior-Hotel investiert habe.
Erwin ist ein Schlitzohr, dachte sie. Der macht so leicht nichts, was zu seinem eigenen Schaden wäre.
Nun zwinkerte er Lisbeth vertraulich zu.
„Unter uns zwei Pastorenkindern...", sagte Erwin grinsend, „ich habe dem Bürgermeister vor vier Monaten klipp und klar gesagt: Franz, ohne mein Land läuft gar nix, das weißt du so gut wie ich! Dreihundertfünfzigtausend und außerdem sorgst du dafür, dass bei uns in Rollesbroich..."
Lisbeth hob die Hand.
„Hör auf! Ich will gar nicht wissen, was du da gedreht hast."
Sie wusste, dass Bio-Landwirt Erwin, der für die Grünen im Gemeinderat saß, zu Franz Meister - einem CDU-Mann durch und durch - politisch ganz und gar kein gutes Verhältnis pflegte. Aber nun hatte Erwin vor vier Monaten eine Schlüsselposition im Millionenprojekt Schwammenauel inne gehabt - und diese offenbar für sich genutzt.
Lisbeth seufzte.
Das ist alles überhaupt nicht meine Welt, dachte sie und blickte hinauf in den wolkenverhangenen Abendhimmel.
Ach Fritz, warum hast du dich bloß vor mir einfach aus dem Staub gemacht...?

Stettenkamp und Ilka trafen sich wenig später in dem durch seine engen Gassen und Fachwerkhäuser idyllisch gelegenen Eifeldorf Blankenheim.

Sie standen vor dem Hauptgebäude der Burg Grafenberg, einer fast neunhundert Jahre alten Schlossanlage, eingerahmt von einem stattlichen Turm und der Burgmauer.
Stettenkamp blickte hinunter ins Tal auf den Blankenheimer Weiher und deutete auf das Bastionshaus.
„Hier wurden erst 2010 noch einmal fünf Ferienwohnungen für Familien geschaffen, zusätzlich zu den gut hundertfünfzig Betten in der Jugendherberge“, berichtete er. „Dort gibt es übrigens auch Seminarräume für Tagungen. Im Grunde haben diese 'Byte Burg'-Betreiber hier allerbeste Bedingungen vorgefunden, sollte man meinen.“
Er hatte gar nicht bemerkt, dass jemand hinter ihn getreten war.
Der sportliche Mann mit schwarzem Wallehaar, das er zu einem lässigen Zopf zusammengebunden hatte, dem knallbunten Hippiehemd und der verwaschenen Jeans reichte ihm die Hand.
„Glaubt mir, wir haben hier ein paar Millionen hineinstecken müssen, um aus dieser Bude was zu machen.“
Er warf einen kurzen Blick auf sein summendes Smartphone - das teuerste auf dem Markt, wie Stettenkamp gleich erkannte - lehnte sich dann gegen die Mauer und meinte: „Ach übrigens, ich heiße Ben Braun. Mir gehört der Laden hier, wenn ihr so wollt.“
Es schien so üblich, dass der Chef des kreativen Zentrums, wie Claudia Rollinger sich ausgedrückt hatte, potenzielle Mitarbeiter gleich duzte.
Er kommt ein bisschen arrogant rüber, fand Stettenkamp, so als habe die Burg - das Wahrzeichen Blankenheims mit seiner langen Herbergstradition - überhaupt keine ideelle Bedeutung für ihn.

Wie zur Bestätigung erklärte Braun: „Ich kann von Glück sagen, dass ich das Ding hier kaufen und umbauen konnte. Als ich nach einem passenden Objekt gesucht habe, war das gar nicht so einfach, das könnt ihr euch denken. Jeder hat in Deutschland ja was zu kamellen, das Land, die Kommune..."
Er lächelte feinsinnig.
„Aber zum Glück bin ich gut vernetzt und habe die entscheidenden Kontakte in die hiesige Politik und Wirtschaft knüpfen können."
Ilka hob den rechten Daumen.
„Na klar, ohne geht gar nichts!"
Sie lächelte ihm verschwörerisch zu.
„Stimmt es eigentlich, dass die *Eifelbank Nord/Süd* hier als Investor mit drin hängt?"
Ben Braun schien angesichts der Infos, die - in seinen Augen - eine junge Managerin über die 'Byte Burg' eingeholt hatte, beeindruckt zu sein.
„Ohne deren Vorsitzenden Jochen Mahlstädt hätte ich das Ding hier nicht übernehmen können", gab er zu. „Ich weiß nicht, wie er es gedreht hat, aber die *Eifelbank* hat über eine Betreibergesellschaft hier zwölf Millionen in den Umbau hineingepumpt."
„Wie bitte?", platze sie heraus.
„Ja, was meinst du denn, wie es vorher hier ausgesehen hat? Mit Stockbetten und Sammelduschen konnten wir hier natürlich nichts anfangen!"
„Wieso wollten Sie eigentlich unbedingt mit Ihren Kreativlingen in einer Burg residieren?", warf Stettenkamp ein.
„Na, etwas muss es halt schon passen...", meinte Braun. „Keiner von den Jungs und Mädels hier geht unter dreihunderttausend Euro nach Hause, egal ob sie angestellt sind oder, wie die meisten, freiberuflich arbeiten. Ein Hochhaus in Köln-Kalk hätten meine

Leute vielleicht nicht so gut angenommen“, meinte er höhnisch.
Der 'Byte Burg'-Betreiber unterbrach sich plötzlich. Möglicherweise war Ben Braun angesichts ihrer vielen Fragen misstrauisch geworden...
„Und ihr seid Startup-Unternehmer aus Düsseldorf?“, wollte er nun wissen. „Was macht ihr denn genau?“
„Tja, in dieser Hinsicht müssen wir Sie leider enttäuschen“, erklärte Stettenkamp. „Ganz sicher haben Sie meine Kollegin da am Telefon einfach nur missverstanden“ meinte er ein wenig spöttisch. „Kreativ sind wir zwar ohne jeden Zweifel, aber das eher bei der Aufklärung eines Doppelmordes. Wir möchten gerne Roland Lohmann sprechen. Unter sechs Augen, bitte. Wo finden wir ihn?“
Ben Brauns Augen verengten sich augenblicklich zu schmalen Schlitzen. Er steckte die Hände in seine ausgebeulten Hosentaschen.
„Warum hast du mich ver..., Kleine?“, wandte er sich an Ilka.
„Weil Herr Lohmann ansonsten ganz sicher nicht heute Morgen hier aufgetaucht wäre und wir ihn dann umständlich zu uns ins Kreishaus hätten vorladen müssen.“
Sie hob theatralisch die Hände.
„Das wäre doch nur lästig für uns alle gewesen. Schließlich sind wir doch alle vielbeschäftigte Leute, nicht wahr? Time is money! Sagt man nicht so?“
Er verdrehte die Augen, gab ihnen jedoch einen Wink, ihm zu folgen. Im Haupthaus schwirrten etliche Männer und ein paar Frauen zwischen zwanzig und Mitte dreißig umher und schienen enorm beschäftigt. Braun führte sie zu Roland Lohmann ins Turmzimmer. Fünf Laptops standen auf Schreib-

tischen in einen weißgetünchten Raum mit ausgesuchten italienischen Möbeln darin.
Stettenkamp fragte sich seit Tagen, auf was für einen Menschen sie wohl treffen würden, der die Unverfrorenheit besessen hatte, im Namen der Familie Daphne Lautweins eine gefälschte Todesanzeige in der Zeitung aufzugeben.

Lohmann lümmelte sich wie ein Schuljunge in einem weißen Ledersessel und wirkte auf den ersten Blick recht selbstbewusst. Anders als Ben Braun schien er Wert auf ein geschäftsmäßiges Äußeres zu legen. Er trug einen blauen, schmal geschnittenen Anzug, dazu einen bordeauxfarbenen Gürtel und Lederschuhe im gleichen edlen Farbton.
Sein rundliches, fast weiblich wirkendes Gesicht mit dem breiten Schmollmund passte irgendwie nicht recht zu seiner Aufmachung. Obwohl er noch so jung war, besetzte lediglich ein schmaler, fusseliger Haarkranz seinen Hinterkopf.
Den hätte ich mir abrasieren lassen, dann würde es besser aussehen, dachte Stettenkamp, obwohl ihm Äußerlichkeiten bei Männern sonst vollkommen gleichgültig waren.
„Woran arbeiten Sie und Ihre Kollegen hier eigentlich konkret?“, wollte er von Lohmann wissen.
„Ach, wenn ich Ihnen das erläutern würde... ob sie das überhaupt verstehen würden?“, fragte er von oben herab. Aber es war weniger sein Tonfall, der auffiel als seine Stimmlage.
Der Typ spricht wie Mickey Maus, dachte Stettenkamp.
„Herr Lohmann! Ich fordere Sie zum letzten Mal auf, uns zu erklären, was hier in der 'Byte Burg' gemacht wird.“

„Ja, ja, schon gut“, quietschte er. „Die meisten von uns kommen aus der IT-Branche, Softwareentwickler und so. Es sind auch ein paar Wissenschaftler dabei. Wir tauschen hier unsere Ideen aus, arbeiten an Projekten und so was. Verstehen Sie?“
Stettenkamp musste zugeben, in seinen Ohren klang das, was Lohmann sagte, alles etwas wischi-waschi. Aber vielleicht lag es auch daran, dass er selbst keinen wirklich tiefen Zugang zur Informationstechnologie besaß.
Er ließ es dabei bewenden.
„Wir wissen über Ihre gefakte Todesanzeige Bescheid“, wechselte der Kommissar abrupt das Thema.
„Das Verfahren gegen mich ist abgeschlossen“, erzählte Lohmann in gleichmütigem Tonfall. „Ich habe dreihundertfünfzig Euro gezahlt und damit ist die Sache längst erledigt.“
„Nicht ganz! Daphne Lautwein wurde ermordet, davon haben Sie ganz sicher in den Nachrichten gehört. Deshalb frage ich Sie: Warum haben Sie diese gefälschte Annonce aufgegeben?“
„Weil ich der Hexe eins auswischen wollte, ganz einfach!“
„Was hat Frau Lautwein Ihnen denn getan?“
„Gelinkt und über den Tisch gezogen hat sie mich! Die Alte hat mir über ihre Agentur *Two-hearts* die Bekanntschaft zu ach so tollen und schönen und gebildeten Frauen versprochen. Ich gehörte ja zu dem erlauchten Kreis der Chefin, den sie sogar persönlich betreut hat; gegen die Zahlung entsprechender Kohle, versteht sich.“
Er ballte seine rechte Hand zur Faust.

„Wie einen dummen Schuljungen hat sie mich zu einem Flirtseminar angemeldet und mich für potenzielle Treffen mit den Weibern gecoacht."
Stettenkamp sah ihn mit gespieltem Erstaunen an.
„Ja, hat Frau Lautwein Ihnen denn keine Damen vorgestellt, die einen Mann suchten und für Sie in Frage gekommen wären?"
„Doch. Aber es ist ja nie zu einem zweiten Date gekommen! Die paar wenigen, die sie mir vorgestellt hat, wollten sich angeblich nicht mehr mit mir treffen. Ich sei nicht ihr Typ. In meinen Augen war die Lautwein hingegen einfach vollkommen unfähig."
Hatte Claudia Rollinger nicht erzählt, rund siebzig Prozent dieser VIPs würden vermittelt? Diese Quote, wenn sie denn der Realität entsprach, zollte doch eher von Kompetenz der Agenturchefin.
„Darf ich Sie fragen, wie viel Geld Sie an *Two-hearts* gezahlt haben?"
„Alles in allem über die Jahre knapp fünfzig Mille. Unglaublich, was? Irgendwann hat sie mir gesagt, unsere Geschäftswege sollten sich besser trennen. In dem Moment habe ich ihr den Tod an den Hals gewünscht. Tja, und da kam mir dann diese Sache mit der Anzeige in den Sinn."
Den Tod an den Hals gewünscht...
„Herr Lohmann, wo waren Sie in der Zeit von Samstagabend zwanzig Uhr bis Sonntagmorgen?"
Garantiert hat er angeblich allein vor einem Computerbildschirm gesessen, dachte Stettenkamp.
„Ich habe gefeiert!" rief er stattdessen. „Auf der Fuck-up-Night in der Tonfabrik in Firmenich."
„Was bitte war das genau für eine Veranstaltung?", fragte er irritiert.
Eine Fuck-up-Night, was sollte das sein?
Den Begriff hatte er noch nie zuvor gehört.

„Stellen Sie sich vor, Herr Kommissar, jemand hat eine grandiose Idee. Zum Beispiel eine tolle neue App zu entwickeln. Er sammelt ein paar tausend Euro über begeisterte Geldgeber im Internet ein, gründet ein Start-up und merkt nach ein paar Wochen: Das wird nichts. Statt nun über sein vermeintliches Versagen zu jammern, probiert er eben das nächste Projekt aus, die Kohle kriegt er weitgehend wieder über Crowdfunding im Netz. Wagniskapital ersetzt quasi den Bankenkredit."
Lohmann schien nun völlig in seinem Element.
„Leute wie wir hier in der 'Byte Burg' haben immer eine nächste Vision, eine neue gute Idee. Vom Darniederliegen und Wiederaufstehen erzählen Menschen bei einer Fuck-up-Night. Und machen damit anderen Start-up-Unternehmern Mut. Verstehen Sie?"
Stettenkamp starrte ihn an.
„'Schöner scheitern', könnte man diese Partys auch nennen", brummte er sarkastisch.
Der Kommissar dachte an seinen Nachbarn, den Chef eines alteingesessenen Sanitärbetriebs, der kürzlich allein aufgrund seiner hohen Außenstände Insolvenz hatte anmelden müssen. Obwohl der Handwerksmeister an seiner Situation keinerlei Schuld trug, hatte er sein Selbstwertgefühl mit dem Ende seiner Firma auf den Friedhof getragen.
Lohmann hingegen berichtete in seinen Augen von Menschen, die sich als Unternehmer sahen, das Geld ihrer Sponsoren wie in einem Spiel häufig verbrannten, um gleich darauf das nächste Lotterielos zu kaufen. Und sich dafür dann auch noch feiern ließen.
Lohmann schien seine Gedanken zu erraten.

„Auf Fuck-up-Nights wird auf der Bühne ganz offen über Misserfolge gesprochen, vor allem um sie zu überwinden. Das ist doch eine super Sache! Zwischen den Auftritten wird natürlich gefeiert. Man vernetzt sich. Gerade wir ITler müssen noch viel mehr zu social networkern werden“, schwadronierte er.
Ilka trommelte kurz mit den Fingern auf Lohmanns Schreibtisch herum und erhob die rechte Hand, um seinen Redeschwall zu unterbrechen.
„Andere Frage: Wer finanziert eigentlich diese Fuck-up-Nights? Die Gescheiterten selbst?“
Warum will sie das wissen?, überlegte Stettenkamp.
„Die *Eifelbank* fungiert als Hauptsponsor“, erzählte Lohmann ganz selbstverständlich. „Ich habe deren Bankvorstand - Mahlstädt heißt er - bei der ersten Fuck-up-Night im August flüchtig kennengelernt. Der Mann schien mir selbst ein Visionär zu sein, der verstand - im Gegensatz zu so vielen Kleingeistern in der Eifel - worum es uns geht!“
Stettenkamp verschlug es die Sprache.
Erst die millionenschwere 'Byte Burg' und nun diese seltsamen Partys. Hingen Jochen Mahlstädt und damit die hiesige *Eifelbank* eigentlich überall mit drin?
Er räusperte sich.
„Wie dem auch sei, es geht uns um ihr Alibi. Herr Lohmann, Sie haben doch sicher Zeugen dafür, dass Sie in der Tonfabrik gewesen sind, richtig?“
Er nickte.
„Selbstverständlich. Ich hatte zwei Auftritte auf der Bühne, einmal um einundzwanzig Uhr und dann noch einmal zum Schluss um ein Uhr dreißig. Danach habe ich noch ein paar Stunden weiter gefeiert und bin dann um halb vier am Sonntagmorgen mit dem Taxi zurück nach Köln gefahren.“
„Welches Unternehmen war das?“

„Taxi Lorbach“, sagte er sofort. „Der Chef hat mich selbst gefahren. Fragen Sie doch nach, wenn Sie wollen!“
Roland Lohmann zückte überheblich grinsend eine Visitenkarte des Taxiunternehmens aus seinem Portemonnaie.

Stettenkamp gab auf der Autobahn Vollgas, um es mit Ilka hoffentlich noch rechtzeitig zur Obduktion Jochen Mahlstädts in die heiligen Hallen des rechtsmedizinischen Instituts der Uni Bonn zu schafften.
Die Euskirchener Kommissare hatten beide seit Jahren einen guten Draht zu Dr. Klaus Grunwald, doch auf sie warten würde er angesichts seines straffen Zeitplans mit der Leichenschau nicht.
Daphne Lautweins Körper war bereits am Vormittag seziert worden.
Während der Fahrt telefonierte Stettenkamp vom Beifahrersitz aus mit Bernd Schmitz.
Der Erkennungsdienstler befand sich immer noch auf der Dachterrasse des KölnSKY-Turms, um nach Indizien zu suchen. Schmitz würde bei der Autopsie diesmal also nicht mit dabei sein.
Stettenkamp und Ilka kamen zu spät.
Kurz vor der Autobahnauffahrt in Richtung Bonn hatte sich ein schwerer LKW-Unfall ereignet. Sie verloren über eine Stunde im Stau, da der querstehende Lastwagen nicht nur die komplette rechte und mittlere Spur, sondern auch noch den Standstreifen blockierte.

„Genau wie beim letzten Mal!“, fluchte Stettenkamp, als sie endlich angekommen waren. „Irgendwie ziehen wir Unfälle auf dem Weg nach Bonn magisch an.“

Ilka antwortete nicht und blickte angestrengt aus einem Fenster des Instituts.
Zwei Männer lieferten soeben einen Leichnam in einer weißen Plastikhülle an.
Allein der Gedanke an den Sektionssaal, in dem es roch wie in einem Schlachthaus, trieb ihr die Übelkeit in die Magengrube.
Viel lieber hätte sie die nächsten Stunden bei Daniel in Barcelona oder bei Nele und ihrem Vater im Center Parc verbracht.
Doch es half alles nichts.
„Mal wieder verspätet, die Herrschaften aus der Eifel!“, rief Dr. Grunwald bei ihrem Anblick grinsend. „Was war es diesmal? Eine Herde Schafe auf der Landstraße?“
„Nein, ein zerstückelter Rechtsmediziner in Senfsauce“, meinte Ilka trocken.
„Eins zu null für Sie!“, lachte er. „Herr Neumann, berichten Sie den Kommissaren über unsere bisherigen Ergebnisse“, bat er seinen Assistenten.
Der junge Mann stand gleich neben ihm an einem rollbaren Sektionstisch. Eine mit zahllosen toten Zweiflüglern bestückte honiggelbe Fliegenklatsche baumelte an einem der Metalltischbeine.
Neumann zog mit ernster Miene das grüne Tuch beiseite und gab den Blick auf den leblosen Körper Jochen Mahlstädts frei.
Dessen Leichnam wirkte bereits auf den ersten Blick im Vergleich zur Tatnacht deutlich verändert.
Die Leichenstarre hatte sich infolge der normalen Zersetzungsprozesse im Körper bereits gelöst, die hellen, ineinander verlaufenden blau-violetten Totenflecken ließen sich inzwischen nicht mehr wegdrücken.

Gäbe es etwas wirklich Spektakuläres zu berichten, dachte Ilka, würde Grunwald uns das jetzt höchstpersönlich erzählen. Im Gegensatz zu manch anderem Mord, den sie in der Vergangenheit aufgeklärt hatten, kannten sie in diesem Fall die Todesursache sowie den Todeszeitpunkt schon recht genau.
Dr. Grunwalds junger Assistent Neumann aber berichtete fast fünfundvierzig Minuten lang so gewissenhaft wie nervös über die Sektionen der beiden Leichname.
Ausführlich referierte er über jeden Schritt der äußeren und inneren Leichenschau.
Ilkas Blick wanderte unterdessen unauffällig über die silberfarben glänzenden Kühlzellen, an denen Zettel mit Namen und Gewicht der Verstorbenen klebten, die dort gelagert wurden.
Sie bemerkte, wie Neumann sich dauernd verhaspelte und seine Sache besonders gut machen wollte.
Die Obduktionen hatten scheinbar weder bei Jochen Mahlstädt noch bei Daphne Lautwein durchschlagende Erkenntnisse gebracht.
Beide waren kerngesund gewesen und wären sie nicht erschossen worden, hätten sie vermutlich noch viele Jahre leben können. Das Projektil war jeweils oberhalb ihres linken Ohrs in ihren Schädel eingedrungen und auf der anderen Seite einige Zentimeter niedriger durch das rechte Scheitelbein wieder ausgetreten. Eben diese Fakten zu rekonstruieren war angesichts der zerstörerischen Wirkung, die die sternförmigen Zacken der Geschosse in den Köpfen der Opfer hinterlassen hatten, eine beachtliche Leistung.
Ilka dachte an ihr Telefonat mit Max Zehnpfennig.
„Dieses Ergebnis bestätigt eins zu eins die Theorie der Kriminaltechniker hinsichtlich der Flugbahn der Geschosse“, sagte sie an Stettenkamp gewandt.

Er nickte und schien mit den Gedanken gerade ganz woanders zu sein.
„Nicht schlecht, Neumann", meinte Dr. Grunwald zu seinem Assistenten, dem trotz der eingeschalteten Klimaanlage während seines Vortrags der Schweiß ausgebrochen war.
„Nur eines haben Sie nicht erwähnt."
Neumann lief rot an.
„Daphne Lautwein war in der neunten Woche schwanger! Wir haben in ihrem Blut Rückstände des Wirkstoffs Progesteron gefunden. Dabei handelt es sich um ein weibliches Geschlechtshormon der Gruppe der Gestagene. Es wird häufig bei Komplikationen wie Blutungen in der Frühschwangerschaft verschrieben, um einen normalen Schwangerschaftsverlauf zu unterstützen."
Ilka und Stettenkamp sahen sich an.
Das war nun doch eine Überraschung!
Claudia Rollinger hatte ihnen gestern erzählt, dass die Geschäftsführerin ihres Wissens nach keine feste Beziehung gehabt habe.
Aber was besagte das schon?
Von wem erwartete Daphne Lautwein ein Kind?
„Sie wissen ja, meine Synapsen funktionieren noch einwandfrei", schmunzelte der Rechtsmediziner. „Ich habe bereits eine Untersuchung in Auftrag gegeben, um festzustellen, ob Jochen Mahlstädt das Kind gezeugt hat. In zwei, drei Stunden weiß ich mehr."

„Hallo Peter. Du bist ja noch hier!", rief Ilka ein wenig verwundert, als sie zurück ins Büro kam. Es war bereits später Abend.
Stettenkamp befand sich seit einer halben Stunde im Besprechungszimmer nebenan, um Armin Groß Rapport zu erstatten. Manfred Habig hatte offenbar

Feierabend gemacht; sein grauer Mantel hing jedenfalls nicht mehr an der Garderobe.
Der Kriminalassistent fuhr hektisch auf seinem Stuhl herum und schloss dann eilig eine Internetseite.
Doch Ilka hatte längst bemerkt, auf welchem Portal ihr Kollege sich da gerade getummelt hatte.
„Du bist bei *Two-hearts* angemeldet?“, fragte sie nach. „Das hätte ich nicht gedacht.“
Wie blöd von mir, so etwas zu sagen, schalt sie sich sofort. Warum sollte dem schließlich nicht so sein?
„Du denkst wohl auch, nur Typen, die im wahren Leben keine Frau abkriegen, suchen in einer Online-Partnervermittlung, was?“
Bongardt klang verärgert.
„Nein, überhaupt nicht, Peter, so ein Quatsch! In meinem Freundeskreis gibt es zig Paare, die sich über das Internet kennengelernt haben. Das ist doch heutzutage völlig normal geworden“, fügte sie eindringlich hinzu.
Ilka zog sich ihren Schreibtischstuhl ein Stück zu ihm heran.
„Ich war nur deshalb ein bisschen irritiert, weil du zuletzt auf Daniels Party eigentlich ganz glücklich mit deiner Freundin wirktest...“
Er verdrehte die Augen.
„Das war im Sommer, Ilka! Inzwischen ist eine Menge passiert. Mit Petra und mir hat es einfach nicht funktioniert. Wir hatten zu unterschiedliche Vorstellungen vom Leben und unserer Zukunft“, sagte er ausweichend.
„Verstehe!“, meinte sie. „Erzähl' mal, was ist eigentlich aus deiner Flamme aus dem 'Touchdown' von Samstag geworden?“

Mit Peter hatte sie eigentlich immer offen reden können; er würde ihr diese direkte Frage nicht übelnehmen.
Der Kriminalassistent winkte ab.
„Sie ist zu jung. Wir waren zwar am Sonntagabend zusammen in der Kiste“, berichtete er, „aber wir werden uns nicht mehr treffen. Das bringt nichts.“
Er sah sie an.
„Weißt du, ich suche eine ernsthafte Beziehung, eine Frau, die ähnlich tickt wie ich, mit der ich durch dick und dünn gehen kann. Aber wo soll ich eine solche Frau finden? Ich bin kein Disco- oder Kneipengänger und auf der Arbeit ist schließlich auch keine in Sicht“, schmunzelte er.
Ilka lächelte.
„Über *Two-hearts* zu suchen finde ich super!“, versicherte sie ihm. „Ich glaube, die Wahrscheinlichkeit ist hoch, dass die Frauen, die dort angemeldet sind, ebenfalls wirklich ernsthaft auf der Suche nach einem Partner sind. Und das ist doch schon mal eine gute Voraussetzung“, machte sie ihm Mut.
„Das hoffe ich doch“, brummte Peter. „Für drei Monate Mitgliedschaft bei *Two-hearts* löhnt man schließlich hundertachtzig Euro. Dafür sollte man die Sache ernst meinen, oder?“
Ilka nickte.
Wenn man dann noch die Umsätze der VIPs hinzurechnete - diese Partnervermittlung in Kall schien eine Goldgrube zu sein.
Sie hatten nicht bemerkt, das Stettenkamp ins Büro getreten war.
Er schien nur Peters letzten Satz aufgeschnappt zu haben und diesen nicht auf seinen Mitarbeiter persönlich zu beziehen.

„Was sagst du da, hundertachtzig Euro? Und Millionen Singles zahlen so viel? Für mich ist das einfach unfassbar!“, meinte er.
„Warum?“, fragte Ilka.
„Denkt doch mal an diesen verrückten Liebes-algorithmus, von dem uns Claudia Rollinger erzählt hat!“, rief Stettenkamp. „So etwas gibt es im richtigen Leben einfach nicht. Schon kleinste Abweichungen, ein merkwürdiges Hobby oder eine zu niedrig bevorzugte Schlafzimmertemperatur eines Menschen kann dazu führen, dass die große Liebe einfach weggeklickt wird!“
Peter hob zögernd die Schultern.
„Ich will doch nur sagen“, schloss der Kommissar, „dass viele Beziehungen in der realen Welt auf diese Art niemals zustande gekommen wären - aber dennoch funktionieren.“
Da ist was dran, dachte Ilka.
Aber wie sonst, außer mit Hilfe eines umfassenden Fragebogens und dem daraus erstellten Persönlichkeitsprofil, sollte eine Partnervermittlung einem Kunden passende Vorschläge machen können? Ähnliche Vorstellungen vom Leben und Gewohnheiten, die im Alltag übereinstimmten, waren da schließlich nicht das Hinderlichste...
Sie ließen das Thema auf sich beruhen und brachen alle drei in den späten Feierabend auf.

„Wir müssen Claudia Rollinger morgen unbedingt noch einmal auf den Zahl fühlen“, murmelte Ilka, als sie mit ihrem Chef noch kurz auf dem Parkplatz der Kreisverwaltung zusammenstand.
Der Wind rauschte durch die fast blattleeren Bäume. Ilka fügte hinzu: „Möglicherweise hat sie doch eine Ahnung, von wem das Kind stammt.“

Stettenkamp warf ihr einen skeptischen Blick zu. „Ich habe im Gefühl, Mahlstädt ist der Vater! Aber wie dem auch sei, ich möchte von Claudia Rollinger auch noch Einzelheiten zu Roland Lohmann wissen. Am besten, wir laden sie ins Kreishaus vor."

„Der Typ scheint ein komischer Vogel zu sein, allerdings hat er nun mal ein Alibi", gab Ilka zu bedenken. „Ich habe eben mit Manni telefoniert, er hat eine ganze Reihe von Zeugen aufgetan, die Samstagnacht in der Tonfabrik diese Fuck-up-Night gefeiert und Lohmann tatsächlich von Beginn bis zum Ende der Party gesehen haben. Und auch der Taxifahrer, Werner Hambach heißt er, hat Manni bestätigt, Lohmann um halb vier morgens von Firmenich nach Köln gefahren zu haben." Sie schmunzelte. „Klar, bei der Wegstrecke klingelte ja seine Kasse, da würde ich mich auch gleich erinnern."

Ihr Chef starrte in die Dunkelheit.

„Du hast recht. Aber weißt du was? Mir geht deine Theorie von einem Auftragsmörder nicht aus dem Kopf. Was, wenn Roland Lohmann den Mord an Lautwein und Mahlstädt gar nicht selbst begangen hat?"

Ilkas Handy vibrierte.

Im Display erkannte sie die Nummer von Bernd Schmitz. Sie grinste. Der Erkennungsdienstler rief stets zuerst sie, nur im Notfall Alex Stettenkamp an.

„Frau Landwehr, wie war es in der Bonner Schlachterei?", begann er flapsig. „Da hatte ich es hoch oben auf der Dachterrasse mit Blick über die Kölner Altstadt und den Rhein doch schon wesentlich netter", witzelte er. „Sogar ein Käffchen hat man mir noch gebracht..."

Ilka atmete tief durch.

Sie hasste es, auf die Folter gespannt zu werden - von wem auch immer.
Stettenkamp verdrehte längst die Augen.
„Lieber Herr Schmitz“, ahmte sie seinen Tonfall nach. „Sie rufen mich aber nicht an, um mir von der tollen Aussicht dort vorzuschwärmen, oder?“
„Stimmt! Den Standort des Täters auf der Dachterrasse kannten wir ja aufgrund der Flugbahnanalyse ziemlich exakt. Und eben dort habe ich mit meinen Leuten tatsächlich etwas gefunden!“
Damit hatte Ilka nicht gerechnet.
Bisher waren sie sicher gewesen, dass es sich bei dem Täter um einen absoluten Profikiller handeln musste - und ein solcher ließ wohl kaum eine Zigarettenkippe liegen oder vergaß seinen Personalausweis am Tatort, wie es neulich bei einem Einbruch in einer Spielhalle in Euskirchen geschehen war. Die ganze Polizeidienststelle hatte sich kugelig gelacht.
„Was haben Sie gefunden?“, fragten Stettenkamp und sie den Chef der Spusi nahezu gleichzeitig.
„Tröpfchen!“
„Was für Tröpfchen?“
„Das werde ich Ihnen gleich sagen! Der Mörder muss sich in gebeugter Körperhaltung befunden haben, vielleicht in dem Moment, als er die Winchester aus seiner Tasche gezogen hat. Ich rekonstruiere weiter: Genau in diesem Augenblick musste er niesen! Ich habe an der Glasscheibe der Terrassenbrüstung, exakt an der Stelle, von der unser Mann geschossen haben muss, mikroskopisch zahlreiche winzige Tröpfchen nachgewiesen, die zweifelsfrei aus der Nasenschleimhaut stammen.“
Ilka und Stettenkamp waren für einen Moment sprachlos. Sie hätten fast die Hand dafür ins Feuer legen können, dass Schmitz noch niemals an einem

Tatort selbst für das menschliche Auge unsichtbare Spuren entgangen waren. Der Mann beherrschte sein Handwerk wirklich perfekt.

„Der Manager des KölnSKY-Turms hat uns versichert, dass drei Tage vor dieser Feier kein Mensch mehr oben auf der Dachterrasse gewesen sei“, sagte Ilka schließlich. „Und seit der Tatnacht ist dort oben ja ohnehin alles abgesperrt.“

Stettenkamp nickte.

„Von den Partylöwen der Deutschen Vermögensberatung hat sich beim Sektempfang sicher auch niemand genau an dieser Stelle auf den Boden gekniet und gegen die Scheibe geniest“, mutmaßte er trocken.

Aus dem Hörer drang Schmitz' kehliges Lachen.

„Das denke ich auch! Ich habe, wenn ich ehrlich bin, nicht damit gerechnet, einen solchen Volltreffer zu landen. Anhand der Tröpfchen kann ich in jedem Fall im Labor den genetischen Fingerabdruck dieser Schnupfennase ableiten.“

„Wie lange brauchen Sie dafür?“

„Ich fahre gleich noch zurück nach Euskirchen ins Labor, gegen Mitternacht weiß ich sicher mehr. Sie wissen ja, die Proben muss ich in einem Reagenzglas erst mal in den Thermocycler stecken, wo sie in zig Vermehrungszyklen erhitzt und gekühlt werden müssen und dann...“

„Ja, ja, schon gut“, fiel Stettenkamp ihm ins Wort. „Herr Schmitz - sobald Sie mit Ihrer Analyse fertig sind, rufen Sie mich an! Egal um welche Uhrzeit.“

Dienstag - 4. Tag

Ilka lehnte sich leicht erschöpft gegen die Fassade ihres schmucken Fachwerkhauses und fühlte sich wie neu geboren. Die winterliche Kälte spürte sie nicht. Seit Wochen schon war sie nicht mehr gejoggt, und freute sich umso mehr, ihre übliche Laufstrecke durch den Wald oberhalb des Abenteuerspielplatzes in einer passablen Zeit geschafft zu haben.
Schweren Herzens brachte sie Becks, ihren hellbraunen Labrador, nebenan zu Conrads Hundepension und bereitete sich gedanklich auf die erneute Vernehmung Claudia Rollingers vor. Sie war in einer schlaflosen Nacht das Gefühl einfach nicht los geworden, dass die Geschäftsfrau mehr über das Privatleben Daphne Lautweins wusste als sie ihnen vorgestern erzählt hatte.
Anschließend wollte sie mit Stettenkamp zu Nina Mahlstädt nach Gemünd fahren, deren Rückkehr aus Österreich sie so dringend erwartet hatten. In welcher Verfassung würden sie die Ehefrau des Bankers antreffen? Und vor allem - was würde die dreifache Mutter ihnen wohl über ihren Mann erzählen?
Während des Duschens stellte Ilka fest, dass das Wasser in der Leitung einfach nicht warm werden wollte. Kurz darauf bestätigte sich ihre Vorahnung. Im gesamten Haus funktionierte die Heizung nicht. Und das ausgerechnet im November!
In der Nacht und unmittelbar, nachdem sie erhitzt vom Laufen zurückgekehrt war, hatte sie die Kälte gar nicht bemerkt.

Sie suchte gerade die Telefonnummer des Kaller Heizungsinstallationsbetriebs Züll heraus, da klingelte das Telefon.
Daniels Tochter Nele hatte Sehnsucht nach ihr, was sie riesig freute. Nachdem die Kleine ihr ausführlich vom subtropischen Schwimmbad des niederländischen Center Parcs erzählt hatte, übergab sie ihrem Vater den Hörer. Paul Landwehr bestätigte, dass mit Nele und auch mit Tinchen alles bestens laufe.
Ilka schmunzelte.
Sie berichtete ihrem Vater von der ausgefallenen Heizung.
„Da rufst du Kleins' Günther aus Hellenthal an“, empfahl er ihr sofort. „Den hab ich bei mir in Oberschömbach auch immer da, wenn was ist.“
So ein Quatsch, dachte Ilka. Die Firma Züll sitzt doch in Kall, natürlich bestelle ich die hierher!
„Mädchen, du wirst einen neuen Brenner brauchen“, sprach ihr Vater auch schon weiter. „Ich bezahle dir den. Zu Hause hab' ich noch Schwarzgeld liegen von der Schreinerei, das kann ich ohnehin nicht zur Bank bringen. Der Günther baut dir das Ding ohne Rechnung ein!“
Ihr fiel fast die Kinnlade herunter.
„Das will ich nicht!“, sagte sie bestimmt.
„Ilka, eine Hand wäscht die andere, das müsstest du doch wissen! Der Günther hat mir immer gute Kundschaft für die Schreinerei besorgt, genau wie Strippenziehers Franz. Also den Klinkhammer, meine ich. Kennste doch!“
Sie rollte mit den Augen.
„Ach, und du meinst, wenn der Strom nicht funktioniert, rufe ich keinen Kaller Elektrobetrieb an, sondern deinen Strippenziehers Franz?“
Schweigen.

„Ilka, was ist denn das überhaupt für eine Frage?“ Paul Landwehr schien ehrlich irritiert.
„Ich weiß ja nicht, was sie euch in Sachen Marktwirtschaft in der Schule damals so beigebracht haben. Letztlich läuft es in der Praxis doch so: Hilfst du mir, helf' ich dir! Und wem schadet es? Niemandem!“
Da war sie allerdings etwas anderer Ansicht, wollte aber um diese morgendliche Uhrzeit mit ihrem Vater nun wirklich keine steuermoralischen Diskussionen führen.
Nachdem Werner Züll ihr zugesagt hatte, dass einer seiner Mitarbeiter noch heute Vormittag nach ihrer Heizung sehen und falls nötig einen neuen Brenner einbauen werde, atmete sie erst einmal tief durch. Den Haustürschlüssel würde sich der Monteur nebenan in Conrads Hundepension abholen.
Eine halbe Stunde später schwang Ilka sich voller Energie in ihren dunkelblauen Golf.
Sie warf einen Blick auf ihr privates Smartphone und lächelte.
Daniel hatte gerade eine Nachricht geschickt.

Guten Morgen, Lieblingskommissarin! Ich hoffe, du hast gut geschlafen und ihr kommt mit den Ermittlungen voran. Ich denke fest an dich, während ich gerade im Mannschaftsbus der Barca-Jungs sitze. Cool, was? Ich habe schon einen super Draht zu ihnen gefunden - beste Voraussetzungen für mein Dossier.
Ilka, ich habe es dir gestern Abend schon am Telefon gesagt... ich weiß gar nicht, wie ich dir und deinem Vater wegen Nele danken soll. Du bist das Beste, was mir und der Kleinen je passiert ist. Ich liebe dich!
Daniel

Sie spürte einmal mehr, wie sehr sie Daniel und Nele nach wenigen Tagen bereits vermisste.
Die beiden waren zu den wichtigsten Menschen in ihrem Leben geworden.
In ihre Gedanken hinein klingelte Ilkas Diensthandy.
„Guten Morgen! Ich bin es, Alex."
Es rauschte in der Leitung, vermutlich steckte er im Auto in der Nähe eines Funklochs.
Ihr Chef klang bereits ziemlich gestresst, fand sie. Vermutlich hatte er den morgendlichen Wahnsinn zu Hause schon hinter sich gebracht und fuhr seine Zwillinge gerade zur Grundschule.
„Du wirst es nicht glauben!", kam er gleich zur Sache. „Schmitz konnte tatsächlich einen genetischen Fingerabdruck aus den Nies-Tröpfchen herstellen. Wir haben also jetzt mit hoher Wahrscheinlichkeit die DNA des Mörders. Das ist unglaublich, oder?"
„Allerdings!"
„Aber es kommt noch besser. Peter ist schon im Büro und hat am Computer einen Abgleich der unbekannten DNA über das *AFIS* vorgenommen."
Bei dem Automatisierten Fingerabdruck-identifizierungssystem, genannt *AFIS*, handelte es sich um ein Informationssystem, das aus über 3,2 Millionen Fingerabdruckblättern, gut einer halben Million Handflächenabdrücken, aber auch hundertfünfzigtausend offenen Spuren bestand, die noch keinem Menschen zugeordnet werden konnten. Auf diesem Weg gelang es der Polizei inzwischen, innerhalb weniger Sekunden tausende Abdrücke über dutzende charakteristische Punkte mit einem vorliegenden Abdruck zu vergleichen.
„Und?", fragte Ilka alarmiert.

„Die DNA stammt von einem sechsundfünfzig Jahre alten Mann namens Heinz Koletzko. Er ist polizeilich aufgrund mehrerer schwerer Gewaltdelikte erfasst."
„Hat Peter schon herausgefunden, wo Koletzko sich aufhält?"
„Allerdings. Und jetzt wird es verrückt. Er sitzt seit eineinhalb Jahren in der JVA Bochum ein.
Und er ist dort definitiv nicht ausgebrochen."

Fast zeitgleich trafen Stettenkamp und Ilka mit Claudia Rollinger im Kreishaus ein.
Ilka brühte ihr mit einem freundlichen Lächeln einen dampfend heißen Kaffee aus dem Vollautomaten im Büro auf und gab Stettenkamp einen Wink, ihr kurz vor die Tür zu folgen.
„Ich habe eben mit Dr. Grunwald gesprochen", berichtete sie in gedämpftem Tonfall. „Sein Kollege hat die DNA des Embryonen mit der Jochen Mahlstädts abgeglichen. Er ist ohne jeden Zweifel nicht der Erzeuger des Kindes."
Er hob die Augenbrauen.
„Aha! Dann werden wir bei der Rollinger da gleich mal auf den Busch klopfen. Ich wette, sie hat eine Ahnung, wer es ist. Wir müssen schließlich wissen, wer der Vater in spe gewesen wäre, denn ohne das Umfeld der Toten zu kennen, werden wir Daphne Lautweins Tod wohl kaum aufklären können. Die Theorie, sie sei als zweites Opfer erschossen worden, obschon der Anschlag im Grunde ausschließlich Mahlstädt gelten sollte, ist mir nämlich zu billig."
Über Heinz Koletzko konnten sie sich einstweilen nicht weiter unterhalten, denn sie wollten Frau Rollinger nicht ewig warten lassen.

Manfred Habig kam ihnen in seinem Rollstuhl auf dem Flur entgegen, auf seinen Oberschenkeln lag ein dicker Ordner.
Stettenkamp kam kurzerhand eine Idee.
„Manni, bitte besorge uns kurzfristig über die Bochumer Kollegen die Polizeiakte von Heinz Koletzko, sechsundfünfzig Jahre alt, der Mann sitzt in der JVA Bochum-Grumme ein."
„Mach' ich!"
„Soweit ich weiß, hat die Kripo Bochum bereits alle Akten digitalisiert", fuhr der Kommissar fort. „Das heißt, du kannst dir die elektronische Akte einfach auf dem kurzen Dienstweg mailen lassen, Manni."
Habig grinste.
„Inzwischen ist das kein Thema mehr für mich", sagte er und rollte auch schon geschäftig davon.
In zwei Jahren würde er pensioniert werden und inzwischen bedauerte Stettenkamp diese Tatsache. Sehr lange hatte Manfred Habig sich gegen jedwede Arbeit mit dem Computer gesträubt und stur seiner für alle anderen vollkommen unübersichtlichen Zettelwirtschaft gefrönt. Ausgerechnet Peter hatte seinen dienstältesten Mitarbeiter geduldig, aber konsequent an die Technik herangeführt.
Es kann sich bei diesem mysteriösen DNA-Abgleich doch nur um einen Irrtum handeln, dachte Stettenkamp.
Auch die *AFIS*-Datei war schließlich nur so gut wie der Mensch, der die Informationen in das System eingepflegt hatte. Koletzko konnte jedenfalls definitiv nicht in einer Zelle der JVA Bochum und gleichzeitig auf der Dachterrasse des KölnSKY-Turms gewesen sein, soviel stand fest.
Stettenkamp freute sich indes über Peter Bongardts Arbeitseifer. Der Kriminalassistent hatte gestern

Abend unter immensem Aufwand noch versucht herauszufinden, ob Koletzko womöglich ein eineiiger Zwilling sei. Der genetische Abdruck seines Geschwisters wäre dann nämlich nahezu identisch mit seinem eigenen - und somit für den Fall äußerst bedeutsam. Dieser immens betriebene Aufwand sprach wieder einmal für Bongardt.
Der Kriminalassistent schien ihm jedenfalls nach dessen Auszeit in der Hürther Suchtklinik vor einem knappen Jahr und der gelungenen Wiedereingliederung in ihrem Team wieder ganz der Alte zu sein. Stettenkamp nahm sich vor, nach Feierabend mit ihm mal wieder etwas trinken zu gehen. Alkohol rührte Bongardt, soweit er wusste, zum Glück keinen mehr an.
Privates kommt bei uns im Team angesichts des Doppelmordes und des Drucks, den Groß seit gestern ausübt, mal wieder zu kurz, dachte er.

Stettenkamp hatte gestern am späten Abend endlich Feierabend machen wollen, um sich um Lisa zu kümmern. Die Arme kotzte sich, mit Verlaub, nach wie vor die Seele aus dem Leib.
Um kurz nach einundzwanzig Uhr hatte der Polizeidirektor ihn am gestrigen Tag noch im Büro angerufen.
Er kannte Armin Groß inzwischen gut genug, um seine Tiraden beinahe im Wortlaut vorhersagen zu können.
„Herr Stettenkamp, angesichts Ihrer Herkunft aus der westfälischen Provinz muss ich Sie in diesem sehr speziellen Fall auf ein paar Dinge aufmerksam machen!“, tönte er. „Hier ist nicht irgendwer getötet worden“, betonte Groß, „sondern der Vorstands-

vorsitzende einer der größten öffentlich-rechtlichen Banken Deutschlands."
Daphne Lautwein erwähnte er überhaupt nicht.
„Da sind wir es der Öffentlichkeit gegenüber schuldig, dass wir mit zügigen und fundierten Ermittlungsergebnissen aufwarten können!"
Obwohl Stettenkamp diese Leier aus der Vergangenheit kannte, brachte sie ihn jedes Mal erneut auf die Palme. War es für die Aufklärung eines Verbrechens nicht vollkommen gleichgültig, wer ihm zum Opfer gefallen war?
In den Augen des fünfzigjährigen Polizeidirektors offenkundig nicht.
„Ich selbst", hob er hervor, „weile übrigens morgen und übermorgen bei einer Veranstaltung im Düsseldorfer Innenministerium. Herr Jäger hat die erfolgreichsten Polizeipräsidenten und -direktoren zu einem ganz wichtigen Meinungsaustausch mit ihm höchstpersönlich eingeladen", trumpfte er auf.
Stettenkamps Grinsen reichte ihm angesichts Groß' zweitägiger Abwesenheit noch immer bis über beide Ohren.
„Da darf meine Person selbstverständlich nicht fehlen!", hatte Groß das Telefonat endlich beendet. Nicht ohne noch darauf hinzuweisen, dass er für den Donnerstagvormittag eine Pressekonferenz anberaumt habe, bei der er sich nicht blamieren wolle.
Du Arsch!, dachte Stettenkamp laut. Ohne unsere Ermittlungserfolge würdest du jetzt nicht zum Arbeitsfrühstück beim Jäger sitzen. Staatsanwalt Dr. Rettich ließ sich täglich auf den neuesten Stand der Dinge bringen, hielt jedoch ansonsten die Füße still. Sein Patzer im Fall des inzwischen vorbestraften Geschichtslehrers Jürgen Rudolph aus Wildbach hatte ihm scheinbar einen Dämpfer verpasst. Im April

diesen Jahres hatte er den Kommissaren strikt verweigert, sich bei Gericht um einen ganz offenkundig notwendigen Durchsuchungsbeschluss gegen den Mann zu bemühen. Womit sich Dr. Rettich im Verlaufe des Falls eine Menge Ärger eingehandelt hatte.

Mit seinem grimmigen Blick hatte Stettenkamp Claudia Rollinger, die in einem roten Hosenanzug im Vernehmungszimmer Platz genommen hatte, offensichtlich irritiert.
„Ist irgendetwas?“, fragte sie.
Trotz ihrer äußerlichen Aufmachung wirkte die Geschäftsführerin heute längst nicht so selbstbewusst wie noch am Sonntagmittag, fand er.
Ihre Vernehmung brachte dennoch keine neuen Erkenntnisse. Claudia Rollinger behauptete weiterhin, keine Ahnung zu haben, wer der potenzielle Vater des Kindes sein könnte.
Frau Lautwein und sie hätten sich zwar beruflich, nicht aber privat nahegestanden, betonte sie.
Vorgestern hat sie die Chefin doch noch beim Vornamen genannt, überlegte Ilka misstrauisch. Die Frau weiß mehr, als sie uns sagt...
Doch Claudia Rollinger ließ sich nicht aus der Reserve locken.
Über Lohmann hingegen berichtete sie ihnen an diesem Tag bereitwilliger: Daphne Lautwein persönlich habe den Vertrag mit ihm fristlos gekündigt.
Was war vorgefallen?
Eine Dame hatte ein erstes Treffen mit ihm nach einer Viertelstunde in einem fast menschenleeren Café unmissverständlich beendet und war vom Tisch aufgestanden. Daraufhin hatte Roland Lohmann sie

wohl aus Frust und Ärger heftig am Kragen gepackt. Die Aufzeichnungen einer Kamera im Raum sowie die eingerissene Bluse der Frau hatten deren Version des Geschehens eindeutig bestätigt.
Eine Woche später, so Claudia Rollinger weiter, habe Lohmann die Todesanzeige aufgegeben.
Mit seinem IT-Knowhow verdiene er zwar Hunderttausende, schloss sie, seine emotionale Intelligenz hingegen befinde sich gefühlt auf dem Stand einer Amöbe.
Hätte dieser Roland Lohmann kein Alibi, wäre er wohl unser Hauptverdächtiger, dachte Ilka.
Obschon sie den Vergleich abschütteln wollte, ging ihr der vor ein paar Jahren gefasste Serienmörder Martin Müllenborn einfach nicht aus dem Sinn. Ein ebenso hochbegabter wie psychisch kranker Mann, der nach einer traumatischen Kindheit mit einem extrem gewalttätigen Vater und einer ohnmächtigen Mutter einen regelrechten Hass auf Frauen entwickelt hatte.
So ein Blödsinn, schalt sie sich.
Lohmann suchte im Gegensatz zu Müllenborn ja offenkundig eine ernsthafte Beziehung zu einer Frau und hatte sogar eine Menge Geld für seine Vermittlung ausgegeben, wenn auch vergeblich.
Außerdem kann er schon deshalb nicht der Täter sein, dachte Ilka, weil er zur Tatzeit auf der Party der 'Schöner Gescheiterten' gefeiert hatte, wie Stettenkamp die Fuck-up-Night-Gäste in der Tonfabrik ein wenig spöttisch nannte.

Die Teilhaberin der Agentur *Two-hearts* war kaum zur Tür hinaus, da riss Stettenkamp auch schon wie elektrisiert seine schwarze Winterjacke von dem alten Garderobenständer, der daraufhin zu Boden fiel.

„Was ist los?“, wollte Peter wissen, der gerade eintrat. „Wisst ihr was?“, wandte er sich an Ilka und ihn. „Bis wir zu Nina Mahlstädt fahren können, haben wir noch...“, er warf einen Blick auf die schwarz-weiße Uhr an der Wand, „fast vier Stunden Zeit. Wir düsen jetzt nach Bochum!“
„Wie bitte?“
„Ich will mir selbst in der JVA ein Bild von diesem Heinz Koletzko machen und vor allem direkt mit den Wächtern vor Ort sprechen, nicht nur übers Telefon.“
Ilka nickte ihm zu.
„Alex, du hast recht. Wenn wir ehrlich sind, wissen wir, dass ein Irrtum bei einem DNA-Abgleich über das *AFIS* zu 99,9 % ausgeschlossen ist. Irgendwas stimmt hier nicht!“
Manfred Habig hatte die elektronische Akte Koletzkos bereits von ihren Bochumer Kollegen per Mail erhalten, sämtliche Unterlagen ausgedruckt und in einer Mappe fein säuberlich abgeheftet. Koletzkos Eckdaten samt dessen Lichtbild befanden sich gleich zuoberst auf der ersten Seite. Das Konterfei zeigte einen spärlich behaarten, ausgemergelten und wesentlich älter als sechsundfünfzig Jahre alt wirkenden Mann mit ernstem Zug um die schmalen Lippen.
Was hatte der Mann mit der Tat zu tun?

Nora Meindrich freute sich unterdessen über ihren freien Tag. In den letzten Monaten hatte sie so viele Überstunden in der Versicherung geschoben - die wollte sie nun nach und nach endlich abfeiern.
Sie frühstückte vor ihrem eingeschalteten Laptop und grinste.

Ein Mann, der sich 'Starlight' nannte und dessen Foto ihr auf Anhieb gefiel, hatte über das Online-Portal indirekt Kontakt zu ihr aufgenommen.
„Hallo 'Zaubermaus', hatte Two-hearts die Siebenunddreißigjährige über ihr Nachrichtenfach informiert, „'Starlight' hat Sie angelächelt und möchte Ihnen ein Kompliment machen: Er findet Ihr Profil sympathisch, insbesondere Ihre Beschreibung unter: 'Das sollte mein Partner über mich wissen'. Möchten Sie ihm eine Nachricht schicken?"
Nora überlegte.
Warum nicht?
Sie sandte eine kurze Botschaft an den gepflegten Mann mit auffallend strahlend blauen Augen ab; rechnete jedoch angesichts der vormittäglichen Uhrzeit nicht mit einer zügigen Antwort. Nora Meindrich stand auf und kochte sich in ihrer Küche einen Kaffee.
Als sie zum Laptop zurückkehrte, erwartete sie jedoch eine Überraschung.
'Starlight' hatte bereits geantwortet!
„Hello dear, what´s the weather like in your area? I hope it´s normal. I am Sergeant Ann Hester Leigh, United States Military Sergeant; looking for a reliable and trustworthy person for a cordial relation. It´s my desire to let you know: I like honesty, trust, love, care, truth and respect. I have all these qualities in me. I would be glad if you write me here for more details.
Best regards!
Sgt. Ann Hester Leigh"
Nora verdrehte die Augen.
Für wie blöd hält der Typ mich wohl?, fragte sie sich. Garantiert hieß er weder Ann Lester Leigh noch handelte es sich bei dem Bild um sein eigenes Foto!

Fast täglich landeten Nachrichten dieser Art seit Jahren in ihrem digitalen E-Mail-Papierkorb. Auf Facebook erhielt sie ebenfalls regelmäßig derartige Botschaften und nun schienen sich diese Betrüger auch schon in gebührenpflichtigen Partnerschafts-vermittlungs-Portalen zu tummeln. Nadine, eine Freundin Nora Meindrichs - leider nicht gerade mit einem gesunden Misstrauen ausgestattet - war vor einem halben Jahr auf einen solchen 'Romance-Scammer' - eine Art moderner Heiratsschwindler - hereingefallen.
Ebenfalls ein angeblicher Amerikaner, der sich als hochrangiger einsamer Soldat der US-Armee beschrieben hatte und zur Zeit in Afghanistan ein-gesetzt sei.
Charmant machte er Nadine immer wieder nette Komplimente und versicherte ihrer Freundin im Verlauf der Chats ernsthaft, eine deutsche Frau wie sie zu suchen, mit der er nach seinem Einsatz am liebsten eine Familie gründen wolle. Nachdem Nadine ihm am Telefon ihre Adresse verraten hatte, ließ der Mann ihr sogar mehrmals in der Woche Blumen schicken. Nadine schwebte im siebten Himmel.
Plötzlich aber hatten seine Nachrichten dann ganz verändert geklungen.
Seine Mutter sei an einem bösartigen und schnell wachsenden Krebstumor erkrankt. Von Afghanistan aus könne er ihr kein Geld für eine lebensrettende Behandlung in einer Spezialklinik zukommen lassen. Nadine müsse ihn in der schwersten Zeit seines Lebens unterstützen!
'Wenn du mir nicht hilfst, my dear, wird meine Mom sterben!' hatte er versucht, sie emotional zu erpressen.

Nadine hatte sich ihr erst anvertraut, als der vermeintliche US-Soldat sie aufgefordert hatte, einen fünfstelligen Geldbetrag per Western Union nach Afrika zu überweisen.
Nora schaltete daraufhin die Polizei sowie eine Internetdetektei ein. Letztere hatte ihr nach der Schilderung des Falls sofort gesagt, dass hinter derartigen Mails mit hoher Wahrscheinlichkeit eine der vielen schwer zu fassenden Betrügerbande steckten. Diese versuchten schon seit Jahren auf diese Art und Weise im Netz kräftig Kasse mit vertrauensseligen, weiblichen Singles zu machen.
Aber nicht mit mir!, dachte Nora Meindrich entschlossen, griff zum Telefon und gab im Hause Two-hearts keine Ruhe, bis sie Claudia Rollinger persönlich an der Strippe hatte, um diese auf den vermutlichen Heiratsschwindler in deren Kundenreihen aufmerksam zu machen.
Die Geschäftsführerin bat sie darum, ihr die Nachricht des Mannes per Mail zu schicken. Angesichts des mutmaßlichen Betrügers unter ihren eigenen Mitgliedern wirkte Claudia Rollinger auf Nora jedoch nicht wirklich überrascht.

Der Berufsverkehr in Richtung des Ruhrgebietes war längst abgeflossen und so kamen Ilka und Stettenkamp über die Autobahn zügig voran.
Von der A40 aus bogen sie schließlich an der Ausfahrt Ruhr-Stadion ab.
Die Justizvollzuganstalt Bochum lag im Ortsteil Grumme. Sie fuhren am Starlight- und RuhrCongress Bochum über die Castroper Straße hinweg und gelangten schließlich zur Pforte 1. Ihren Dienstwagen konnten sie dank eines aufmerksamen Hausmeisters

gleich auf einem ausgewiesenen Parkplatz direkt auf dem Anstaltsgelände abstellen.
Bei der JVA Bochum handelte es sich um einen reinen geschlossenen Männervollzug.
Unter den Gefangenen, wusste Stettenkamp, lebten auch solche, die intern als sehr gefährlich galten und einer besonderen Sicherung bedurften.
Der Kommissar hatte mehrfach in Fachzeitschriften der Polizei gelesen, dass sich die Bochumer hier erfolgreich darum bemühten, den schädlichen Folgen des Freiheitsentzuges wie seelischer Abstumpfung, Verrohung und dem Verlust an Selbständigkeit und sozialen Bindungen durch diverse Maßnahmen entgegenzuwirken.
Gerade als Ilka und er zügig über den Innenhof schritten, kam ihnen ein Trupp Gefangener in Winterstiefeln aus einer offenstehenden Druckerei entgegen; vielleicht nutzten sie eine kurze Frühstückspause.
Als die beiden das geklinkerte Hauptgebäude betraten, stieg ihm, wie schon so häufig bei einem Besuch in einer Haftanstalt, als erstes das übliche Duftgemisch aus Bohnerwachs und gekochtem Eintopf in die Nase.
Die Böden waren durchbrochen, sodass die Aufseher jederzeit alles überblicken konnten. Massive Gitter trennten die einzelnen Stationen voneinander.
Im Gegensatz zu Ilka empfand Stettenkamp die Atmosphäre eines Gefängnisses nicht mehr als beklemmend.

Die Eifeler Kommissare hatten sich angekündigt. Auf den Fluren herrschte Stille, als der stellvertretende Anstaltsleiter Alfred Klawuttke ihnen die Tür zu

einem karg eingerichteten Besprechungsraum aufschloss.
Eine Gefängnisakte lag aufgeschlagen auf dem kleinen Resopaltisch; es gab Kaffee und Wasser.
„Der Heinz Koletzko kommt aus Stahlhausen wech", begann Klawuttke geradeheraus. „Hier im Knast isser eher so´n krawuttiger Typ. Zwei-Mann-Zelle is also nich. Mit vierzehn begann seine kriminelle Karriere, wie man so schön sacht. Dealerei, Brüche, Überfälle."
Er blätterte in den Unterlagen.
„Vor zwanzig Jahren hatte Koletzko wohl mal eine kurze, ruhigere Phase. Damals hat er sogar Sozialstunden abgeleistet, die ihm das Gericht aufgebrummt hatte. Warten Se mal, hier steht es, bei einem großen Krebshilfeverein hier im Pott war das", schwadronierte Klawuttke munter weiter. „Aber nach eineinhalb Jahren ging es wieder steil bergab mit Koletzko. Er hatte wohl Kontakt zu seinen alten Kumpels aufgenommen und mit ihnen dann die nächsten krassen Dinger gedreht."
Er klopfte mit dem Zeigefinger auf die Seite, die er soeben aufgeschlagen hatte.
„Sehen Se, es ging weiter mit zig Verurteilungen wegen schwerer Körperverletzung. Dat letzte Mal hat er dann sogar eine Frau kaltjemacht!"
Der stellvertretende JVA-Leiter sah auf.
„Seitdem sitzt der Heiopei bei uns im Knast ein. Lebenslänglich", fügte er hinzu.
Stettenkamp blätterte selbst in dem dicken Ordner und deutete auf eine ausführliche Auflistung der Straftaten Heinz Koletzkos. Die getötete Frau, von der Klawuttke sprach, hatte Koletzko bei einem Banküberfall erschossen.
In zwei Führungszeugnissen der JVA wurde der Bochumer als äußerst impulsiv, gegenüber

Mitgefangenen zu spontaner Gewalt neigend sowie in den Werkstätten der Haftanstalt als kaum integrierbar beschrieben.
„Herr Klawuttke, können Sie uns mit absoluter Gewissheit sagen“, fragte der Kommissar eindringlich, „dass Heinz Koletzko in der Nacht von Samstag auf Sonntag ohne jeden Zweifel in seiner Zelle gewesen ist?“
Alfred Klawuttke hatte sich ganz offensichtlich gut auf seinen Besuch aus der Eifel vorbereitet.
Er schob eine Videokassette in einen alten Rekorder.
„Koletzko wird in seiner Zelle mit ner Videokamera überwacht. Weil er halt psychisch so ne auffällige Type ist. Sehen Sie selbst...“
Er drückte eine schwarze Taste.
Im Schnelldurchlauf beobachteten sie nun Heinz Koletzko von Samstagabend achtzehn Uhr bis zum Sonntagmorgen sechs Uhr - zunächst auf seiner schmalen Pritsche sitzend und fluchend und schließlich auf derselben schlafend und schnarchend.
„Der tingelte in der Mordnacht uff keener Dachterrasse rum“, witzelte Klawuttke und schenkte sich die fünfte Tasse Kaffee ein.
Ilka bedankte sich herzlich für seine Mühe.
„Sagen Sie, Herr Klawuttke, wir haben zwar selbst schon recherchiert, aber wissen Sie zufällig etwas von einem eineiigen Zwilling, den der Mann haben könnte?“
Sie dachte an die in diesem Fall sehr ähnliche DNA-Struktur.
„Hier ist die Geburtsurkunde“, meinte Klawuttke, nachdem er die Akte noch einmal aufgeschlagen hatte. „Nicht, dass ich wüsste. Koletzko is bei seiner leiblichen Mutter aufgewachsen. Da war nix mit Adoption: Ein Zwilling bei der Mudda und der andere

woanders. Aber janz jenau kennt datt Standesamt Stahlhausen solche Jeschichten."
Hilfsbereit hing Alfred Klawuttke sich sofort ans Telefon. Im Geburtsregister Bochums war jedoch überhaupt kein Bruder und auch keine Schwester Koletzkos verzeichnet, folglich also auch kein eineiiger Zwilling, auf den sie angesichts der DNA-Analyse im Stillen - als letzte Möglichkeit, das Unmögliche zu erklären - gehofft hatten.
„Trotzdem war es nicht verkehrt, dass wir hier waren", brummte Stettenkamp nach langem Schweigen, als sie das Ruhrgebiet über die A1 längst hinter sich gelassen hatten.
Nach einem kurzen Zwischenstopp an einer Imbissbude auf der Landstraße in Höhe Kommern sprach er mit Ilka über die Befragung Nina Mahlstädts, während Peter Bongardt - mit wem auch immer - minütliche Nachrichten über sein privates Handy austauschte. Vielleicht eine Frau, die er über *Two-hearts* kennengelernt hat?, überlegte Ilka neugierig und grinste.

„Ich habe den Namen Nina Mahlstädt mal gegoogelt", berichtete Peter kurz vor der Ortseinfahrt nach Gemünd. „Das ist ja heutzutage völlig normal, das macht jeder Arbeitgeber vor einem Bewerbungsgespräch nicht anders."
„Stimmt", nickte Stettenkamp.
„Was hast du herausgefunden?", fragte Ilka mit konzentriertem Blick auf die Straße.
Es schneite und die Scheibenwischer wurden den immer heftiger fallenden Schneeflocken kaum mehr Herr. Gleich waren sie am Ziel.
„Nicht sehr viel", gab er zu. „Sie engagiert sich ehrenamtlich in mehreren sozialen Vereinen. Einen

Eintrag mit dem Verweis auf die Uni Köln habe ich noch gefunden, sie hat damals dort mit Jochen Mahlstädt zusammen Betriebswirtschaft studiert. Vielleicht haben sie sich an der Uni kennengelernt", mutmaßte er.

Nina Mahlstädt öffnete ihnen nach dem ersten Klingeln die Tür.
Sie trug dunkelblaue Jeans, dazu eine schlichte, violett-grau karierte Bluse. Sie hatte beinahe aristokratische Gesichtszüge. Das dunkle Haar wurde von einem schlichten Haargummi zusammengehalten.
„Kommen Sie herein", sagte sie herzlich und versuchte ein Lächeln. „Die Jungs habe ich zu unseren Nachbarn gegenüber gebracht, damit wir uns in Ruhe unterhalten können."
„Wie alt sind Ihre Kinder?", wollte Stettenkamp wissen.
„Sie sind acht, fünf und zwei Jahre alt. Lukas, Bastian und Max", erzählte sie. „Ich bin mit den dreien im ICE von Österreich aus zurückgefahren. Auf das Autofahren hätte ich mich nicht konzentrieren können. Deshalb bin ich erst so spät zurück nach Hause gekommen."
Ilka warf einen Blick durch den lichtdurchfluteten Eingangsbereich ins Obergeschoss, eine offene Galerie. Frau Mahlstädt führte sie ins Wohnzimmer. Ein heller Eichenparkettboden und der angezündete Kamin strahlten Gemütlichkeit aus. Anders als das Haus von außen vermuten ließ, hatten die Mahlstädts auf eine noble Einrichtung verzichtet. Die Möbel waren zwar geschmackvoll ausgesucht worden, fand Ilka, schienen jedoch größtenteils von einem schwedischen Möbelhersteller zu stammen. Auf den beiden Sofas lagen Kuscheltiere herum, im Esszimmer stand

eine Kinderküche mit diversen Kochutensilien. An dem großen Holztisch hatte der achtjährige Lukas seine Schulsachen ausgebreitet.
„Ich möchte nicht indiskret sein“, begann Ilka, nachdem sie Platz genommen hatten. „Aber weshalb ist Ihr Mann eigentlich nicht mit in den Skiurlaub gefahren?“
Sie lächelte.
„Jochen hatte das vor, aber zum einen wissen Sie sicher schon über die laufende Klausurtagung in Bitburg Bescheid. Zum anderen ist ihm zusätzlich ein Großprojekt der Bank dazwischengekommen, zu dem sich die Entscheidungsträger unbedingt noch einmal zusammensetzen mussten.“
Sie überlegte kurz.
„Es ging um den Nationalpark Eifel, für dessen Ausbau ja bekanntlich noch ein paar Millionen vom Land NRW fehlen“, erzählte sie freimütig. „Jochen pflegte einen guten Draht in den Landtag und hätte heute Abend in Düsseldorf einen wichtigen Termin mit einem Abgeordneten gehabt. Anschließend wollte er dann aber zu uns nachkommen“, erzählte sie.
Ilka erkannte an ihren angespannten Gesichtszügen, wie sehr sie sich darum bemühte, die Fassung zu bewahren.
„Frau Mahlstädt, Sie wissen durch Herrn Bongardt, dass Ihr Mann in der Nacht von Samstag auf Sonntag kurz vor dem Hyatt in Köln zusammen mit einer Frau namens Daphne Lautwein erschossen worden ist, nicht wahr?“, setzte sie vorsichtig an.
Nina Mahlstädt nickte und knetete ihre ineinander verschlungenen Finger.
„Ja, das weiß ich. Die beiden waren auf einer Feier des *Clubs Rheinischer Unternehmer.* Sie wollten anschließend im Hotel übernachten, damit sie auf der

Feier etwas trinken konnten. Seinen Chauffeur nahm mein Mann an den Wochenenden zu gut wie nie in Anspruch“, fügte sie hinzu. „Ich habe noch versucht, ihn in der Nacht anzurufen, doch er ging nicht mehr an sein Handy.“
Da war er gerade tot, dachte Ilka in Erinnerung an die Situation am Tatort.
„Ich muss Sie das fragen“, sagte Ilka vorsichtig, „hatte Ihr Mann eine Affäre mit Daphne Lautwein?“
Nina Mahlstädt schwieg einen Augenblick.
„Wer kann so etwas schon mit absoluter Gewissheit ausschließen?“, meinte sie zögernd. „Doch ich würde sagen: Nein. Sie hatten nichts miteinander. Wissen Sie, Daphne, mein Mann und ich studierten nach dem Abi gemeinsam BWL an der Uni Köln. Dort haben wir uns kennengelernt. Jochen hatte zu Beginn des ersten Semesters eine kurze Liebelei mit Daphne, das ging über ein paar Wochen, glaube ich. Doch es schien nicht zu passen. Wir beide, also Jochen und ich, sind erst kurz vor unserem Abschluss ein Paar geworden. Wir lebten zusammen in einer WG und irgendwann hat es zwischen uns gefunkt. Zu der Zeit arbeitete Daphne bereits in Hamburg; sie war sehr ehrgeizig und hat ihr Studium zwei Semester eher beendet als Jochen und ich.“
Ilka lächelte ihr zu.
„Eins ist mir ganz wichtig zu erwähnen“, sagte die Witwe. „Mein Mann, das ist ja kein Geheimnis, hat hier in der Region als Vorstandsvorsitzender der *Eifelbank Nord/Süd* nach deren Fusion ja eine nicht gerade unbeachtliche Karriere gemacht. Ich habe ihm zwar weitestgehend den Rücken für seine Projekte freigehalten, aber ich habe ihn nicht zu seiner beruflichen Laufbahn angetrieben. Für mich und die Kinder war Jochen viel wertvoller als Familien-

mensch. Und ein solcher ist er immer gewesen", betonte sie, „trotz seiner Arbeit. Meine Eltern haben uns nach dem Studium ein wenig finanziell unterstützt. Sie konnten das auch. Aber den Wunsch, mit mir zusammen in seine Heimat zurückzukehren und in der Eifel massiv etwas zu bewegen, kam von ihm selbst. Es war sein Antrieb, hier Projekte zu realisieren, die sonst nur in Großstädten auf den Weg gebracht werden. Wenn überhaupt."
Stettenkamp überlegte.
Nach diesen Großprojekten würde er sich gleich bei Mahlstädts Vorstandskollegen Oliver Schmidt noch ausführlich erkundigen. Diese waren doch garantiert nicht allerorten auf Gegenliebe gestoßen.
Ein solcher Mann polarisierte in der Eifel ganz sicher und hatte möglicherweise sogar den ein oder anderen persönlichen Feind.
Von Nina Mahlstädt hingegen wollte er gern mehr über die Verbindung zwischen ihrem Mann und Daphne Lautwein erfahren.
Wie drang er taktisch klug zum Wesentlichen vor?
„Als Frau Lautwein die Partnervermittlungsagentur *Two-hearts* vor ein paar Jahren ausgerechnet in der Eifel aufzog, da liefen sie sich erneut über den Weg, richtig?"
Nina Mahlstädt nickte.
„Genau. Daphne hat über die *Eifelbank* einen recht hohen Gründungskredit erhalten, für den sich mein Mann eingesetzt hat, das weiß ich. Aber die beiden verband schon mehr als diese finanzielle Transaktion."
Stettenkamp sah sie irritiert an.
„Wie meinen Sie das?"
„Nicht körperlicher Natur. Daphne und mein Mann stammten ja, anders als ich, beide hier aus der Eifel",

holte sie etwas aus. „Ich glaube, dieses starke Heimatgefühl, die tiefe Verwurzelung in der Eifel und der Wunsch, die eigene Region wirtschaftlich endlich richtig nach vorne zu bringen, das hat die beiden im Geiste unheimlich eng miteinander verbunden."
Ergaben sich endlich Schnittstellen zwischen den beiden Mordopfern, nach denen sie bis dato fast vergeblich gesucht hatten?
„Wie fange ich an?", begann die Witwe. „Sie wissen vielleicht, dass mein Mann zusammen mit einem Großinvestor maßgeblich dafür gesorgt hat, dass der Golfclub bei Bad Münstereifel zu einem Platz für den Geldadel aus den umliegenden Städten umgebaut werden konnte?", fragte sie. „Jochen wollte, dass die Kasse dort richtig klingelte, was immer auch gut für die gesamte Region ist", betonte sie. „Denken Sie an den Tourismus, denken Sie an die Gewerbesteuereinnahmen für die Stadt."
Stettenkamp runzelte die Stirn.
„Von dem Golfclub wusste ich nicht. Wo ist denn da die Verbindung zu Frau Lautweins Partnervermittlungsagentur?"
Sie lächelte fein.
„Auf dem Golfplatz oder in dessen Gourmetrestaurant hat Frau Lautwein sehr häufig die Kontakte zwischen ihren VIPs, die sie persönlich betreute, und den passenden alleinstehenden Damen angebahnt."
Sie trank einen Schluck Wasser.
„Diese Spitzenverdiener auf der Suche nach einer schönen, gebildeten Frau stammten fast alle aus der 'Byte Burg' Blankenheim. Kennen Sie das kreative Zentrum in der ehemaligen Herberge?"
Sie schwiegen einen Augenblick und sahen aus dem Panoramafenster dem Schneetreiben im Garten zu, in dessen weißem Hang mit vielen schmalen Spuren die

Mahlstädt-Kinder heute ihre Schlitten ausprobiert haben mussten.
„Nehmen Sie es mir nicht übel, Frau Mahlstädt“, sagte Ilka. „Aber das, was Sie uns erzählen, klingt ein bisschen nach Eifeler Klüngel. So nach dem Motto: Man kennt sich, man hilft sich. Richtig?“
Sie seufzte leise.
„Da ist etwas dran“, gab sie zu. „Aber es hat ja niemandem geschadet. Im Gegenteil, die Eifel hat doch von ihrer beider Geschäftssinn profitiert.“
Die Witwe spielte mit dem weißgoldenen Ehering an ihrer rechten Hand.
„Sie werden es ohnehin herausfinden, deshalb spiele ich mit offenen Karten“, sagte sie.
Die Kommissare blickten gespannt in ihr feingeschnittenes Gesicht.
„Daphne Lautwein und meinen Mann hat über ihre Geschäftsbeziehungen hinaus noch ein sehr privates Thema miteinander verbunden. Wie fange ich am Besten an?“, überlegte sie.
„Meine Schwiegereltern haben Sie ja bereits kennengelernt und sich ganz sicher einen Eindruck ihrer wirtschaftlichen und persönlichen Situation verschafft. Sie konnten Jochen während des Studiums finanziell nicht unterstützen. Anfang zwanzig, im zweiten Semester, ist er dann wohl auf eine etwas unorthodoxe Geldeinnahmequelle gekommen.“
Was meinte sie wohl damit?
„Jochen ist hin und wieder zur Samenspende gegangen“, erzählte sie unverblümt. „Wie sagt man so schön: Er war jung und brauchte das Geld. Hundertfünfzig Mark waren auf diese Weise schließlich leicht verdientes Geld. Na ja. Wir haben insofern immer vermutet, dass er außer unseren drei Kindern

theoretisch noch der biologische Vater elf, zwölf weiterer Kinder sein könnte."
Nina Mahlstädt schmunzelte kurz.
Ilka konnte nicht anders.
Sie stellte sich vor ihrem geistigen Auge den angesehenen Erfolgsmenschen Jochen Mahlstädt - der quasi jedem in der Region durch sein Engagement ein Begriff war – vor, wie er gerade sein Säftchen...
„Jedenfalls", unterbrach die Witwe Ilkas Gedanken, „hat er mit Daphne Lautwein während eines Arbeitsessens einmal über dieses recht intime Thema gesprochen. Er hat mir nach diesem Treffen im Vertrauen erzählt, dass sich Daphne sehnlichst ein Kind wünschte, eine künstliche Befruchtung bei gleichgeschlechtlichen Paaren jedoch in Deutschland nicht erlaubt sei."
„Wie, bei gleichgeschlechtlichen Paaren?", platzte Bongardt heraus.
„Daphne Lautwein lebte inoffiziell mit einer Frau zusammen", sagte Frau Mahlstädt leichthin. „Ihren Namen kenne ich nicht. Sie wollte diese Tatsache in der Eifel und in ihrer Firma auch nicht an die große Glocke hängen. Jedenfalls wünschten sich die beiden wohl ein Baby. Mein Mann brachte Daphne dann auf die Idee, sich über eine Samenspenderbank zu helfen."
Wir müssen unbedingt herausfinden, wer Daphne Lautweins Lebenspartnerin war, dachte Ilka. Offenbar hatte selbst Claudia Rollinger nichts von ihr gewusst.
Frau Mahlstädt blickte auf ihre schlichte Armbanduhr.
„Ich muss die Jungs jetzt gleich abholen", sagte sie entschuldigend. „Soweit ich weiß, hat Daphne tatsächlich versucht, auf diesem Weg schwanger zu werden."
Sie hielt einen Augenblick inne.

„Auf der Fahrt von Österreich nach Hause hatte ich trotz der Kinder viel Zeit zum Nachdenken“, schloss sie. „Es ist mir sehr wichtig, Sie auch über solche persönlichen Dinge informiert zu haben. Sie müssen sich schließlich ein umfassendes Bild machen können“, betonte sie. „Das wäre auch Jochens Wunsch gewesen.“
Die drei begleiteten Nina Mahlstädt noch bis zur Straße.
Die Kinder hatten ihre Mutter offenbar von den Nachbarn aus schon gesehen und kamen ihr entgegengelaufen. Der kleine Max tippelte nur mit einem Pullover sowie einer Strumpfhose bekleidet durch den Schnee und warf sich mit einem Freudenschrei in die Arme seiner Mama.
Was für eine starke Frau, dachte Ilka.

Kurz hinter Gemünd klingelte Stettenkamps IPhone. Über die Freisprechanlage nahm er das Gespräch entgegen. Im Display blinkte seine eigene Festnetznummer auf.
„Lisa?“, fragte er besorgt. „Ist etwas passiert?“
Seiner Frau ging es im Gegensatz zu Ben und Moritz, die seit heute wieder zur Schule gingen, nach wie vor bescheiden. Dauernd musste sie sich übergeben; kein Hausmittel schien ihrem rebellischen Magen zu helfen.
Und trotzdem fand er es ungewöhnlich, dass Lisa ihn um diese Uhrzeit anrief; zumal sie wusste, dass er den ganzen Tag über in Vernehmungen steckte.
„Du - musst - sofort - kommen“, sagte Lisa fast tonlos.
„Was ist denn los? Ich bin mit Ilka und Peter gerade auf dem Weg nach Euskirchen.“
„Alex“, flüsterte sie nur. „Bitte, komm...“

„Ist etwas mit Michael?“, fragte er alarmiert.
Vor ein paar Tagen war sein betagter Vater zwar noch in guter Verfassung gewesen, doch das konnte sich bei einem alten Menschen schließlich rasch ändern.
„Nun sag doch endlich, was passiert ist!“
Tut - tut - tut.
Lisa hatte aufgelegt.

Alex stand in Eicks vor seiner Haustür, atmete die kalte Winterluft tief ein und aus und fühlte sich angespannt.
Er hatte Ilka und Peter rasch am Kreishaus abgesetzt und sie noch gebeten, die Befragung von Mahlstädts Vorstandskollegen Dr. Oliver Schmidt heute Nachmittag um eine Stunde nach hinten zu verschieben. Anschließend war er sofort nach Hause gedüst.
Er hoffte, dass Lisa in diesem Moment nicht aus dem Küchenfenster sah und zog ein Notfallpäckchen Lucky Strikes aus der Jackentasche. Seit Monaten hatte er es nicht angerührt.
Alex zog nur drei Mal und stellte fest, dass die Zigarette ihm leider unverändert schmeckte. Er trat sie dann - Lisa hasste diese Angewohnheit - hinter einem Buchsbaum im Rindenmulch aus.
„Lisa? Wo steckst du denn?“
Er hatte sie entweder im Bett oder im Wohnzimmer auf der Couch in eine Decke gehüllt vermutet.
Keine Antwort.
Ob Lisa, schlapp wie sie inzwischen war, im Bad zusammengebrochen war?
Tatsächlich fand er sie dort.
Seine Frau saß gegenüber der Toilette im Schlafanzug auf dem Boden und zitterte wie Espenlaub. Das Telefon lag neben ihr.

„Mein Gott, Lisa!“
Sie konnte mit dieser heftigen Magen-Darm-Geschichte auf keinen Fall weiterhin allein bleiben.
„Komm, ich helfe dir auf und bringe dich ins Bett. Und dann...“
Sie schüttelte nur kraftlos den Kopf, sah ihn mit glasigen Augen an und wirkte wie paralysiert.
Er kniete sich neben sie.
Und dann sah er ihn.
Den weißen, länglichen Teststab, wie sie ihn vor den Zwillingen nach jeder künstlichen Befruchtung jedes Mal hoffnungsvoll in der Hand gehalten, aber erst nach dem neunten Versuch endlich das ersehnte Ergebnis erblickt hatten.
Zwei fette pinkfarbene Striche - einer im Kontrollfenster und der zweite im Ergebnisfenster überaus klar erkennbar - starrten ihm trotzig entgegen.
„Was... was ist das?“
Natürlich wusste er gleich, wie überflüssig seine Frage war.
Lisa begann haltlos zu weinen.
„Du bist schwanger...“, krächzte er nur noch, bevor es ihm für eine gefühlte Ewigkeit, die sie auf den kalten Fliesen nebeneinander saßen, vollkommen die Sprache verschlug.
Alex schaffte es noch, seine Frau in den Arm zu nehmen, bevor er vor diesem Teststab erstarrte wie ein Kaninchen vor der Schlange.
Wie konnte das nur möglich sein?
Klar, der Heilige Geist war nicht am Werk gewesen, aber sie hatten doch stets sorgfältig verhütet!
Worüber sie angesichts seiner langsamen Spermien - der westfälische Urologe hatte sie als ein Heer andalusischer Bergschnecken bezeichnet - die vor sieben Jahren Ursache für die künstlichen Befruch-

tungen gewesen waren, manchmal ihre Scherze gemacht hatten.
Und nun das!
„Ich will kein drittes Kind“, flüsterte Lisa schließlich in die Stille hinein.
Er konnte zunächst nichts darauf antworten.
In seinem Kopf herrschte ein einziger diffuser Nebel. Allmählich schlichen sich die Bilder von Ben und Moritz als Säuglinge ein. Sie waren damals fünf Wochen zu früh in Münster zur Welt gekommen. Ben hatte in den ersten vier Monaten seines Lebens Tag und Nacht geschrien. Sie hatten sich fast nicht mehr zu helfen gewusst, denn organisch war der kleine Kerl vollkommen gesund. Auch die Tipps einer Schrei-Ambulanz hatten ihnen nur bedingt weitergeholfen. Moritz hingegen hatten sie zwar als deutlich ruhigeres Baby erlebt - doch er behielt die Hälfte der Nahrung einfach nicht bei sich, gedieh erstaunlicherweise aber dennoch gut. Lisa wurde den Wäschebergen damals kaum mehr Herr, konnte sich jedoch, warum auch immer, erst nach einem halben Jahr zu einer Haushaltshilfe durchringen.
An die Nächte mochte er überhaupt nicht mehr zurückdenken.
Alle zwei Stunden meldeten sich die Zwillinge - allerdings nicht gleichzeitig, sondern natürlich zeitversetzt. Und das über acht lange Monate hin. Lisa und ihm hatten die Nerven blank gelegen. Noch nie zuvor in ihrer Beziehung hatten sie sich so häufig und heftig gestritten wie in dieser Zeit - aus nichtigsten Anlässen.
Und dann war Isabella aufgetaucht.
Die schöne Münsteraner Kunststudentin, die ihn umgarnt, angeflirtet und nicht locker gelassen hatte, bis sie sich eines abends im 'Bunten Vogel' getroffen

hatten... das Unheil für seine Ehe hatte zu rollen begonnen wie eine unaufhaltsame Berglawine - nur hatte er das damals nicht erkannt.
Vorbei!
Diese Dinge standen schließlich nicht mehr zwischen ihnen.
„Alex", murmelte Lisa kraftlos, „wir sind seit ein paar Monaten gerade mal ein paar Zentimeter weg vom Limit, an dem wir so lange gelebt haben. Die Zwillinge, unser Umzug in die Eifel, dein pflegebedürftiger Vater, meinen Job beim Kölner Stadt-Anzeiger musste ich aufgeben", zählte sie auf. „Ganz zu Schweigen vom Zustand unserer Ehe. Aber bis auf meine Arbeit ist doch nun gerade endlich alles gut", schluchzte sie.
Lange hatte er sich seiner Frau nicht mehr so nahe gefühlt wie in diesem Moment.
Das, was Lisa da gerade ausgesprochen hatte, war haargenau sein eigenes Empfinden.
Ein drittes Kind.
Alles würde wieder von vorne losgehen...
Wie sollte Lisa jemals wieder schreiben?
Schlombergers Geduld mit ihr war, er konnte ihn sogar irgendwie verstehen, am Ende.
Es warteten in der Redaktion genug Heißsporne, die bereit waren, vierundzwanzig Stunden zu arbeiten, um in der hart umkämpften Branche Fuß zu fassen.
„Was schätzt du, wie weit bist du?" fragte Alex und zog sie noch näher an sich.
„In der achten Woche!", sagte sie aufgewühlt. „Ich habe noch einen zweiten Test gemacht, der zusätzlich die Schwangerschaftswoche anzeigt."
Sie weinte wieder.

„Es ist doch alles einfach nicht zu fassen! Alex, wie konnte uns das passieren? Wir haben doch alles getan, damit eben nichts passiert!“
Er nickte.
„Und das auch noch bei unserer Frequenz“, witzelte er mit ernstem Gesicht.
„Ich fühle mich mit meinen zweiundvierzig Jahren auf einmal wie ein Teenager, der es nicht gebacken kriegt zu verhüten.“
Sie verdrehte die Augen.
„Und nun sind wir genau in der gleichen Lage.“
Er atmete ruhig ein und aus.
„Lisa, auch wenn wir uns erst einmal kein drittes Kind vorstellen können, unsere Situation ist doch ganz anders als die einer Jugendlichen! Wir sind eine intakte Familie, wir sind finanziell abgesichert und wir haben ein Haus mit Garten, in dem für alle Platz ist. Du siehst in deinem Schock jetzt natürlich alles nur schwarz, das verstehe ich auch vollkommen.“
Alex half ihr vom kalten Boden auf und hinüber ins Wohnzimmer auf das gemütliche Sofa.
Der CD-Player lief - „November Rain“, ein uralter, großartiger Song, in dem Guns N´Roses die Gitarren im Liebesschmerz weinen ließen.

„Cause nothin' lasts forever
And we both know hearts can change
And it's hard to hold a candle
In the cold November rain
We've been through this such a long long time
Just tryin' to kill the pain“
(aus „November Rain“ von Guns N´ Roses)

Alex und Lisa schwiegen.

Nach einer Weile stand er auf und nahm eine Flasche Whisky aus dem Barschrank.
„In einer halben Stunde kommen Ben und Moritz nach Hause“, hörte er Lisa sagen. „Sie können bis fünf bei Leon bleiben, das habe ich noch geregelt.“
„Das hast du gut gemacht!“
Er steckte sich in der Küche vier Eiswürfel in seinen dreifachen Whisky und begann zu trinken.
„So kannst du doch gleich nicht mehr fahren...“, murmelte Lisa.
„Stimmt. Aber das ist mir jetzt alles egal. Ich fahre gleich mit dem Taxi nach Euskirchen, wir befragen dort in der Bank noch Mahlstädts Vorstandskollegen und dann komme ich so schnell wie möglich wieder nach Hause.“
Sie schmiegte sich kurz an ihn.
Alex spürte ihre innere Unruhe.
„Ich rufe jetzt Annika an. Sie ist zu Hause, habe ich gesehen. Sie soll die Jungs um fünf abholen und mit ihnen herkommen. Bis ich wieder da bin, hat sie die Burschen locker im Griff. Und du hast hier deine Ruhe.“
Seine Frau nickte dankbar.
Er streichelte sie.
„Lisa, wir sind jetzt gerade beide vollkommen durch den Wind. Aber wir kriegen das hin, wie wir bisher alles gemeinsam hinbekommen haben. Wie auch immer wir uns entscheiden, wie auch immer es weitergehen wird - zusammen schaffen wir das!“, versuchte er ihr und sich selbst Mut zuzusprechen.
„Ich will kein drittes Kind“, sagte sie daraufhin erneut. „Alex, ich schaffe das einfach nicht mehr!“
Lisa warf sich auf die Couch und schluchzte verzweifelt in das Sofakissen.

„Komm', ich bringe dich ins Schlafzimmer“, sagte er, nachdem er eine Weile hilflos neben ihr gesessen hatte, „dann bist du aus dem Schussfeld, wenn Annika gleich mit Ben und Moritz nach Hause kommt.“
Auf dem Weg nach oben erbrach Lisa sich erneut - seit Samstag wohl zum ungefähr dreißigsten Mal.
Das hat doch so alles keinen Sinn, überlegte Alex. Sie muss ins Krankenhaus.
Er hatte vor Kurzem als Zeuge im Amtsgericht auf dem Gerichtsflur gelangweilt in der einzigen herumliegenden Zeitschrift, der Apotheken Umschau, etwas über eine schwere Form des Schwangerschaftserbrechens gelesen, die sogar lebensbedrohlich werden konnte. Unterdessen hatte er genervt darauf gewartet, endlich seine Aussage machen zu können.
Ich werde sie jetzt auf der Stelle nach Mechernich in die Gynäkologie bringen, beschloss er.
Und bei ihr bleiben!
Ilka und Peter können Oliver Schmidt in der *Eifelbank* auch ohne mich befragen, entschied er und schickte Ilka eine kurze Nachricht.
Er dachte an seinen Chef, der zum Glück weit weg in Düsseldorf weilte und sicherlich gerade beim Innenminister persönlich versuchte, sich mit fremden Federn zu schmücken. Er hörte ihn schon im Geiste im Kreis der Polizeipräsidenten prahlen, dass der mysteriöse Doppelmord ganz sicher in ein paar Tagen aufgeklärt sei.
Alex wurde innerlich mit einem Mal ganz ruhig.
Ich werde stattdessen jetzt hier gebraucht, sagte er sich bestimmt, und basta!

Dr. Oliver Schmidt befand sich noch in einem Geschäftstermin, als Ilka und Peter Bongardt

in der Vorstandsetage der *Eifelbank Nord/Süd* ankamen.
Eine junge Assistentin führte sie in ein recht persönlich eingerichtetes Besprechungszimmer und bat sie, eben zehn Minuten zu warten.
Ilkas IPhone vibrierte in ihrer Manteltasche.
Ob Alex sich noch einmal meldete?
Sie erkannte stattdessen Manfred Habigs Telefonnummer aus dem Büro.
„Ilka, seid ihr schon in der Bank?"
Er flüsterte fast.
„Ja, aber wir sind noch allein, du kannst also frei reden", antwortete sie.
„Gut! Ich habe etwas über Jochen Mahlstädt herausgefunden, was euch vielleicht interessieren wird."
„Schieß los!"
„Es geht um Steuerhinterziehung. In kleinerem Rahmen allerdings. Mahlstädt war in den letzten drei Jahren kostenloses Mitglied in diesem Elite-Golfclub in Eschweiler. Seitdem sie das Ding umgebaut haben, kostet eine Jahresmitgliedschaft dort übrigens schlappe zwölftausend Euro", fügte Habig hinzu.
„Wie bitte?"
„Na, man will da eben unter sich sein", meinte der Innendienstler. „Jedenfalls hat Mahlstädt diese Mitgliedschaft im Nobel-Golfclub nicht als geldwerten Vorteil versteuert", berichtete er weiter. „Und wenn die Steuerfahndung dich erst mal auf dem Kicker hat... in unserem Fall brauchten die Jungs und Mädels nicht einmal selbst weiter zu suchen", fuhr er fort. „Denn beim Finanzamt hat jemand eine anonyme Strafanzeige gegen Jochen Mahlstädt gestellt. Die Vorwürfe drehen sich um Mauscheleien bei der Anlage seines Gartens in Gemünd. Für Arbeiten mit einem Auftragswert von

vierundzwanzigtausend Euro habe Mahlstädt lediglich zwölftausend Euro gezahlt, heißt es in dem Schreiben, das der Finanzbehörde vorliegt."
„Versteh' ich nicht ganz..."
„Im Gegenzug soll die involvierte Eifeler Garten- und Landschaftsbaufirma zwei Aufträge von - Ilka, ich zitiere - 'mit der *Eifelbank Nord/Süd* verbundenen Unternehmen' erhalten haben."
Was für verbundene Unternehmen?
Ihre Kenntnisse der wirtschaftlichen Struktur einer öffentlich-rechtlichen Bank reichten scheinbar nicht aus, stellte Ilka fest.
Sie konnte Habig nicht weiter dazu befragen, denn Dr. Oliver Schmidt stand im Türrahmen.

Der Bankvorstand, soviel hatte er Ilka gestern bereits berichtet, hatte eng mit seinem Chef Jochen Mahlstädt zusammengearbeitet und das über fast zwölf Jahre hinweg - immer im Haus der *Eifelbank*. Nach der Fusion vor einigen Jahren hatte es Mahlstädt zum Vorsitzenden des dreiköpfigen Gesamtvorstands gebracht.
Mit ihm hatte Dr. Oliver Schmidt es im Zuge der Umstrukturierung in die oberste Führungsebene geschafft - mit damals vierunddreißig Jahren.
Er wirkt äußerlich so ganz anders als sein Chef, dachte Ilka spontan. Gebürstet, geschniegelt und im besten Maßanzug gekleidet.
Sie versetzte sich für einen Moment an den Tatort zurück. Der Vorstandsvorsitzende Jochen Mahlstädt hatte einen Anzug ohne Markenlabel getragen und seine Hände schienen es gewohnt gewesen zu sein, auch mit anderen Werkzeugen als einem Kugelschreiber zu arbeiten.

„Der Tod unseres Chef macht uns hier in der Bank natürlich alle sehr traurig“, begann Schmidt. „Er war überall beliebt, bei den Mitarbeitern wie bei unseren Kunden. Auch wenn die meisten ihn natürlich nicht allzu oft zu Gesicht bekamen. Doch jeder wusste sein Engagement für die Eifel zu schätzen“, fügte er hinzu. „Häufig berichteten mir Mitarbeiter, dass insbesondere Kunden des Mittelstandes in Beratungsgesprächen erklärten, nicht zuletzt wegen Mahlstädt bei unserer Bank zu bleiben“, fügte er hinzu.
Ilka fragte nach den konkreten Projekten, die das besagte Engagement umfasste.
Dr. Schmidt überlegte kurz.
„Nehmen wir das Beispiel Nationalpark.“
Er erzählte, wie die Bürgerstiftung 'Förderverein Nationalpark Eifel' auf Initiative der Eifeler Bank zustande gekommen und von ihr auf Mahlstädts Betreiben hin mit einem sechsstelligen Geldbetrag gefördert worden war. Inzwischen sei die Stiftung auf über tausend Fördermitglieder angewachsen.
Ilka fragte Dr. Schmidt nach dem Nobel-Umbau des Golfclubs in Eschweiler, der 'Byte Burg' Blankenheim und der finanziellen Förderung der Fuck-up-Nights in der Firmenicher Tonfabrik.
„Ist das nicht ein ungewöhnliches Engagement für eine öffentlich-rechtliche Bank?“
Sie überlegte, die nächste Frage überhaupt zu stellen, entschied sich dann aber dafür.
„Rentieren sich solche Projekte hier bei uns in der Eifel überhaupt?“
Dr. Schmidt berichtete Bongardt und ihr ruhig von der bankinternen Abteilung, in der Erfolgsperspektiven und Risiken sämtlicher Projekte sorgfältig gegeneinander abgewogen würden. Bei den von ihr

genannten Förderprojekten sei diese Analyse eindeutig positiv ausgefallen.
„Die Eifel braucht Menschen, die groß denken", sagte er überzeugt. „Frau Landwehr, Sie leben doch in Kall. Denken Sie an die Familie Hannes, die mit einem kleinen Krämerladen angefangen und mit den Jahren die Vision eines Erlebnis-Supermarktes und eines Sport- und Wellnessparks für Groß und Klein geschaffen hat. Denken Sie an die Familie Brucker, die eines der größten Möbelhäuser NRWs führt. Oder an den ehemaligen Bürgermeister Werner Schumacher und seine Familie. Was wäre denn das Kaller Industriegebiet ohne diese Menschen? Nichts, gar nichts!"
Er wandte sich an Peter Bongardt.
„Darf ich fragen, wo Sie wohnen?"
„In Euskirchen."
„Dann kennen Sie ganz sicher das Bekleidungsgeschäft Robert Ley mit seinen zwanzig Filialen und fünfhundert Mitarbeitern. Übrigens, mögen Sie bunte Picknickeier?", fragte er belustigt. „1954 hat die Familie Hennes ganz klein mit einem Eierhof angefangen. Und heute? Sind sie einer der größten Eierfärbebetriebe Europas!"
Dr. Schmidt war nun nicht mehr zu bremsen.
„Herr Bongardt, sagt Ihnen der Name Marcus Maier-Schambeck etwas? Ein Euskirchener Start-up-Unternehmer. Anfang der Neunziger Jahre hat er als ganz junger Mann damals noch in seinem Elternhaus mit professionellen Grafikarbeiten begonnen. Inzwischen ist seine Werbemanufaktur medienkraftwerk überregional bekannt und verfügt über ein riesiges Produktionscenter!"
Oliver Schmidt deutete auf ein Foto des Gesamtvorstands an der Wand.

„Ohne Visionäre wie Mahlstädt wäre die Eifel heute längst nicht das, was sie ist. Eine Marke. Ein Tourismusmagnet. Und eine aufstrebende Wirtschaftsregion!“
Sie hatten sich schon verabschiedet, da hielt Ilka an der schweren Eichentür noch einmal inne.
„Ach, Herr Dr. Schmidt“, sagte sie leichthin.
„Wer wird nun eigentlich Jochen Mahlstädts Thron beerben?“
Sie lächelte harmlos.
„Also ich ganz sicher nicht“, versicherte er ihr.
„Erstens bin ich zu jung, zweitens als Letzter in die Vorstandsriege hinzugekommen und drittens...“ Er deutete auf das Foto auf seinem Schreibtisch, das eine attraktive Frau zusammen mit zwei kleinen Mädchen zeigte. „Möchte ich meine Kinder auch mal wieder zu Gesicht bekommen. Laura und ich haben uns leider vor einiger Zeit getrennt“, fügte er hinzu.
„Sie können mich beim Wort nehmen: Ich würde mich - abgesehen davon, dass ich ohnehin nicht auf der Liste stehe - definitiv nicht zu Jochens Nachfolger wählen lassen.“

Ilka dachte an den Edelmann Jochen Mahlstädt. So jedenfalls schilderte Dr. Schmidt seinen 'väterlichen Freund', wie er ihn im Gespräch bezeichnet hatte. Mahlstädts Frau Nina sprach von ihrem Mann als einem Familienmenschen.
Er habe sich beruflich von ganz unten nach ganz oben gearbeitet. Seit Jahren profitiere er von einem hervorragenden Netzwerk bis in den nordrhein-westfälischen Landtag hinein, um seine Projekte zu realisieren, die allesamt - so Nina Mahlstädt und Dr. Oliver Schmidt einhellig - der hiesigen Wirtschaftsförderung dienten. Sogar mit den

führenden Köpfen des Europäischen Fonds für regionale Entwicklungen sowie finanzkräftiger Umweltstiftungen sei er eng verflochten gewesen. Alles zum Wohle der Eifel.
Ilka dachte zudem an die Zusammenarbeit Mahlstädts mit Daphne Lautwein, die beiden so überaus nützlich gewesen zu sein schien, um sich gegenseitig finanzstarke Kunden zuzuschieben.
'Eefeler Klüngel', würde ihr Vater sagen, und diesen Begriff als ehemals selbstständiger Handwerker keineswegs negativ meinen.
Die privaten Steuermauscheleien des Vorstandsvorsitzenden schienen bewiesen.
Was für ein Mensch war Jochen Mahlstädt tatsächlich gewesen?

Mittwoch - 5. Tag

Stettenkamp hatte darauf bestanden, Claudia Rollinger an diesem Vormittag erneut zu befragen. Er wurde das Gefühl nämlich nicht los, dass die Geschäftspartnerin des Opfers mehr über die private Daphne Lautwein wusste, als sie ihnen preisgegeben hatte. Mit dem Wissen, das sie Nina Mahlstädt verdankten, würde er Frau Rollinger heute aus der Reserve locken.
Sie musste einfach mehr wissen!
Warum stellte sie sich derart stur?
Erst kürzlich hatte Groß ihn zu einem Seminar über die Kunst der Vernehmung geschickt. Zuerst hatte Stettenkamp sich gesträubt.
Doch Kriminalhauptkommissar Dieter Bindig hatte in der Polizeifachhochschule in Fürstenfeld doch noch mit ein paar Kniffen aufwarten können, die ihm jetzt bei der widerspenstigen Rollinger weiterhelfen konnten.
Stettenkamp hatte den langen Tisch aus dem Vernehmungszimmer entfernen und lediglich die drehbaren Bürostühle ohne Armlehnen im Raum belassen. Die Hände, so hatte Bindig betont, seien ein Eins-a-Barometer für Nervosität.
Kaffee würde er ihr keinen mehr anbieten, Wasser musste genügen. Die Zeiten, wo der Hauptkommissar für sie wie ein Dienstbote noch Milch und Zucker herbeigeschafft hatte, waren nun vorbei!
Und trotzdem musste er sich bemühen, ihr gegenüber freundlich zu bleiben und Vertrauen herzustellen - es würde für ihn ein Spagat werden.

Claudia Rollinger erschien wie am Tag zuvor in einem Hosenanzug mit weißer Bluse darunter und begrüßte Ilka und ihn mit geschäftsmäßiger Freundlichkeit.
„Meine Zeit ist begrenzt“, erklärte sie gleich zu Beginn. „Wir unterhalten uns nun heute das dritte Mal miteinander. Wenn ich ehrlich bin“, sie lächelte schmal, „frage ich mich, ob vielbeschäftigte Menschen wie Sie und ich hierfür tatsächlich das nötige Zeitfenster haben.“
Sie schwenkte ein wenig auf ihrem Stuhl herum, blickte sich irritiert um, stand dann auf und schenkte sich selbst ein Glas Sprudelwasser ein.
„Frau Rollinger, ich freue mich, dass Sie Zeit als ebenso wertvolles Gut einschätzen wie wir beide“, betonte Stettenkamp, der sich auf einem Stuhl ihr gegenüber mit einem Mindestmaß des gebührenden Abstands positioniert hatte.
„Deshalb kommen wir auch gleich zur Sache“, begann er in heiterem Tonfall.
„Wir wissen inzwischen, dass das Kind, das Daphne Lautwein erwartete, höchstwahrscheinlich von einem Samenspender stammt. Eigentlich dürften wir Ihnen das natürlich gar nicht erzählen...“, der Kommissar machte eine kleine Pause, „aber meine Kollegin und ich sind uns sicher, dass Sie Daphne emotional viel mehr bedeutet haben als lediglich die zweite Geschäftsführerin gewesen zu sein.“
Stille füllte den Raum.
Claudia Rollinger blickte an den Wänden umher, dessen Bilder Stettenkamp tatsächlich vor der Befragung noch abgehangen hatte.
'Ihr Gegenüber soll sich auch mit den Augen an nichts festhalten können', hatte Meister Bindig ihm im Seminar wieder ins Gedächtnis gerufen.

Ilka beugte sich zu ihr vor.
„Frau Rollinger, wir verstehen, dass Ihnen daran liegt, Geschäftsgeheimnisse möglichst zu schützen, genauso wie Daphnes Privatsphäre. Aber tun Sie das nicht vielleicht auch deshalb, weil Sie Daphne als Freundin und enge Vertraute sehr schätzten?“
Stettenkamp war überrascht, welche Wirkung Ilkas Frage auf ihr bislang so undurchdringbares Gegenüber hatte.
Claudia Rollingers angespannte Gesichtsmuskeln begannen sich zu lockern, die Züge um ihren Mund wurden weicher.
Sie schluckte sichtbar.
Das Eis schien zu bröckeln...
„Daphne war viel mehr als eine Freundin für mich“, bestätigte sie brüchern und blickte erst Ilka, dann Stettenkamp in die Augen.
„Daphne bedeutete alles für mich, einfach alles. Sie war mein Leben, verstehen Sie?“
Stettenkamp stand auf der Leitung.
„Wie meinen Sie das?“, fragte er irritiert.
„Daphne war meine Lebensgefährtin. Seit drei Jahren schon. Wir erwarteten ein Kind zusammen“, brach es aus der Geschäftsfrau heraus.
Er beherrschte sich mühsam und schwieg. Genau wie Ilka.
Stell' nicht schon wieder neue Fragen, lass' sie erzählen, wenn sie soweit ist...
„Von unserer Beziehung sollte in der Firma niemand wissen“, erklärte Claudia Rollinger schließlich.
Sie seufzte.
„Natürlich sind lesbische Paare heutzutage ganz normal, selbst hier in der Eifel sind wir keine Sensation mehr. Aber wir wollten Privates und Berufliches strikt voneinander trennen und Gerede über uns

vermeiden. Nicht, weil wir zwei Frauen waren. Sondern weil wir die Geschäfte hier zusammen leiteten. Und da gibt es doch immer Getuschel, wenn man privat miteinander liiert ist, egal in welcher Geschlechterkonstellation.“
„Das verstehe ich gut“, sagte Stettenkamp und meinte es auch so.
„Ihr Kind... ist es richtig, dass sein Erzeuger aus einer Samenspenderbank stammt?“
Sie nickte.
„Ja und die Sache war gar nicht so einfach“, berichtete sie. „Die meisten deutschen Kinderwunschkliniken lehnen aufgrund der unklaren Rechtslage Samenspenden und künstliche Befruchtungen für lesbische Frauen ab. Rein theoretisch könnten später Ansprüche gegen die Klinik erhoben werden. Ich kenne auch Paare, die private Absprachen mit bereitwilligen Männern getroffen haben“, berichtete sie offen. „Doch Daphne und mir waren die gesundheitlichen, finanziellen und juristischen Risiken dabei einfach zu groß.“
„Wie ging es weiter?“, fragte Ilka gespannt.
„Wir haben vor ein paar Monaten an einem Pilotprojekt der Erlanger Samenbank teilgenommen. Und hatten quasi gleich Erfolg! Daphne wurde beim ersten Versuch künstlicher Befruchtung schwanger.“
„Wie kamen Sie denn auf die Idee, an diesem Pilotprojekt teilzunehmen?“, wollte Stettenkamp wissen. Er dachte an Nina Mahlstädts Worte.
Würde die Geschäftsfrau in diesem Punkt die Wahrheit sagen?“
„Sie werden sich wundern“, vermutete Claudia Rollinger. „Ausgerechnet Jochen Mahlstädt hat uns auf diese Idee gebracht! Er hat wohl in seiner

Studentenzeit selbst ein paar Mal sein Sperma gespendet und durch Zufall von diesem neuen Projekt der Erlanger Samenbank gehört", erzählte sie. „Dort werden potenzielle Spender auf ihre persönliche Eignung und vor allem auf Krankheiten hin untersucht. Und: Sie verzichten darauf, die Identität ihres Kindes jemals zu erfahren."

Ob das jetzt gut ist oder nicht, sei dahingestellt, fand Stettenkamp, verkniff sich jedoch eine Bemerkung dazu.

Frau Rollinger blickte aus dem kleinen Fenster.

„Tja, und nun ist nicht nur unser Traum vom Kind geplatzt. Viel schlimmer ist, ich habe Daphne verloren..."

Tränen rannen über ihre Wangen, was ihr sichtlich unangenehm war.

Sie räusperte sich und bemühte sich sichtlich, die Fassung wiederzugewinnen.

„Darf ich Sie noch eines fragen?", setzte Stettenkamp nach einer Weile erneut an. „Jochen Mahlstädt hat Daphne Lautwein in ihren Anfängen hier ja einen hohen Gründerkredit gewährt. Und auch von ihrem gemeinsamen Netzwerk profitierten *Two-hearts* und die *Eifelbank* ja nicht unerheblich voneinander. Wenn ich zum Beispiel an die VIPs denke, die auch aus dem Golfclub und vor allem aus der 'Byte Burg' rekrutiert wurden..."

Er sah ihr ins Gesicht.

„Aber ich bin trotz allem verwundet, dass Ihre Partnerin privat derart eng mit Jochen Mahlstädt verbunden war, so dass die beiden sogar über ein so intimes Thema wie eine Samenspende miteinander gesprochen haben..."

Claudia Rollinger nickte zögernd, sagte jedoch lange nichts.

Stettenkamp zwang sich dennoch, keine weitere Frage hinterherzuschieben.
Das Schweigen ist für sie unerträglicher als für mich, dachte er.
„Jochen und Daphne waren irgendwie seelenverwandt“, meinte die Geschäftsfrau schließlich. 'Visionäre im Geiste', sagte er immer. Sie tickten genau gleich, nicht nur in ihrem unternehmerischen Denken, auch privat.“
Claudia Rollinger lachte ein wenig bitter auf.
„Wäre Jochen kein Mann gewesen, dann wäre ich wohl am Ende noch eifersüchtig geworden“, sagte sie. „Daphne und ich - wir haben uns sehr geliebt, gar keine Frage. Doch diese nicht erklärbare Nähe wie zu Jochen, die gab es so zwischen uns nicht.“
Sie vereinbarten eine kurze Pause, um sich in einer Viertelstunde erneut im Vernehmungszimmer zu treffen.
Das ist nämlich noch nicht alles, was ich heute wissen will, dachte Stettenkamp.

Zusammen mit Ilka ging er hinüber in ihr Büro, während Frau Rollinger draußen vor dem Kreishaus ein wenig frische Luft schnappen wollte.
„Sie hat jedenfalls mit den Morden nichts zu tun, davon bin ich überzeugt“, meinte Ilka und drückte ihrem Chef eine Tasse Kaffee in die Hand.
„Es sei denn, sie spielt uns was vor“, warf Stettenkamp ein, „und ihre Beziehung mit Daphne Lautwein war gar nicht so intakt, wie sie vorgibt. Vielleicht hatte sie Angst, Daphne doch an Mahlstädt zu verlieren.“
Ilka wiegte den Kopf.
„Dann müsste Daphne sich doch auch körperlich zu ihm hingezogen gefühlt haben, wofür bislang ja

nichts spricht“, meinte sie. „Nein, ich glaube, so platt liegen die Dinge hier nicht.“
„Sondern?“
„Was mich stutzig macht“, sagte Ilka nachdenklich, „sind die geschäftlichen Schnittmengen zwischen Lautwein und Mahlstädt. Wir wissen von den VIP-Kunden bei *Two-hearts* und deren Verbindung zur 'Byte Burg' sowie dem neuen Nobel-Golfclub. Bei beiden Projekten hängt die *Eifelbank*, sprich Mahlstädt, finanziell stark mit drin. Er hat Daphne Lautwein seinerzeit einen hohen Gründerkredit gewährt, den sie sonst bei keiner Bank bekommen hätte. Was war denn ihre Gegenleistung dafür?“
Stettenkamp grinste.
„Mit hoher Wahrscheinlichkeit nicht, mit ihm zu schlafen“, glaubte er. „Aber wir werden es herausfinden! Ich bin mir inzwischen ziemlich sicher, dass der Mörder es bewusst darauf angelegt hat, ihnen gemeinsam aufzulauern. Zwar haben wir bei Mahlstädt diesen manipulierten Kugelschreiber gefunden und wir gehen davon aus, dass es der Täter war, der seine Gespräche an jenem Abend abgehört hat. Aber die Lautwein war nicht zufällig zur falschen Zeit am falschen Ort mit dabei!“
Ilka seufzte.
„Da könntest du richtig liegen. Es bleibt uns trotzdem nichts anderes übrig, als weiterhin im beruflichen und privaten Leben der Opfer zu wühlen und natürlich in den Verbindungen zwischen den beiden. Mit Sicherheit gibt es noch mehr Verflechtungen, von denen wir bislang gar nichts wissen.“

Claudia Rollinger wartete nach fünfzehn Minuten bereits vor dem verschlossenen Vernehmungszimmer auf die Kommissare.

„Wir haben eben ausführlich über ihr Privatleben mit Daphne Lautwein gesprochen und danken Ihnen sehr für Ihre Offenheit“, begann Ilka freundlich. „Nun geht es uns darüber hinaus natürlich um die geschäftliche Seite.“
Sie lächelte.
„Ich verstehe, dass gerade in Ihrer Branche Diskretion als das oberstes Gebot gilt. Und dennoch ist es für unsere Ermittlung sehr wichtig zu wissen, ob es Probleme - welcher Art auch immer - bei *Two-hearts* gibt.“
Claudia Rollinger schien zu zögern.
„Ja, die gibt es“, sagte sie schließlich und trank einen kräftigen Schluck Wasser.
„Wir haben mit mehreren Internetbetrügern in unseren Kundenreihen zu kämpfen; moderne Heiratsschwindler, wenn Sie so wollen. Sie gaukeln den Damen zunächst die große Liebe vor. Nach einiger Zeit - es ist immer die gleiche Methode - schreiben sie ihnen von irgendeinem tragischen Schicksalsschlag, meist einer Krankheit innerhalb der Familie. Sie bräuchten Geld, was sie natürlich so bald wie möglich wieder zurückzahlen würden. Die Fortsetzung dieser Geschichten können Sie sich garantiert denken.“
Claudia Rollinger rieb sich übers Kinn.
„Wir werden diesen Betrügern nicht wirklich Herr, weil sie sich über immer neue IP-Adressen unter neuen Namen und Pseudonymen anmelden; da stecken ganze Banden dahinter, sagte uns eine Detektei. Die betroffenen Frauen melden uns die Sache leider in den seltensten Fällen. Entweder, weil sie solche Lockbotschaften gleich ignorieren, oder eben auf diese Männer hereinfallen und sich im Nachhinein in Grund und Boden schämen. Nämlich,

wenn sie erkannt haben, dass sie einem Betrüger auf den Leim gegangen sind.“
Ilka stand auf und drehte eine Runde im Zimmer.
„Wissen Sie denn von Kundinnen, die Geld an diese Betrüger überwiesen haben?“
Die Geschäftsführerin nickte.
„Ja, von Zweien weiß ich es. Eine der Damen ist vor knapp zwei Wochen bei uns im Geschäftsgebäude gewesen und hat Daphne eine Riesenszene gemacht. Die Frau sieht die Schuld nicht bei dem Betrüger und in ihrer Gutgläubigkeit, sondern bei uns in der Partnervermittlung.“
„Weil es Ihnen nicht gelungen ist, Ihre zahlenden Kundinnen vor diesen 'Romance Scammern' zu schützen?“, hakte Stettenkamp nach.
„Richtig. Ich war an jenem Tag im Nachbarbüro und muss zugeben, Daphne hatte nicht ihren besten Tag, als diese Dame wutentbrannt bei ihr auftauchte“, sagte sie. „Als Geschäftsführerin hätte sie schon etwas sensibler auf die Vorwürfe der geprellten Dame reagieren können. Aber durch ihre aufgebrachte Art hat die Frau Daphne an diesem Montagmorgen wohl völlig auf dem falschen Fuß erwischt.“
„Was hat Daphne Lautwein denn konkret gesagt?“
„Frau Zingscheidt verlangte von ihr persönlich auf der Stelle fünfzehntausend Euro zurück. Diesen Betrag hatte sie wohl auf irgendein ominöses Konto nach Afrika überwiesen. Die Kundin hat gebrüllt und gezetert. Daphne ist es nicht gelungen, sie zu beruhigen und hat sie nach einer Weile dann des Hauses verwiesen.“
Claudia Rollinger hob die Schultern.
„Na ja, das ist alles recht unglücklich gelaufen. Wir haben Frau Zingscheidt am nächsten Tag einen großen Blumenstrauß mit einem persönlichen

Entschuldigungsschreiben geschickt, aber nie wieder etwas von ihr gehört."
„Fünfzehntausend Euro zu verlieren sind für viele Menschen - zumal als Alleinstehende - nicht gerade ein Pappenstiel", gab Ilka zu bedenken.
„Bitte geben Sie uns die vollständigen Namen und Adressen der geprellten Kundinnen", verlangte Stettenkamp.
„Die eine heißt Gertrud Zingscheidt und die andere - warten Sie kurz - Undine von Alst. Beide Adressen suche ich Ihnen sofort über meinen Tablet heraus."
Sie begleiteten Frau Rollinger noch bis zum Hauptausgang im Erdgeschoss der Kreisverwaltung.
„Manni soll die Frauen gleich anrufen und unseren Besuch bei ihnen ankündigen", entschied Stettenkamp. „Mal hören, was sie zu sagen haben. Besonders auf den Drachen bin ich gespannt."
Er zwinkerte Ilka zu, die ihn mit einem tadelnden Blick bedachte, dann jedoch ebenfalls grinsen musste.

Ilka gönnte sich eine kurze Pause und stand mit einem dampfenden Kaffeebecher in der Hand am Fenster ihres Büros. Hier konnte sie oft am besten nachdenken.
Just in diesem Augenblick erklang der tiefe, langgezogene Brunftschrei eines röhrenden Hirschen!
Hastig zog sie ihr privates Handy aus der Tasche. Zum Glück war sie gerade alleine im Raum. Daniel hatte sich vor seiner Fahrt nach Barcelona einen kleinen Scherz erlaubt und ihr zum Spaß diesen albernen Klingelton eingestellt.
„Hallo, mein Mädchen", meldete sich Paul Landwehr am anderen Ende. „Ich hoffe, ich störe dich gerade nicht. Aber ich wollte bei dem kalten Wetter

unbedingt mal wissen, ob eure Heizung wieder läuft?“

Ilka lächelte.

Im Grunde liebte sie ihren Vater wegen seiner Art, mitzudenken und sich zu kümmern.

„Ja, sie funktioniert wieder!“, berichtete sie. „Die Leute der Firma Züll haben gestern einen neuen Brenner eingebaut.“

Wie würde er wohl reagieren?

„Ach Ilka, du bist längst erwachsen und es ist ja schließlich auch deine Sache, welchen Handwerker du bestellst“, sagte er versöhnlich.

„Du ermittelst in diesem Doppelmord, an Daphne Lautwein und Jochen Mahlstädt, richtig?“, wollte er wissen. „Selbst in den Niederlanden wird darüber berichtet. Tinchen hat mir gezeigt, wie wir hier abends 'WDR Lokalzeit' gucken können. Wir kriegen also alles mit!“

Ilka schmunzelte in sich hinein.

„Ich fange jetzt nicht wieder mit unserem Thema von gestern an“, sagte Paul Landwehr, um jedoch genau das zu tun. „Ilka, glaub' mir, so einer wie Jochen Mahlstädt, der hätte über seine Betreibergesellschaften der *Eifelbank* - wie das alles genau läuft, keine Ahnung! - doch Millionen für seine Großprojekte verbraten und unter den Teppich kehren können. So ist es garantiert auch gelaufen! So einer haftete doch für nichts persönlich“, redete er sich immer mehr in Rage. „ Aber unsereins, einen mittelständischen Handwerksbetrieb...“, holte ihr Vater aus, „den kann schon eine Betriebsprüfung des Finanzamtes die Existenz kosten, Ilka!“

Er erzählte ihr mit ruhigerer Stimme von einem großen Café in Hellenthal, das hatte schließen müssen, weil ein Betriebsprüfer der Inhaberin unter

anderem nicht geglaubt hatte, dass sie zehn Gramm Kaffee pro Tasse statt seiner angesetzten sechs Gramm benötigte - und ihr so über die Jahre erheblichen Betrug bei den Betriebsausgaben unterstellt hatte.
Bevor Ilka ihn unterbrechen konnte, berichtete Paul Landwehr ihr auch schon von einem ähnlich gelagerten Fall aus seinem Bekanntenkreis.
Der Chef eines Fachbetriebs für Gartengeräte hatte vor ein paar Jahren eine äußerst zweifelhafte Nachzahlung ans Finanzamt leisten müssen. Sein Betrieb war dadurch in eine massive Schieflage geraten. Der Grund: Der Betriebsprüfer wollte dem Inhaber unter anderem nicht glauben, dass dieser die Zündkerzen der zu reparierenden Rasenmäher nicht grundsätzlich erneuerte, sondern - falls möglich - lediglich reinige, um seinen Kunden unnötige Kosten zu ersparen.
„Jetzt rechne das mal auf die Jahre hoch“, rief Paul Landwehr. „Und machen kannst du dagegen als Unternehmer gar nichts!“
Er holte tief Luft.
„Solche Geschichten regen mich einfach auf. Insbesondere, wenn ich daran denke, welche halbseidenen Möglichkeiten dagegen so ein Bankvorstand wie Mahlstädt hatte!“
Ilka nickte.
Sein Denken bestimmte halt immer noch das Herz eines selbstständigen Schreinermeisters, der zudem auch ein guter Kaufmann gewesen war. Mit Sicherheit hat er nicht ganz unrecht mit dem, was er da sagt, dachte sie.
„Na ja, Ilka, jetzt hab' ich dich lange genug von der Arbeit abgehalten“, meinte ihr Vater schließlich. „Ich wollte ja eigentlich nur wissen, ob eure Heizung

wieder läuft. Und jetzt musstest du dir auch noch den aufgebrachten Verzäll deines alten Vaters anhören. Aber du kennst mich halt, mein Mädchen."
Er lachte.
„Schöne Grüße an Daniel, wenn du mit ihm sprichst. Nächste Woche laden Tinchen und ich euch übrigens zu einem schönen Eifeler Sauerbraten mit Knödeln und Rotkohl nach Oberschömbach ein! Das Essen hier im Center Parc ist ja nicht so mein Fall..."
Er verabschiedete sich stets mit dem gleichen Spruch auf Eifeler Platt - so auch heute.
„Mach et joot, schwenk dr Hot un bis die Daach!"

Sie hatte gerade aufgelegt, da trat Stettenkamp zu ihr ans Fenster.
„Wir sollten uns heute unbedingt mal ein Bild vom neuen Nobel-Golfclub in Eschweiler machen", schlug er vor. „Der Umbau liegt inzwischen fast drei Jahre zurück, habe ich gelesen. Mit dem neuen Betreiber habe ich eben telefoniert, angeblich ist er den ganzen Tag unterwegs, aber bereit, uns um siebzehn Uhr dreißig im Sterne-Restaurant der Clubanlage zu empfangen."
„Wie gnädig", spöttelte Ilka.
„Genau. Bei dem bisherigen Besitzer sollten wir jetzt spontan unser Glück versuchen."
Er blickte auf die Uhr.
„Um die Mittagszeit könnte Jörg Kratz zu Hause sein. Der Mann ist Mitte sechzig und lebt in Bad Münstereifel."
Ilka schnappte sich ihre Winterjacke.
„Los geht's!"
Auf dem Weg zum Parkplatz überlegte sie halblaut: „Ob Kratz die Anlage eigentlich freiwillig verlassen hat? Ausgerechnet, um dort Platz für einen Nobel-

Golfclub mit Schickimicki-Restaurant zu machen, dessen Mitglieder fünfstellige Jahresgebühren zu zahlen haben? Wie mag Jörg Kratz wohl auf Jochen Mahlstädt zu sprechen sein, der die Umgestaltung und letztlich auch den Betreiberwechsel durch das finanzielle Investment der *Eifelbank* doch angeblich massiv unterstützt hat?“
Sie schloss den silberfarbenen Dienst-Mercedes auf und setzte sich hinter das Steuer.
„Ich frage ich mich ohnehin, was das für ein seltsames Engagement für unsere Region gewesen ist. Der normal verdienende Eifeler wird dort angesichts der Gebühren doch nun kaum mehr Golf spielen.“
Stettenkamp grinste spöttisch.
„Das stimmt. Aber der Geldadel der umliegenden Großstädte kann auf diese Art und Weise unter sich bleiben. Und spült zudem vielleicht wesentlich mehr Geld in die Kassen - das lohnt sich dann nicht nur für den Club sondern auch für die *Eifelbank* als Investor.“
Sie blickte gen Himmel, der angesichts des dichten Nebels überhaupt nicht aufklaren wollte.
„Ich verstehe, was du meinst, Alex. Aber es ist schon eine sehr spezielle Förderung unserer Region, finde ich.“
Jeder hing auf dem Weg nach Bad Münstereifel seinen Gedanken nach, bis Ilka schließlich links den Steilhang zur Willy-Brandt-Straße hinauffuhr und in die Kieseinfahrt des Kratzschen Einfamilienhauses einbog. Es lag schräg gegenüber dem Schulungszentrums der AXA-Versicherung.
Ein Trupp schwarzer Krähen schwärmte gerade über ihren Köpfen aus; vermutlich zur Futterbeschaffung. Ihre lautstarken Geräusche erinnerten Ilka an ein mechanisches Sägen, das die Luft durchschnitt.

Gesang beherrschten diese zähen Überlebenskünstler nicht.
Sie hatten Glück - Jörg Kratz stand in einem dicken Anorak vor seiner Garage und war gerade dabei, die neblig feuchten Seitenfenster seines Volvos mit einem Ledertuch trocken zu wischen. Ein paar Minuten später und die Kommissare hätten ihn vermutlich nicht mehr erwischt.

Sie saßen ungestört in einer Nische der Rollesbroicher Dorfkneipe ' Schneiders Eck' .
Das Jägerschnitzel mit Pommes war wie immer ganz ausgezeichnet gewesen.
Am frühen Nachmittag tischte Wirtin Edeltraud normalerweise nicht mehr auf, doch für ihre beiden Stammgäste machte sie gerne eine Ausnahme.
Erwin und Jan - Juniorchef des ortsansässigen Heizungsinstallationsbetriebs - sprachen über das derzeitige Thema Nummer eins in der Eifel: Das geplante Luxushotel mit angeschlossenem Erlebnisbad in schönster Hanglage mit Seeblick über Schwammenauel.
„Lass uns offen reden, Junge“, sagte der Ökobauer leise. „Du weißt, ich habe meinen kompletten Grundstückserlös in das Hotelprojekt investiert. Ich hoffe, dass die Sache ein finanzieller Erfolg werden und die Hütte ausgebucht sein wird, wenn sie erst einmal steht.“
Erwin grinste schelmisch.
„Ich bin zwar nicht der Einzige, der verkauft hat. Aber ich habe sofort verstanden: Wenn Erwin Mühlhaus 'Nein' sagt, können sie das ganze Projekt vergessen. Also hab' ich mit dem Bürgermeister verhandelt.“

Jan schmunzelte.
„Du hast dir deine Grundstücke gut bezahlen lassen, nehme ich an?“
„Nicht nur das. Ich habe Franz Meister gesagt: Wenn ich verkaufe, dann nur unter einer Bedingung: Du und deine CDU, ihr sorgt dafür, dass die Kommune in Rollesbroich ein vernünftiges Wohnheim für die vielen Flüchtlinge baut, die immer noch provisorisch untergebracht sind. Gemeindeland gibt es schließlich. Es soll ein Haus mit Garten werden, indem sich die Menschen wohlfühlen können.
'Mit sozialen Projekten tut sich deine CDU ja meistens schwer', habe ich Franz auf den Kopf zu gesagt. 'Aber entweder du sagst mir mein Heim schwarz auf weiß zu - oder ich verkaufe nicht!'“
Jan hob beide Daumen.
„Erwin, du bist ein echtes Eifeler Schlitzohr. Ich habe es doch schon immer gewusst!“
Er wurde mit einem Mal ernst und schien einen Augenblick zu überlegen.
„Hoffentlich geht die ganze Sache tatsächlich gut“, sagte Jan langsam. „Unsere Firma hängt nämlich voll mit drin“, flüsterte er und blickte sich um.

Jörg Kratz erwies sich - vermutlich aufgrund seines spürbaren Grolls gegen die *Eifelbank* und deren ehemaligen Vorstandsvorsitzenden Mahlstädt im Besonderen - gegenüber der Kripo als ausgesprochen auskunftsfreudiger Mensch.
Der langjährige Betreiber des Eschweiler Golfclubs machte kein Geheimnis daraus, sich vom Chef seiner ehemaligen Hausbank ausgebootet und über den Tisch gezogen zu fühlen.

Vor vier Jahren habe die *Eifelbank* ihm unerwartet einen Kredit in Höhe von fünfzigtausend Euro zur Modernisierung der Golfanlage mit der fadenscheinigen Begründung verweigert; seine geplanten Maßnahmen seien nicht mehr zeitgemäß.
Stattdessen seien Jochen Mahlstädt und Dr. Oliver Schmidt kurze Zeit später bei ihm aufgetaucht - zusammen mit einem Düsseldorfer Investor namens Frederik Schumacher sowie einem Anwalt.
Mahlstädt habe ihm, so Jörg Kratz weiter, allen Ernstes ein Konzept der amerikanischen Golf-Legende Jack Nicklaus vorgestellt, das den Umbau der Anlage in einen Nobelclub inklusive eines Restaurants mit Michelin-Stern vorsah.
Die *Eifelbank* werde sich über eine Kapitalbeteiligungsgesellschaft am Investment Frederik Schumachers beteiligen.
Dr. Schmidt, so erzählte der ehemalige Pächter aufgewühlt, habe ihm auf den Kopf zugesagt, er - Jörg Kratz - sei als Betreiber eines solchen Nobelclubs einfach der falsche Mann. Künftig werde hier unter anderem die europäische Golf-Elite erwartet, die man als Investoren mehrere Tage lang professionell betreut wissen wolle.
Angesichts des völlig veränderten Konzepts, aber vor allem des Auftretens der Banker sowie des Investors Schumacher und seines Anwalts habe er sich regelrecht überrannt gefühlt, so Kratz weiter.
Mahlstädt und der Düsseldorfer Anwalt hätten ihn in den kommenden Wochen noch zwei weitere Male zu Gesprächen nach Euskirchen in die Bank geladen; mit dem Ziel, ihn aus seinem laufenden Pachtvertrag herauszukicken.

Im Nachhinein habe er um seine Golfanlage kämpfen und sich an eine andere Kreditbank wenden sollen, sagte Jörg Kratz am Ende eines langen Gesprächs. Stattdessen habe er sich - der Fehler seines Lebens - unter Druck setzen und für einen Schnäppchenpreis kaufen lassen.

Ins 'Schneiders Eck' hatten sich inzwischen einige wenige Rentner eingefunden, die an der Theke ihren Kaffee oder ein Bier tranken.
„Eure Heizungsfirma hängt in Schwammenauel mit drin?", fragte Erwin leise nach. „Also habt ihr die Ausschreibung gewonnen. Und das bei einem solchen Millionenprojekt - klasse!"
Erwin klopfte Jan, dem siebenundzwanzigjährigen Handwerksmeister, auf die Schulter. Dieser hatte den elterlichen Betrieb gleich nach der Meisterschule zusammen mit seinem Onkel Horst übernommen. Jans Vater lag seit drei Jahren im Wachkoma, nachdem er auf seinem Motorrad von einem übermüdeten LKW-Fahrer regelrecht über den Haufen gefahren worden war.
Trotz guter Auftragslage kämpfte das Familienunternehmen mit zunehmenden Außenständen - nicht zuletzt ausgerechnet durch öffentliche Auftraggeber wie die Kommunen verschuldet.
Jan nickte zögernd.
„Im Grunde hast du recht. Es geht für unsere Firma um ein Auftragsvolumen von knapp einer Million Euro, das haben wir wahrlich nicht alle Tage! Wir sind für die gesamte Heizungstechnik im Hotel und im Schwimmbad zuständig, inklusive Solar und allem Furz und Feuerstein!"
Stolz schwang in seiner jugendlichen Stimme.

„Onkel Horst hat allerdings so seine Zweifel. Hundertfünfzigtausend gehen erst einmal für den Materialeinkauf drauf. Und weitere hundertfünfzigtausend Euro mussten wir in das Bauprojekt investieren, indem wir selbst Anteile gezeichnet haben - als Bedingung dafür, dass wir den Auftrag überhaupt bekamen. Das ist krass, aber so läuft es inzwischen dauernd."
Er seufzte.
„Onkel Horst sagt natürlich, so etwas sei kein faires Geschäftsgebaren; da verzichte er lieber auf den Auftrag. Aber ich habe ihn letztlich überredet. 'Wenn du kein Risiko eingehst, Horst', habe ich ihm gesagt, 'dann bist du kein Unternehmer! Die Zeiten haben sich nun mal geändert.'
Natürlich mussten wir die Kohle kreditfinanzieren. Über die Eifelbank haben wir das gemacht, mit ihr hat ja schon Papa immer zusammengearbeitet."
Jan wiegte den Kopf.
„Ein Fünf-Sterne-Superiorhotel mit einem subtropischem Schwimmbad ist doch eine echte Nische hier in der Eifel und das Ganze in einem malerischen Ort wie Schwammenauel - das hat schon was! Ich sehe das Bauvorhaben positiv: Es gibt genügend Kapital, um den Nobelschuppen hochzuziehen, es gibt einen Großinvestor aus Köln, der das Hotel und das Erlebnisbad pachten will und auch für das Restaurant interessieren sich offenbar schon mehrere Gastronomen..."
Erwin nickte.
„Welche Bedenken hat denn dein Onkel?"
Er schätzte Horst Burmeister sowohl als kompetenten Handwerksmeister als auch als besonnenen Kaufmann ein.

„Er meint, so eine Geschichte funktioniere in der Stadt oder in großen Touristengebieten, aber in der Eifel eher nicht. Nun gut, bisher liegen die Kalkulationen so, dass die Übernachtungen tatsächlich deutlich teurer sein werden als die in den Vier-Sterne-Hotels hier in der Gegend. Aber man kann den Komfort, den es dann dort geben wird, auch nicht mit anderen Hotels vergleichen. Horst meint, auch der Eintritt in das subtropische Schwimmbad werde für eine hiesige Familie mit mehreren Kindern unerschwinglich sein. Mit den Eifeler Besuchern wird aber in Schwammenauel neben den Hotelgästen fest kalkuliert."
Jan trank seine Cola aus.
„Na ja, Horst hat halt Bedenken, dass sich so ein Vorhaben hier in der Region grundsätzlich nicht trägt und schon gar keine Gewinne abwerfen wird."
Er atmete tief durch.
„Seine Argumente sind natürlich nicht ganz von der Hand zu weisen. Wir sind als Handwerksfirma - wie gesagt - enorm in Vorleistung getreten. Wenn das Ding den Bach runtergeht, sind auf einen Schlag dreihunderttausend Euro einfach futsch."
Jan bestellte bei der drallen Kathie, Edeltrauds Aushilfskellnerin, entgegen seiner nachmittäglichen Gewohnheiten zwei Pils.
„Wir brauchen diesen Auftrag, Erwin! Die Marge stimmt, da bleibt richtig was für uns hängen. Und du weißt", fuhr der Juniorchef fort, „wir haben fünfundzwanzig Mitarbeiter. Die Hälfte von ihnen ist übrigens über fünfzig. Ich meine, wir haben ja auch eine Verantwortung, Aufträge an Land zu ziehen, damit die Leute in Lohn und Brot bleiben."

Mit siebenundzwanzig Jahren hatte ich seine Reife nicht, dachte der Landwirt und nickte ihm anerkennend zu.
„Wie konntest du Horst denn letztlich überzeugen?", wollte Erwin wissen. „Ihr fällt solche Entscheidungen doch gemeinsam, oder?"
„Auf jeden Fall!", betonte Jan. „Ich habe einen ehemaligen Schulkollegen, der sich inzwischen zum Risikospezialisten bei der Eifelbank hochgearbeitet hat", berichtete er. „Mit Ralph habe ich in der Bank unter vier Augen gesprochen, bevor wir den Auftrag angenommen haben. Er sagte mir, er halte das Projekt persönlich für risikobehaftet. Allerdings zeigte er mir dann ein vertrauliches externes Gutachten. Aufgrund dessen positiver Gesamteinschätzung, sagte Ralph, seien Mahlstädt und sein Kompagnon Dr. Schmidt zu dem Schluss gekommen, Anteile des geschlossenen Immobilienfonds an ihre Kunden zu verkaufen."
Jan blickte Erwin ins Gesicht.
„Ralph ist, wie gesagt, mit mir zusammen zur Schule gegangen. Er hätte es mir auf jeden Fall gesagt, wenn da was faul wäre..."

„Bitte fassen Sie sich kurz, wir erwarten gleich Gäste hier im Restaurant", begrüßte Frederik Schumacher die beiden Kommissare, noch bevor diese die Schwelle des Sterne-Tempels gegen siebzehn Uhr dreißig betreten hatten.
Nachdem kein Handschlag mehr von dem noch recht jungen, offenbar viel Wert auf sein Äußeres legenden Mann im blauen Nadelstreifenanzug zu erwarten war, gingen Stettenkamp und Ilka einfach an ihm vorüber -

und setzten sich unter seinem pikierten Blick an einen edel eingedeckten Vierertisch.
Während Schumacher der attraktiven Bedienung mit schmaler Hand wortlos einen kurzen Wink gab, rückte Stettenkamp den dreiarmigen Kerzenleuchter zur Seite.
„Ich sehe meinem Gegenüber gern ins Gesicht“, lächelte er den Geschäftsmann unverhohlen an.
Sie konfrontierten den neuen Betreiber des Nobelgolfclubs Eschweiler mit den Neuigkeiten, die sie soeben von Jörg Kratz erfahren hatten.
Frederik Schumacher gab sich gelangweilt.
„That´s business“, meinte er nur.
Die junge Kellnerin servierte ihrem Chef einen Bourbon und den Kommissaren ein kleines Glas stilles Wasser.
Stettenkamp sah schweigend aus dem Fenster.
Er war vor vier Jahren einmal mit Lisa und den Zwillingen im Buggy hier entlang gewandert.
Damals hatte es ein ansprechendes Clubhaus im Grünen, umringt von kleinen Teichen, gegeben. Seine Frau und er hatten auf der Terrasse hausgemachte Eifeler Rouladen mit Spätzle gegessen, erinnerte er sich.
Heute wirkte hier alles sehr protzig und einfach nicht in die Gegend gehörend.
„Besonders viel los ist hier ja nicht“, stellte er nüchtern fest.
„Das können Sie als Laie überhaupt nicht einschätzen“, konterte Schumacher. „Aber ich will es Ihnen trotzdem kurz erklären.“
Er blickte erst herablassend auf die Kommissare und dann auf seine Rolex mit den eingefassten Swarovski-Steinen.

„Es ist gerade Wintersaison und unsere neu eröffnete Anlage muss sich in der Golfer-Szene erst noch herumsprechen..."
Ilka lächelte charmant.
„Nach zweieinhalb Jahren hat es das noch nicht getan? Wie viele Mitglieder hat der Club denn eigentlich zur Zeit?"
Schumacher warf ihr einen genervten Blick zu.
„Wadenbeißer wie Sie würden es ohnehin herausfinden. Es sind knapp achtzig."
Sie hob die Augenbrauen.
„Das sind nicht eben viele. Zu Jörg Kratz' Zeiten waren es immerhin rund vierhundert!"
Schumacher hob abwehrend die Hand.
„Sie können die damalige und heutige Gästeklientel überhaupt nicht miteinander vergleichen. Unsere Mitglieder zahlen zwölftausend Euro Gebühren pro Jahr. Das sind für kleine Beamte wie Sie natürlich unvorstellbare Dimensionen..."
Ilka schüttelte den Kopf.
„Keineswegs. Wir haben längst verstanden, dass die Beiträge allein deshalb so hoch angesetzt wurden, um den Geldadel hier unter sich zu halten..."
Stettenkamp schmunzelte.
„Sie haben durch fast achtzig Mitglieder folglich Brutto-Einnahmen von etwas weniger als neunhundertsechzigtausend Euro", rechnete er ihm vor. „Wie hoch sind denn Ihre Ausgaben?"
Schumacher antwortete nicht.
„Wir wissen", fuhr der Kommissar fort, „dass die umfassenden Renovierungsmaßnahmen hier einschließlich des Restaurantneubaus allein sieben Millionen Euro verschlungen haben." Süffisant setzte er hinzu: „Aber die *Eifelbank* hat sich an dem Umbau ja immerhin finanziell erheblich beteiligt."

Dank Jörg Kratz wussten sie recht gut Bescheid. Schumachers Gesichtszüge verrieten gleich seinen Ärger über Stettenkamps Informationen.
„Sie selbst werden hier trotzdem mit ihren achtzig Männeken lange ausharren müssen, bis Sie einmal in die Gewinnzone kommen werden", prognostizierte der Kommissar und stand auf.
„Danke übrigens für das Wasser", fügte Ilka übertrieben artig hinzu. „Wir möchten es angesichts Ihrer wirtschaftlichen Verhältnisse selbstverständlich nicht umsonst haben."
Sie legte einen Fünf-Euro-Schein auf das weiße Damast-Tischtuch und verschwand mit Stettenkamp vor den Augen eines Frederik Schumachers, dessen Halsschlagader nur so pochte.

Donnerstag - 6 Tag

Polizeidirektor Armin Groß schien der Besuch in Düsseldorf bei Innenminister Jäger einen höchst aufregenden Höhenflug beschert zu haben.
Während der Morgenbesprechung hatte der Chef fortwährend von nichts anderem als von angeblich streng geheimen Umstrukturierungsmaßnahmen innerhalb der Landespolizei geredet, die der Minister nur mit seinen engsten Vertrauten besprochen habe.
Dass ich nicht lache!, dachte Stettenkamp. Wahrscheinlich hat er Jäger gerade mal zehn Minuten lang im Landtag referieren gehört und macht sich jetzt hier mal wieder wichtig.
Peter Bongardt - zum Glück außerhalb Armin Groß' Blickfeld - hatte längst seinen Kohlestift gezückt und fertigte eine Karikatur des rotgesichtigen Polizeidirektors an, der in den vergangen Wochen noch erheblich an Gewicht zugenommen hatte. Die Knöpfe seiner schief sitzenden Anzugsjacke drohten jeden Moment abzuplatzen.
Staatsanwalt Dr. Rettich hatte die Besprechung mit dem Hinweis auf einen Termin bei Gericht schon verlassen und zum Abschied mit Blick auf Ilka demonstrativ mit seinem Porsche-Schlüssel herumgespielt. Sie hatte daraufhin, wenn auch hinter vorgehaltener Hand, nur müde in seine Richtung gegähnt.
„So Leute, kommen wir zum letzten Punkt“, dröhnte Groß und wischte sich mit einem Stofftaschentuch den Schweiß von der Stirn, „nämlich der Pressekonferenz gleich um zehn Uhr!“
Stettenkamp hatte sich schon gewundert, dass er als Leiter der Mordkommission noch keine näheren

Informationen über das Treffen im Foyer des Kreishauses erhalten hatte.
„Ich habe mich zu unserem rhetorischen Vorgehen und unserer Taktik allein mit unserem neuen Pressesprecher, dem Herrn Kuhl, besprochen - er ist ja da ein Vollprofi!"
Stettenkamp klappte die Kinnlade herunter.
„Ja, schauen Sie nicht so!", fuhr Groß ihn an.
„Es geht hier schließlich um den Mord an einem bekannten wie beliebten Bankvorstand, zu dem Sie und ihre Mannschaft ja leider immer noch nicht mit erhellenden Erkenntnissen aufwarten können! Sie würden sich da gleich nur verzetteln und die Journalisten merken lassen, dass Sie ihnen gar nichts anzubieten haben. Und deshalb...", Armin Groß hob theatralisch die Arme, „hole ich zusammen mit Herrn Kuhl für sie gleich sozusagen die Kastanien aus dem Feuer."
Der Wutknubbel in seinem Bauch, Stettenkamp spürte es ganz genau, war längst zu einer riesigen Kugel angewachsen.
„Ich bin der Chef dieser Mordkommission", sagte der Kommissar gefährlich leise, „und ich werde den Presseleuten gleich höchstselbst Rede und Antwort stehen. Das überlasse ich doch nicht einem Pressesprecher, der sich - mit Verlaub - bisher überhaupt nicht in den Fall eingearbeitet hat!"
„Weil Sie ihn nicht umfassend informiert haben, deshalb!", blaffte Groß zurück. „Wir haben übrigens neben Radio Euskirchen und den hiesigen Lokalredakteuren diesmal auch Vertreter der Bild-Zeitung und des Express eingeladen. Und sogar von RTL, Pro Sieben und Sat.1 kommen auf meine Bitte hin drei Fernsehteams. Es ist immer gut, in einem so bedeutenden Fall gebührend auf unsere Arbeit

aufmerksam zu machen“, schwadronierte er unverdrossen weiter. „Das kann eben längst nicht jeder!“
Stettenkamp sah in Ilkas, Peters und Mannis Gesichtern, dass sie das Gleiche dachten wie er.
Noch bevor er ihm etwas entgegnen konnte, klopfte der Polizeichef bereits dreimal mit seinen speckigen Fingern auf den Tisch.
„Wo wollten Sie und Frau Landwehr jetzt gleich noch hin?“, fragte er hämisch.
Er kratzte sich am Kopf, als wüsste er tatsächlich nicht mehr, worüber sie just vor zehn Minuten noch gesprochen hatten.
„Ach ja, zu dieser dämlichen Hausfrau, die auf diesen Heiratsschwindler hereingefallen und ihm ihre Ersparnisse nach Afrika überwiesen hat.“
Er klopfte sich auf die Schenkel.
„Tja, so hat halt jeder sein Spezialgebiet, das ihm liegt.“
Stettenkamp hätte ihm an die Gurgel gehen können.
„Wir sehen uns dann später“, beendete Armin Groß die Morgenbesprechung.
Im Türrahmen drehte er sich noch einmal um.
„Und bitte platzen Sie da nach ihrem Termin nicht in die Pressekonferenz herein, dort sitzen hochrangige Vertreter der Redaktionen und so ein hemdsärmeliger Auftritt wirkt dann einfach unprofessionell!“

Undine von Alst hatte sich auf den Besuch der Kommissare vorbereitet.
Es roch nach Kräutertee und frischem Gebäck, als sie im dritten Stock ihre aufwändig sanierte Altbauwohnung betraten. Sie führt Ilka und Stettenkamp zu einem runden Tisch mit drei Besuchersesseln, die direkt an dem hohen Wohnzimmerfenster mit Blick auf die Erftauen standen.

Die Dame des Hauses schien klassische Musik zu lieben. Vivaldis prächtig-beschwingtes Stück 'L'autumno' untermalte durch im Wohnzimmer integrierte Lautsprecher dezent die herbstliche Novemberstimmung, die in der Eifel seit ein paar Tagen allerdings eindeutig in den Winter übergegangen war.
Die Mittfünfzigerin Undine von Alst trug ihre mittelblonden Naturlocken schlicht frisiert, ihr schmaler Körper steckte in einem weißen, mit rosafarbenen und schwarzen Blüten bestickten Seidenkimono.
Mitten im Raum saß ein stattlicher Papagei mit kräftig-blauem Gefieder auf einer dicken Holzstange. Der Ara mit den schwarz-gelben Augen krächzte fortwährend in unglaublicher Lautstärke immer die gleichen, unverständlichen Laute vor sich hin.
„Das ist meine Lore“, stellte Undine von Alst das Tier zärtlich vor. „Ohne sie hätte ich diese schwere Zeit nicht überstanden.“
Sie warf Stettenkamp einen tränenumflorten Blick zu. „Mit Lore kann ich über mein Leid reden wie mit einer guten Freundin.“
Frau von Alst berichtete zögernd, sie sei bereits seit vielen Jahren verwitwet, habe keine Kinder und lebe seit langem sehr zurückgezogen; Kontakte pflege sie kaum.
„Mir fehlt ein Mensch in meinem Leben, mit dem ich mich geistig austauschen kann“, erzählte sie mit leiser Stimme. „Ich hatte wirklich im Kontakt mit Sergeant Ann Hester Leigh geglaubt, einen solchen Mann gefunden zu haben.“
Sie lächelte dünn.
„Sogar meinen Hang zum Transzendenten schien er zu teilen - das tun nicht viele Männer. Er schien mir in unserem Austausch ein medialer Mensch zu sein,

genau wie ich selbst einer bin. Schwingungen formten sich manchmal vor unserem geistigen Auge zu Bildern, er erspürte Energien so geschickt wie ich es selten bei einem Medium erlebt habe... und dann kam alles ganz anders!“

Sie begann zu schluchzen.

Lore breitete sogleich ihre Flügel aus - Ilka fuhr angesichts ihrer Größe ein kurzer Schrecken durch die Glieder - und ließ sich kurzerhand auf Frau von Alsts rechter Schulter nieder.

Diese kraulte dem Ara den Kopf.

„Haben Sie sich einmal persönlich mit diesem Sergeant Ann Hester Leigh getroffen?“, fragte Ilka vorsichtig.

„Nein, er war doch in Afghanistan stationiert, wie sollte das gehen?“

Sie ließen sich die beiden Profilfotos, die er bei *Two-hearts* hochgeladen hatte, sowie seine insgesamt dreiundzwanzig Nachrichten an Undine ausdrucken und steckten sie ein.

„Die dreißigtausend Euro, die ich Ann geschickt habe, sind für mich nicht das Schlimmste, obwohl mir der Verlust natürlich weh tut“, erklärte sie. „Aber viel mehr schmerzt es, mich derart in einem Menschen getäuscht zu haben. Es ist mir seit dem Tod meines Mannes zu schwer gefallen, noch einmal zu jemandem Vertrauen aufzubauen. Aber bei Ann hatte ich einfach so ein sicheres Gefühl, es passte einfach zwischen uns. Letztendlich hat er mich nur ausgenutzt und es ging ihm nur um mein Geld, gar nicht um mich...“

Sie weinte haltlos.

„Wann haben Sie die Partnervermittlung über den Betrüger informiert?“, wollte Stettenkamp wissen.

„Erst vorgestern. Ich habe mit einer Claudia Rollinger telefoniert, sie hat lange mit mir gesprochen und wirkte sehr verständnisvoll und mitfühlend. Meine Enttäuschung kann sie mir natürlich auch nicht nehmen“, sagte Undine von Alst, „aber Frau Rollinger hat mir geraten, meine Scham zu überwinden und zur Polizei zu gehen.“
Sie lächelte zögernd und streichelte ihre Lore unterdessen weiter.
„Frau Rollinger hat mir auch empfohlen, trotz allem nicht aufzugeben. Sie hat mir gestern bereits mehrere Partnervorschläge von Männern geschickt, die sich wie ich mit übersinnlichen Kräften beschäftigen. Das hat mir so an Ann gefallen: Er fragte mich selten etwas, denn das Stellen von Fragen vertreibt die Antwort“, philosophierte die Dame. „Das Fragen zieht den Intellekt heran und das ist das Letzte, was ein medialer Mensch möchte.“
„Passen Sie gut auf sich auf“, sagte Ilka zum Abschied, „ich wünsche Ihnen beim nächsten Versuch bei *Two-hearts* mehr Glück.“
Undine von Alst lächelte feinsinnig.
„Die Intuition hat ihren Sitz nicht im Verstand, die Psyche ist das Ohr der Seele...“

Auf der Rückfahrt ins Kreishaus sprachen Ilka und Stettenkamp noch ein Weilchen über Frau von Alst.
„So bitter es auch ist, dass sie diesem Betrüger aufgesessen ist und die Kollegen vom Betrugsdezernat höchstwahrscheinlich auch nicht dafür sorgen können, dass sie ihr Geld zurückerhält“, meinte Ilka, „ich denke, für unseren Fall können wir Frau von Alst jedenfalls ausblenden.“
Stettenkamp stimmte ihr zu.

„Ich bin schon gespannt auf das zweite Opfer. Gertrud Zingscheidt habe ich für fünf Uhr deinen Besuch angekündigt. Nimm am besten Peter mit."
Sie schwiegen eine Weile.
Die Straßen der Kreisstadt waren - im Gegensatz zu den schneegepuderten Höhengebieten der Eifel - matschig-grau; an Streusalz schienen die Mitarbeiter der Stadt in diesem Jahr nicht sparen zu wollen.
„Ich denke, wir sollten uns stärker auf die Person Jochen Mahlstädt konzentrieren", sagte Stettenkamp nach einer Weile. „Diese ganzen Großprojekte, die er hier in der Region initiiert hat - ob da nicht eher der Schlüssel zu einem Mordmotiv liegt? Zwar klingt sein Einsatz für die Eifel erst mal ganz toll - aber mit solchen Projekten macht man sich immer auch Feinde."
Ilka blickte zu ihm herüber.
„Woran denkst du konkret?"
„Na allein schon an die Geschichte um den alten und neuen Betreiber des Eschweiler Golfclubs", brummte er. „Aber auch an diese 'Byte Burg'. Meinst du, jeder Blankenheimer war darüber erfreut, dass die traditionelle Jugendherberge geschlossen wurde? Nur damit sich Computerspezialisten aus den Großstädten nun dort vernetzen und sich wichtig machen können? Was meinst du, wie viele Eifeler so etwas für eine absolut spinnerte Idee halten? Mal abgesehen davon sollten wir von Dr. Schmidt dringend Zahlen anfordern, um uns ein Bild zu machen, ob dieses kreative Zentrum überhaupt rentabel ist. Mein Gefühl sagt mir nämlich das Gegenteil."
Ilka nickte.
Jeder sinnierte über den Fall bis Ilka die Stille unterbrach.

„Dr. Schmidt schildert das Engagement Mahlstädts und damit auch das seiner eigenen Person natürlich in den schillerndsten Farben. Wir könnten mal mit meinem Vetter sprechen. Er heißt Frank Klinkhammer."
„Arbeitet er etwa bei der *Eifelbank Nord/Süd*?"
„Ja. Das heißt, er arbeitet dort noch", betonte sie. „Ich habe mit Frank zuletzt vor drei Monaten auf dem siebzigsten Geburtstag meiner Tante gesprochen. Auf dem Fest erzählte er mir, dass er vorhabe, bei der *Eifelbank* zu kündigen, um etwas ganz anderes zu machen."
Ilka schmunzelte.
„Warum auch nicht? Er ist schließlich erst neunundzwanzig und lebt allein. Er hat mit seiner Freundin zusammen ein altes Haus in Hecken gekauft und restauriert. Luisa hat ihn allerdings inzwischen verlassen und ist zurück nach Köln gezogen.
Stettenkamp schien interessiert.
„In welcher Abteilung der Bank arbeitet dein Vetter eigentlich?"
„Er ist in der Hauptstelle in Euskirchen für die Betreuung der sogenannten Vermögenskunden zuständig."
„Lass' uns ihn doch gleich mal anrufen. Möglicherweise kann dein Vetter Frank uns aus der Sicht eines internen Bankmitarbeiters ja etwas erzählen, das uns weiterbringt."

Alex seufzte leise, als er in Mechernich vor dem Eingangsbereich des Krankenhauses ankam. Ein paar Raucher standen trotz der abendlichen Kälte draußen vor der Tür. Ihr Anblick entfachte in ihm das Verlangen nach dem vermeintlichen Notfallpäckchen

Zigaretten in seiner Jacke, das er gestern durch ein Neues ersetzt hatte.
Lisas positiver Schwangerschaftstest.
Ihre schreckliche Übelkeit, der sie zuhause nicht mehr Herr geworden waren. Aber vor allem der Gedanke an die Zukunft - all das hatte ihn vollkommen aus dem Gleichgewicht gebracht...
Mit Mühe konzentrierte Alex sich weiterhin auf den zu klärenden Doppelmord, doch ohne Ilka, gestand er sich ein, sowie Peter und Manni wäre er vollkommen aufgeschmissen.
Er atmete die klare Winterluft ein, verkniff sich den Griff in die Jackentasche und ging stattdessen zügig hinüber in den Altbau des Hospitals.
Die Gynäkologie befand sich in der ersten Etage.
Eine junge Frau kam aus dem Schwesternzimmer auf ihn zu. Sie berichtete, Lisa sei in ein anderes Zweibettzimmer verlegt worden und wies ihm freundlich den Weg.
Lisa lächelte matt, als Alex zur Tür hereintrat. Neben ihrem Bett stand nach wie vor der Infusionsständer, eine klare Flüssigkeit tropfte aus dem fast leeren Beutel in ihre Vene.
Sie war allein.
„Meine Bettnachbarin ist gerade mit ihrem Mann und ihren Kindern in der Cafeteria“, berichtete seine Frau. „Wir können also ungestört reden.“
Sie wirkte immer noch sehr kraftlos, fand er.
„Kommst du gut klar mit ihr?“
„Ja, Doris ist wirklich nett. Ruhig und zuvorkommend, ein Glückstreffer. Sie bekommt in sieben Wochen ihr viertes Kind und ist wegen irgendwelcher Komplikationen hier. Ich wollte nicht genauer nachfragen.“
Lisa begann zu weinen.

Bestimmt ist es schwierig, dachte Alex, sich ein Zimmer mit einer Hochschwangeren zu teilen, wenn man gerade selbst so sehr mit seinem Schicksal hadert.
Er nahm seine Frau in den Arm und hielt sie fest, bis sie sich ein wenig beruhigt hatte. Dann zog er sich einen Stuhl an ihr Bett heran.
„Wie geht es dir körperlich? Helfen die Infusionen gegen die Übelkeit?“, wollte er wissen.
Lisa nickte.
In diesem Moment öffnete sich die Tür und eine hochgewachsene, schlanke Ärztin kam herein. Sie reichte ihm die Hand und stellte sich vor.
„Ich bin Dr. Kessler“, sagte sie. „Mit ihrer Frau habe ich mich heute Morgen bereits unterhalten. Aber da ich Sie gesehen habe, wollte ich gern auch einmal mit ihnen beiden sprechen.“
Sie wandte sich an Lisa.
„Wie Sie wissen, leiden Sie an einer Hyperemesis gravidarum zweiten Grades. Also auf gut Deutsch an einer schweren Form der Schwangerschaftsübelkeit mit ständigem Erbrechen. Eine von zweihundert Schwangeren trifft es und Sie, Frau Stettenkamp, sind leider eine von ihnen.“
Sie blickte in ihre Akte.
„Wir behandeln Sie nun erst einmal für einige Tage mit Infusionen, damit Sie nichts essen müssen; zusätzlich bekommen Sie Vomex, also Tabletten, um die Übelkeit etwas zu mildern. Mit etwas Glück werden Sie im Laufe der kommenden Woche wieder nach Hause entlassen“, meinte Dr. Kessler lächelnd. „Haben Sie beide noch Fragen an mich?“
Alex nickte zögernd.
„Wir haben bereits sechsjährige Zwillinge“, erzählte er. „Trotz der Mehrlingsschwangerschaft ging es

meiner Frau damals deutlich besser als jetzt. Wie ist diese... Hyperemesis zu erklären?“
Dr. Kessler wiegte den Kopf.
„Zu den körperlichen Ursachen zählt die Umstellung der mütterlichen Hormone, vor allem die Erhöhung des Schwangerschaftshormons Beta-HCG.“
Sie hielt einen Moment inne.
„Es gibt auch Studien, die belegen, dass manchmal psychische Faktoren eine Rolle spielen können. Beispielsweise die Angst vor Überforderung durch die neue Situation, beruflicher Stress oder des familiären Umfeldes und angeblich auch die Ablehnung des Kindes“, zählte sie auf.
Die Gynäkologin räusperte sich.
„Aber wie gesagt, es sind halt Studien. Also bitte nicht unbedingt persönlich nehmen. Und Sie wissen ja, Frau Stettenkamp, spätestens nach der zwölften Woche hat sich das Thema Schwangerschaftsübelkeit erledigt. Dann werden Sie sich hoffentlich wieder fühlen wie ein Fisch im Wasser.“
Dr. Kessler hatte noch nicht ausgesprochen, da würgte Lisa schon wieder und griff nach der Brechschale neben sich.
Eine Viertelstunde später lag sie ermattet auf der Seite, die Beine an den Körper gezogen und nahm Alex' Hand in die ihre.
„Ich bin so verzweifelt“, sagte sie leise. „Heute Morgen habe ich noch einmal mit Schlomberger telefoniert und ihm gesagt, was Sache ist.“
Das hätte ich auf keinen Fall getan!, schoss es ihm durch den Kopf, sagte jedoch nichts.
„Ich bin raus!“
Sie hob die schmalen Schultern.
„Schlomberger hat mir am Telefon gesagt, dass er mich von Anfang an als sehr gute Schreiberin

geschätzt habe, aber eine Redakteurin brauche, die eben voll einsatzfähig sei."
„Jeder kann krank werden. Oder eben schwanger...", warf er hilflos ein.
„Ja schon! Aber im Redaktionsteam fehlt halt trotzdem jemand, verstehst du? Jetzt haben sie endlich von Köln eine zusätzliche feste Stelle zugesagt bekommen und nun falle ich schon wieder aus. Alex, ich verstehe Schlomi, wirklich! Und du weißt selbst, als freie Mitarbeiterin, die zudem in den letzten Monaten nicht gearbeitet hat - da könnte ich jetzt auch gar keine Ansprüche stellen. Aber ich will auch einfach nicht mehr. Es ist alles verkorkst..."
Sie schluchzte.
„Lisa, es ist nicht alles verkorkst", versuchte er sie zu ermutigen. „Wir haben doch vor allem uns! Wir haben zwei gesunde Jungs, das Haus, wir fühlen uns hier in der Eifel wohl. Und ein paar Kröten verdiene ich bei der Kripo schließlich auch", schmunzelte er und drückte ihre Hand.
„Ich weiß", erwiderte sie. „Und du hast ja recht. Aber ein drittes Kind, Alex. Es wird alles verändern, alles! Mir liegen mit Ben und Moritz schon so oft die Nerven blank. Und auch wenn dein Vater inzwischen im Pflegeheim lebt, wir kümmern uns aber ja trotzdem um ihn. Ich kann mir überhaupt nicht vorstellen, wie ich da noch einem weiteren Kind gerecht werden soll! Und den Zwillingen auch nicht. Alex, ich bin zweiundvierzig, ich schaffe das nicht mehr!"
Er wollte etwas sagen, aber sie hob gleich die Hand.
„Alex, ich weiß, dass du jetzt alles schönreden willst! Ich werde nur noch als Hausmütterchen zu Hause sitzen und mit zwei Rabauken und einem Säugling

nicht mehr vor die Tür kommen, geschweige denn, jemals wieder einmal arbeiten!“
Lisa hatte sich in Rage geredet, was ihrem geschundenen Magen gar nicht zu bekommen schien. Aus ihrem bleichen Gesicht wich der letzte Rest Farbe.
Alex schnappte sich die Brechschale und half ihr, sich im Bett aufzurichten.
Seine Frau tat ihm unendlich leid.
Und auf eine Art fühlte er sich mitschuldig an ihrem desolaten Zustand.
Nachdem die Krankenschwester das Zimmer wieder verlassen hatte, sagte er ruhig zu ihr: „Lisa. Du musst dieses Kind nicht bekommen, das weißt du. Auch wenn ich nie gedacht hätte, dass ich eine solche Möglichkeit einmal aussprechen würde... du bist erst in der achten Woche. Du kannst einen Abbruch vornehmen lassen.“
Stille.
Niemals hätte ich geglaubt, dass wir einmal in die Lage kommen würden, eine solche Entscheidung auch nur in Erwägung zu ziehen, dachte er.
Eine Abtreibung!
Einerseits eine unfassbar schreckliche Option.
Andererseits in ihrem Fall vielleicht die richtigere Entscheidung...
Er fühlte sich vollkommen durcheinander.
Lisa hatte damals für die Zwillinge letztlich ihre Karriere bei den Westfälischen Nachrichten in Münster sausen lassen - sie hätte es bis zur Redaktionsleiterin schaffen können, da war er sich sicher. Nach einem Jahr Babypause hatte sie dann stattdessen stundenweise in der Online-Redaktion der Zeitung mitgearbeitet. Lange hatte er damals geglaubt, alles sei in bester Ordnung und gar nicht wahrgenommen, wie schwierig es für sie gewesen

sein musste, diesen Job mit den Zwillingen unter einen Hut zu bringen. Vielleicht war das sogar der eigentliche Beginn ihrer zum Glück ausgestandenen Ehekrise gewesen.
Seine Frau war im Grunde immer wesentlich ehrgeiziger gewesen als er. Nach dem Studium und einem Volontariat beim Axel-Springer-Verlag hatte die junge Lisa einmal von einer Arbeit für eines der großen deutschen Nachrichtenmagazinen geträumt. Und nun hatte sich ihre persönliche Situation derart verändert, dass es nicht mehr für eine Teilzeitstelle in einer Lokalredaktion auf dem Land reichte. Wie bitter musste diese Tatsache für Lisa sein...
„Alex“, hörte er sie in seine Gedanken hinein sagen. „Ich bin froh, dass du das Thema Schwangerschaftsabbruch ansprichst. So schlimm er uns in der Seele einerseits für immer bleiben würde, aber auf der anderen Seite...“
In diesem Moment flog mit fröhlichem Gepolter die Tür auf.
Lisas hochschwangere Bettnachbarin Doris kam Hand in Hand mit ihrem Mann hinter zwei Jungen und einem kleinen Mädchen ins Zimmer. Gelassen ermahnte sie die Kinder, leiser zu sein und sich noch für ein paar Minuten mit den mitgebrachten Spielsachen zu beschäftigen.
Doris legte mitfühlend lächelnd ein schmales Buch auf Lisas Nachttisch und legte sich dann sichtlich erschöpft ins Bett.
Alex konnte den Titel - 'Zehn gute Gedanken für den Tag' - erkennen und fand Doris' Geste sehr nett.
„Ruh' dich gut aus“, verabschiedete er sich von seiner Frau. „Und egal wie du dich letztlich entscheidest“, flüsterte er ihr ins Ohr, „ich trage deine Entscheidung mit. Das sollst du wissen.“

Gut, dass ich ihr das so direkt gesagt habe, dachte Alex im Hinausgehen.
Aber welche Entscheidung wünsche ich mir selbst?
Er fand an diesem Tag keine Antwort mehr auf diese Frage.

Auf dem Weg nach Eicks rief Ilka ihn auf dem IPhone an.
„Ich habe mit Frank gesprochen!“, begann sie unvermittelt.
„Mit welchem Frank?“, fragte er noch ganz in Gedanken.
„Na, mit meinem Vetter, von dem wir heute Morgen gesprochen haben. Klingelt es jetzt bei dir?“
„Ach, ja klar! Entschuldige. Hat er in Sachen *Eifelbank* etwas erzählt, das uns weiterbringt?“
„Ich denke schon. Frank hat weiterhin vor, so bald wie möglich bei seinem Arbeitgeber zu kündigen. Er sagte mir, die vorgegebenen Umsatzziele der Bank seien für ihn zwar mit den Vermögenskunden recht problemlos zu erreichen; es störe ihn jedoch sehr, dass seit gut einem Jahr kaum noch die Bedürfnisse der Kunden im Vordergrund stünden, sondern ausschließlich die Erträge zugunsten der Bank.“
Stettenkamp nickte.
„Das wird dein Vetter von einer öffentlich-rechtlichen Bank so massiv wahrscheinlich nicht gewohnt sein“, mutmaßte er.
„Stimmt. Frank arbeitet übrigens schon seit seiner Ausbildung vor zehn Jahren in der *Eifelbank*.“
„Hat er denn mit dir über die allgemeinen Anlagevorschläge der Bank gesprochen?“, hakte er nach.
„Ich habe ihn natürlich danach gefragt. Frank hat mir anvertraut, dass er und seine Kollegen zur Zeit im Vermögenscenter vom Chef angewiesen seien,

Anteile eines risikoreichen, geschlossenen Immobilienfonds zu verkaufen. Es handelt sich hierbei konkret um ein Luxushotel mit dreißig Appartements und einem subtropischen Erlebnisbad, das zur Zeit in Schwammenauel gebaut wird. In dieses ist die *Eifelbank* übrigens selbst über eine Beteiligungsgesellschaft involviert."
Stettenkamp verschlug es den Atem.
Wie viele Projekte dieser Größenordnung unterhielt Jochen Mahlstädt eigentlich noch?
„Frank berichtete mir, dass der Kauf von Anteilen eines solchen Immobilienfonds für viele Kunden gar nicht geeignet sei. Denn verteuern sich die Baukosten, geraten die Anteilseigner ohne Wenn und Aber in eine vertraglich vereinbarte Nachschusspflicht."
Stettenkamp verspürte ein Rumoren im Magen.
Die Viren, die innerhalb seiner Familie kreisten, schafften es meist zuletzt auch zu ihm.
„Ein Luxushotel mit subtropischem Schwimmbad mitten im Nationalpark - das klingt erst einmal toll. Ich frage mich aber ernsthaft, ob es genügend Eifeltouristen gibt, die bereit sind, sich in ein Luxushotel einzumieten. Der Tourismus hier lebt doch hauptsächlich von Wanderurlaubern und Familien", gab er zu bedenken.
„Das sehe ich genauso", meinte Ilka. „Frank sagte übrigens noch, falls das Bauprojekt pleite ginge, sähen die Anteilseigner keinen Cent ihrer Einlagen wieder. Stell' dir das mal vor!"
Inzwischen stand er vor seinem Haus.
„Und trotz dieser hohen Risiken treibt der Chef seine Mitarbeiter an, den Kunden zum Kauf von Anteilen zu raten?"

„So ist es. Mein Vetter hatte gestern übrigens ein Vorstellungsgespräch bei einer Firma, die mit Landmaschinen handelt und Vertriebsmitarbeiter sucht. Frank sagte, wenn er dort eine Zusage bekomme, kündige er noch am gleichen Tag bei der *Eifelbank.*“

Gertrud Zingscheidt stand unverkennbar hinter der leicht wehenden Küchengardine am Fenster, als Ilka mit Peter Bongardt um kurz vor fünf Uhr die Treppe zu ihrem Haus in Diefenbach hinaufstiegen.
Beim ersten Klingeln der beiden riss sie die Haustür auf.
Im Rahmen stand eine voluminöse Frau, ihr Alter war aufgrund ihrer Aufmachung schwer zu schätzen. Eine weiße Schluppenbluse steckte in einem weiten, geblümten Faltenrock, das hellblonde Haar hatte sie zu einem Dutt aufgetürmt. Ihre Augen hatte sie mit einem dicken blauen Kajalstift eingerahmt - offenbar jedoch mit ziemlich zittriger Hand.
„Eine Walküre mit Vogelnest auf dem Kopf“, flüsterte Peter im Flur, woraufhin Ilka ihm einen leichten Hieb in die Rippen verpasste.
Ohne den Kriminalassistenten und sie zu begrüßen, legte Gertrud Zingscheidt auch schon los.
„Sie beschaffen mir mein Geld wieder!“, keifte sie in der kleinen Küche. „Entweder Sie oder diese Stümper bei der Partnervermittlung.“ Zischend fuhr sie fort: „Ich habe diese Rollinger schon angezeigt. Die andere, diese Lautwein, lebt ja nicht mehr. Bei der bin ich im Büro gewesen, aber die hat mich nur ausgelacht. Arrogante Schnepfe!“
Ilka lächelt.
„Frau Zingscheidt, dürfen wir uns setzen?“

Ohne eine Antwort abzuwarten, zog sie sich einen Stuhl vom Tisch heran.
„Es tut uns sehr leid, dass Sie an einen offenkundigen Internetbetrüger so viel Geld verloren haben", sagte sie ruhig. „Wir werden versuchen, die Identität des Mannes aufzudecken. Doch ich möchte ehrlich zu Ihnen ein: Es wird nicht einfach werden, weil fast immer professionelle Banden dahinter stecken, die ihren Sitz zumeist im Ausland haben."
„Ich - will - mein - Geld - zurück!", schrie Frau Zingscheidt hysterisch und knallte einen Teller, der auf der Spüle gestanden hatte, auf den Boden. Er zersprang in sieben Teile und einen Haufen Splitter.
„Wohin genau haben Sie das Geld gezahlt?", hakte Bongardt nach.
„Per Auslandsüberweisung über Western Union nach Nigeria", sagte sie knapp.
Dann können wir es schon vergessen, dachte Ilka, sagte jedoch nichts.
„Frau Zingscheidt, haben Sie sich einmal persönlich mit dem Mann getroffen?"
„Das wollten wir ja, denn er wohnte ja nicht weit weg von hier - im Westerwald. Aber dann ist seine Mutter ja angeblich schwer krebskrank geworden und musste ins Hospiz nach Montabaur. Das Einzige, was ihr noch helfen konnte, war eine schweineteure alternative Heilbehandlung, die die Krankenkasse nicht bezahlte. Bernward schrieb mir, er benötige kurzfristig meine finanzielle Unterstützung, ansonsten würde sie ganz sicher innerhalb weniger Tage versterben. Er hing wohl sehr an seiner kranken Mutter."
Die es garantiert gar nicht gibt, dachte Ilka.

„Sie sagten, Ihr Bekannter nannte sich Bernward. Glauben Sie, es handelt sich um seinen echten Namen?“

Sie zuckte mit den Schultern.

„Zuerst nannte er sich 'Starlight', als er mich das erste Mal über *Two-hearts* angeschrieben hat. Dieses Pseudonym fand ich einfach nur albern. Na ja, und später nannte er sich dann Bernward Schulz.“

„Warum sollten Sie das Geld eigentlich nach Nigeria überweisen?“, fragte Ilka arglos. „Ich meine, er schrieb Ihnen doch, seine Mutter lebe in Montabaur.“

„Die Mutter selbst war wohl mittellos und er wollte mir das Geld ja so schnell wie möglich zurücküberweisen. Er sagte mir am Telefon, von den fünfzehntausend Euro, die er benötige, dürfe das Finanzamt nichts wissen. Wenn er es dem Arzt selbst überweise, falle das auf.“

Sie schlug mit der geballten Faust auf die Küchenplatte, dass es nur so krachte.

„Ach, so genau habe ich das auch nicht kapiert. Und dumme Kuh bleibt dumme Kuh, sage ich immer! Deshalb bin ich der Frau Lautwein auch nicht mehr böse über das, was sie mir gesagt hat, als ich mich bei ihr beschwert habe. Ich bin es selbst schuld, sie hat ja recht gehabt.“

Sie sprang auf, sodass der Stuhl, auf dem sie gesessen hatte, rücklings auf den Boden fiel.

„Aber mein Geld, das will ich trotzdem zurück. Und jetzt los, gehen Sie und finden diesen Betrüger für mich!“

Gertrud Zingscheidt beorderte die Kommissare im Eilschritt und mit der rechten Hand wild gestikulierend zur Tür hinaus; als wolle sie ein paar lästige Fliegen aus dem Haus verscheuchen.

Freitag - 7. Tag

Lisbeth ließ sich auf ihren alten Küchenstuhl fallen - ihr Herz raste.
Sie hatte das nüchterne Schreiben der Pracht & Sachs Immobilienvertrieb GmbH zunächst nur kurz überflogen, während die Postbotin weiter hinüber zu Erwin gegangen war. Außer der üblichen Formalitäten hatte sie nichts Außergewöhnliches erwartet. Doch stattdessen ließ der Inhalt diesen Tag zum schwärzesten Freitag in ihrem Leben werden, seitdem Fritz gestorben war.
Lisbeth starrte auf den Brief und fühlte sich nicht in der Lage, ihn noch einmal zu lesen. Das was sie verstanden hatte, genügte ihr.
Trotz der morgendlichen Kälte verließ sie das Haus lediglich in ihrer geblümten Bluse und ihrem Kittel und eilte zum Nachbarhof hinüber. Erwin musste das Schreiben doch auch bekommen haben. Sie musste unbedingt mit ihm reden. Annemarie von gegenüber streute gerade Salz in ihrer Einfahrt und grüßte. Vollkommen in den Gedanken an den unfassbar hohen Geldbetrag, den sie zahlen sollte, aber nicht hatte, nahm Lisbeth ihre freundlich winkende Cousine überhaupt nicht wahr.

Als Stettenkamp das Büro betrat, wartete Peter Bongardt nicht nur mit einem Frühstück für seine Kollegen aus der Bäckerei Nipp auf, sondern zusätzlich mit einer echten Überraschung.
Ilka und Manni saßen bereits an ihren Schreibtischen.

„Ich habe in Daphne Lautweins Vergangenheit gewühlt und versucht, in ihrer Branche etwas über sie herauszufinden, was wir vielleicht noch nicht wissen, uns aber weiterhelfen könnte“, begann er etwas umständlich.
„Und?“, fragte Stettenkamp ungeduldig und biss dankbar in ein belegtes Brötchen.
„Daphne Lautwein kennt durch ihr Studium einen Kollegen, der inzwischen bei einem großen Konkurrenz-Unternehmen arbeitet - Dr. Jürgen Bönisch. Er hat es bei seinem Arbeitgeber vor einigen Jahren zum wissenschaftlichen Leiter seiner Abteilung gebracht.“
Peter grinste.
„Wir wissen ja inzwischen, dass Partnervermittlungsagenturen in der Anbahnung von Beziehungen eine hochwissenschaftliche Angelegenheit sehen“, holte er aus, „und deshalb Mathematiker, Psychologen und Soziologen beschäftigen...“
Stettenkamp trommelte mit den Fingern auf seine Schreibtischplatte.
„Was ist denn nun mit diesem Dr. Bönisch?“
Peter rieb sich die Hände.
„Er hat Daphne Lautwein verklagt! Dr. Bönisch warf Daphne Lautwein vor, seine wissenschaftlichen Erkenntnisse kopiert und für ihr eigenes Unternehmen eins zu eins genutzt zu haben. Der Mann schien diese Sache richtig persönlich zu nehmen.“
Bongardt fuhr fort.
„Der Rechtsstreit zwischen ihnen schwelte sage und schreibe drei Jahre lang. Ich habe unseren lieben Herrn Staatsanwalt mal auf die Sache angesetzt. Und nun haltet euch fest: Drei Wochen vor Daphne Lautweins Ermordung hat das Gericht die Sache zu ihren Gunsten entschieden. Der Richter sah

schlussendlich erhebliche Unterschiede zwischen den Testverfahren von Bönischs Arbeitgeber und *Two-hearts*. Dr. Rettich hat über einen persönlichen Kontakt zu einem von Frau Lautweins Anwälten erfahren, dass diese vor Gericht nachweisen konnte, dass *Two-hearts* seit der Gründung einen andersartigen Algorithmus - also diese Liebesformel, ihr wisst schon - verwendet als die Konkurrenz."
Stettenkamp sprang alarmiert auf.
„Daphne Lautwein hatte also bis zu ihrem Tod einen Erzfeind! Wusste Dr. Rettich von ihrem Anwalt auch, wie Bönisch das Urteil aufgenommen hat?"
Peter hob die Augenbrauen.
„Danach habe ich ihn natürlich gefragt! Dr. Bönisch hat Daphne Lautwein im Gerichtssaal wohl in aller Öffentlichkeit übelst beschimpft, um dann wutentbrannt den Saal zu verlassen."
Ilka atmete tief durch.
„So eine heftige Reaktion würde man von einem Abteilungsleiter doch nicht unbedingt erwarten, oder? Ich hätte eher vermutet, er habe den Rechtsstreit über seine Anwälte laufen lassen."
Stettenkamp nickte.
„Er hat sich durch diese Geschichte scheinbar sehr gekränkt und angegriffen gefühlt. Peter, weißt du noch mehr über Dr. Bönisch?"
Der Kommissar kannte schließlich die Art seines Assistenten, den letzten Trumpf so lange wie möglich im Ärmel zu behalten.
Bongardt nickte.

„Erwin, hast du deine Post schon durchgesehen?", fragte Lisbeth aufgeregt, als Erwin ihr die Haustür geöffnet hatte.

Aufgewühlt wie sie war, verzichtete sie ganz auf die sonst übliche herzliche Begrüßung und ließ sich stattdessen im Arbeitszimmer ihres Nachbarn gleich auf das kleine Sofa fallen.
Auf Erwins Schreibtisch lag ein Ordner seines recht gutgehenden Hofladens. Hier verkaufte seine Frau Bea vor allem Biofleisch, Eier, Milch, Marmelade und in den Sommermonaten auch zahlreiche Gemüsesorten sowie Salat. Im kommenden Jahr wollte sich Bea endlich ihren Traum vom eigenen Bauerncafé auf dem Hof erfüllen.
Lisbeth sah das auseinandergefaltete Schreiben der Pracht & Sachs Immobilienvertrieb GmbH gleich auf Erwins Computertastatur liegen.
Also wusste auch er bereits Bescheid!
„Sie nehmen uns in die Nachschusspflicht, Lisbeth“, murmelte er leise. „Damit hätte ich nie gerechnet. Ich meine, natürlich haben wir unterschrieben, dass genau das bei einem geschlossenen Immobilienfonds theoretisch passieren kann. Aber Mahlstädt hat doch immer wieder betont, wie großzügig die Kalkulation des Hotelkomplexes geplant sei und das vorhandene Kapital vermutlich nicht einmal komplett aufgebraucht werden würde. Und nun das!“
Die Summen, die für Lisbeth und Erwin im Raum standen, sprachen beide nicht aus, so geschockt waren sie.
Die Pracht & Sachs Immobilienvertrieb GmbH hatte ihnen geschrieben, es bestehe ein Nachfinanzierungsbedarf von insgesamt vier Millionen Euro; die Baukosten verteuerten sich also um satte fünfzig Prozent. Mit der Hälfte ihrer jeweiligen Einlage werde die Gesellschaft die Anleger in die Nachschusspflicht nehmen.

Lisbeth hatte folglich binnen der kommenden vier Wochen noch einmal fünfzigtausend Euro nachzuzahlen, während Erwin mit hundertfünfundsiebzigtausend Euro dabei war.
„Ich habe gerade schon mit Horst telefoniert", sagte Erwin beinahe tonlos. „Ihm geht es ähnlich wie uns. Sein Heizungsbetrieb musste Fondsanteile kaufen, um überhaupt den Auftrag für die Installationen zu erhalten. Das Geld dafür hatten sie nicht komplett flüssig und haben den Rest über die Eifelbank finanziert. Jetzt müssen sie nochmal fünfundsiebzigtausend Euro nachschießen - und versuchen, dafür einen neuen Kredit zu bekommen."
Erwin nahm Lisbeth freundschaftlich in den Arm.
„Hätten wir bloß die Finger davongelassen und nicht den Bankern, sondern unserem Eifeler Menschenverstand vertraut. Stattdessen haben sie uns nun finanziell richtig am Wickel. Den einen noch mehr als den anderen..."
Sie sah ihn an.
„Wer gibt einer alten Frau mit einer kleinen Witwenrente einen Kredit, um fünfzigtausend Euro zu bezahlen? Ich habe doch nur noch meine Sterbegeldversicherung und die achttausend Euro auf dem Sparbuch, als Notgroschen. Am Ende kommt noch das Häuschen unter dem Hammer!"
Sie begann zu weinen.
„Nein, so weit wird es nicht kommen", sagte Erwin bestimmt. „Da mach' dir mal keine Sorgen. Zahlen müssen wirst du allerdings. Kann Robert dir nicht unter die Arme greifen?"
Lisbeth winkte ab.
„Ich hätte nie auf ihn hören sollen, als er mir geraten hat, das Grundstück zu verkaufen und den Erlös in so ein windiges Luxushotel zu stecken. Finanziell kann

er mir nicht helfen, er verdient doch nicht viel und außerdem will ich das auch nicht."

Ich würde jetzt gerne sagen: 'Ich bin ja auch noch da!', dachte Erwin. Doch angesichts der hundertfünfundsiebzigtausend Euro, die Bea und er nachzuschießen hatten, blieben ihm diese Worte im Halse stecken. Eine derartige Rücklage wiesen ihre Sparbücher nicht ansatzweise auf. Den Traum ihres Bauerncafés würde seine Frau für lange Zeit vergessen können.

Sein Handy klingelte.

„Es ist Jan", sagte er mit Blick auf das Display zu Lisbeth. Sie saß wie versteinert auf dem alten Chaiselounge, das faltige Gesicht in beide Hände gestützt. Erwins Worte drangen immerhin zu ihr durch, als er nach dem Gespräch mit dem Juniorchef zu ihr sagte: „Jan und ich werden uns heute Abend auf jeden Fall dessen alten Schulfreund von der Eifelbank vorknöpfen! 'Risikospezialist' nennt er sich dort, dass ich nicht lache! Tatsächlich hat er uns doch alle ins Unheil geritten..."

Was soll das bringen?, dachte Lisbeth müde.

„Letztlich müssen wir doch sowieso alle zahlen", antwortete sie. „Wir haben alle auf einen ordentlichen Gewinn gehofft, seien wir doch ehrlich. Stattdessen sitzen wir nun in der Tinte. Was nutzt es uns jetzt noch, einen Schuldigen zu suchen?"

Erwin schüttelte energisch den Kopf.

„Hätte dieser 'Freund' Jan ernsthaft von diesem Immobilienfonds abgeraten, dann hätte er mich doch gewarnt und ich dich. Das alles wäre doch überhaupt nie passiert!", rief er wütend. „Dieser Risikomensch von der Bank kann jedenfalls was erleben, wenn es dunkel ist!"

Kriminalassistent Peter Bongardt stand unterdessen die Freude, mit seinen Recherche-Ergebnissen über Dr. Jürgen Bönisch aufwarten zu können, ins Gesicht geschrieben.
„Der wissenschftliche Leiter entwickelte nach seinem Studium zunächst ein Testverfahren für die Berufswahl, das noch heute zu den führenden Auswahlverfahren der Wirtschaft gehört. Davon hatte ein namhaftes Online-Partnervermittlungsportal erfahren und ihn seinerzeit gegen ein Top-Gehalt in das Unternehmen eingekauft. Bönischs neue Aufgabe war es, deren Testverfahren weiter zu verfeinern und der heutigen Zeit anzupassen. Letztlich sollte er also auf wissenschaftlicher Grundlage Persönlichkeitsmerkmale als Voraussetzung für eine erfolgreiche Partnerwahl herausfinden. Soweit Dr. Rettich von Daphne Lautweins Anwalt wusste, hat er diesen Job lange Zeit zur höchsten Zufriedenheit seines Arbeitgebers gelöst. In der letzten Zeit allerdings wohl nicht mehr. Was genau vorgefallen war, wusste Dr. Rettich nicht."
Stettenkamp sah in die Runde.
„Das ist heftig!"
Alle nickten.
Peter hob die Schultern.
„Ihr dürft nicht unterschätzen, dass wir über einen hart umkämpften Markt mit einem geschätzten Jahresvolumen von zweihundert Millionen Euro reden. Inzwischen gibt es dutzende Partnervermittlungsportale. Parship, zum Beispiel. Aber auch Elitepartner ist ein großer Konkurrent." Bongardt ahmte in gespielt hochnäsigem Tonfall deren Werbeslogan nach. „Das Portal für 'Akademiker & Singles mit Niveau' - übrigens gegründet von einem

ehemaligen Parship-Mitarbeiter! Auch in der Chefetage von eDarling sitzt ein ehemaliger Parship-Manager. Hinzu kommen auf dem Markt diverse Flirt- und Seitensprungportale. Seit drei Jahren treten sie allesamt umsatzmäßig auf der Stelle - bis auf *Two-hearts*. Das muss diesen Dr. Bönisch doch gefuchst haben, oder?“
Stettenkamp nickte.
„Peter, sehr gute und gewissenhafte Recherche! Weißt du, ob sich bei Jürgen Bönisch seit dem Gerichtsurteil beruflich etwas geändert hat?“
Der Kriminalassistent sah ihn irritiert an.
„Das alles ist ja erst drei Wochen her. Ich denke, er ist dort immer noch wissenschaftlicher Leiter seiner Abteilung. Genau weiß ich das natürlich nicht. Ich finde es aber heraus“, setzte er entschlossen hinzu.
Ilka blickte nachdenklich in die Runde.
„So oder so, wir müssen den Mann dringend befragen. Und da es sich scheinbar um einen persönlichen Feind Daphne Lautweins handelt, müssen wir auch überprüfen, ob er für die Tatnacht ein Alibi hat.“
Stettenkamp stimmte ihr zu.
„Vielleicht hat er sie tatsächlich auf dem Gewissen. Aber selbst wenn er ein Alibi vorweisen kann, bleibt immer noch deine Theorie eines Auftragsmörders. Und natürlich die Möglichkeit, dass der Mörder es eben doch nicht bewusst auf Daphne Lautwein, sondern in erster Linie auf unseren Vorstandsvorsitzenden abgesehen hat. Oder eben doch auf beide?“
Der Kommissar seufzte und rieb sich die Augen.
„Peter, versuche herauszufinden, was aus Bönisch geworden ist. Und dann statten wir ihm einen Überraschungsbesuch ab. Vielleicht ist er unser Mann!“

Sie hatten Nina Mahlstädt ihre zweite Befragung bewusst nicht angekündigt.
Zu häufig, so die Erfahrung der Kommissare, legten sich Menschen Antworten auf Fragen, mit denen sie rechneten, zurecht und je besser sie schauspielern konnten, umso langwieriger zog sich ihre Arbeit dann unnötig hin.
Nein, sie verdächtigten Mahlstädts Witwe keineswegs in erster Reihe, für den Tod ihres Mannes und Daphne Lautweins gesorgt zu haben. Ihre Befragung hatte einen anderen Hintergrund.
Sie wollten aus dem Munde seiner Frau erfahren, was für ein Mensch der Banker tatsächlich gewesen war. Viel zu oberflächlich und widersprüchlich empfanden Ilka und Stettenkamp das, was sie bislang über ihn und seine Geschäfte gehört hatten. Über Nina zu Jochen Mahlstädts charakterlichem Kern vorzudringen konnte für ein mögliches Mordmotiv entscheidend sein.
Die Witwe saß gerade mit ihren Schwiegereltern zusammen in der Küche, als die Kommissare eintraten. Auf dem Tisch lagen die ausgebreiteten Unterlagen eines Gemünder Bestattungsinstituts. Anna Mahlstädt schnitt mit zittriger Hand eine Todesanzeige aus der Tageszeitung aus, die die Familie in Erinnerung an ihren Sohn aufgegeben hatte.
„Entschuldigen Sie das Durcheinander, wir haben gerade noch ein paar Formalitäten erledigt“, sagte Nina Mahlstädt und bat die Kommissare, Platz zu nehmen.
„Mein Mann wird am Montag beerdigt...“
Ilka nickte und sah ins offene Wohnzimmer hinüber zu den drei Jungen, die im Fernsehen gebannt eine Kindersendung anschauten.

Der zweijährige Max saß mit einem Stoffhasen im Arm auf dem Schoß seines ältesten Bruders.
Franz-Josef Mahlstädt sah gerade aus dem Küchenfenster.
„Nina, da steht schon unser Taxi."
Er stand langsam auf.
„Danke, dass du dich so um uns kümmerst", sagte er herzlich. „Eigentlich müssten wir dir zur Seite stehen, aber stattdessen ist es wieder einmal umgekehrt."
Er brach ab und kam kurz darauf mit zwei Wintermänteln aus der Diele zurück.
Anna umarmte ihre Schwiegertochter zum Abschied und steckte ihren Enkeln aus einer abgegriffenen Handtasche noch eine Packung Kinderschokolade zu.
Sie wirkte heute wesentlich klarer als bei deren Besuch in Urft.
Vielleicht hat sie ein Beruhigungsmittel bekommen, dachte Ilka.
„Frau Mahlstädt, wir danken Ihnen noch einmal für Ihre Bereitschaft, offen und ehrlich mit uns über Ihren Mann zu sprechen", begann sie freundlich.
„Je genauer wir uns ein Bild von ihm machen können - privat wie geschäftlich - umso größer ist unsere Chance, seinen Mörder zu finden."
Die Witwe nickte, schien jedoch irritiert.
„Ich habe Ihnen eigentlich schon alles gesagt..."
Stettenkamp räusperte sich.
„Ihr Mann hat ja angesichts der beruflichen Möglichkeiten hier in der Eifel eine beachtliche Karriere gemacht. Zumal seine Eltern ihn nicht unterstützen konnten. Ihnen scheint es, wenn ich das so anmerken darf, finanziell sehr gut zu gehen..."
Sie nickte nur.

„Uns interessiert für unsere Ermittlungen vor allem, ob sich Ihr Mann mit den Jahren verändert hat“, brachte Ilka seine Frage auf den Punkt.
„Nein“, schüttelte sie den Kopf. „Jochen ist der gleiche bodenständige Mensch geblieben, der er auch während seines Studiums schon war. Er wusste immer noch, wo er herkam, wie man so schön sagt.“
Nina sprach eine Weile über ihren Mann, den Familienmenschen, dem seine Kinder ebenso am Herzen gelegen waren wie seine alten Eltern.
„Ich habe Ihnen ja beim letzten Mal bereits gesagt, auch unsere Ehe war intakt“, fügte sie hinzu und schien nicht recht zu wissen, worauf Ilka hinauswollte.
„Gut, lassen wir das Private einstweilen“, beschloss Stettenkamp.
Die Witwe lehnte sich zurück.
„Sie erwähnten eben, Ihr Mann habe stets die Bodenhaftung bewahrt. Das konnten wir im Hinblick auf seine Großprojekte in der Bank nicht unbedingt feststellen.“
Er wollte sie aus der Reserve locken.
„Darüber haben wir doch beim letzten Mal schon gesprochen“, erwiderte sie gereizt. „Er hatte Visionen, die den meisten Menschen in der Eifel...“
„Frau Mahlstädt! Wir wollen nicht mit ihnen darüber sprechen, wie risikoträchtig die Geschäfte Ihres Mannes gewesen sind. Aber wir wissen zum Beispiel, dass gegen ihn eine Anklage wegen Steuerhinterziehung läuft. Er soll dem Finanzamt seine Ehrenmitgliedschaft im Nobel-Golfclub Eschweiler und somit einen geldwerten Vorteil in fünfstelliger Höhe verschwiegen haben.“
Die Witwe richtete sich auf.

„Sind Sie von der Mordkommission oder kommen Sie vom Finanzamt?“, fragte Nina Mahlstädt spöttisch.
Stettenkamp überging ihren Einwurf. Stattdessen deutete er mit der Hand hinüber zum Wohnzimmerfenster zu dem im japanischen Stil angelegten Garten.
„Warum zahlt ein ehrlicher Eifeler für diese schicke Neuanlage statt der auf dem Papier veranschlagten Kosten lediglich die Hälfte des Preises?“
Er trommelte mit den Fingerknöcheln auf die Küchenplatte.
„Und erteilt eben jener Landschaftsbaufirma nur zwei Wochen später über die *Eifelbank* zwei lukrative Großaufträge?“
Er hatte damit gerechnet, dass Nina Mahlstädt die Vorwürfe entweder bestreiten oder sich ihnen gegenüber unwissend geben würde.
Stattdessen schwieg sie.
Zerrede nichts, lass' sie kommen, befahl er sich. Die Stille wird ihr unangenehm werden.
„Jochen hat sich den Kindern und mir gegenüber tatsächlich nicht verändert“, antwortete sie schließlich. „Er hat alles, einfach alles für uns getan, es fehlte uns an nichts.“
Sie holte tief Luft.
„Aber mit jedem Erfolg wurden seine Visionen größer. Er glaubte, noch viel mehr für seine Eifel erreichen zu können, als es all die Jahre schon der Fall gewesen ist...“
Ilka sah ihr ins Gesicht.
„Würden Sie sagen, Ihr Mann wurde ein Stück weit größenwahnsinnig?“
Sie nickte zögernd.

„Lange Zeit glaubte Jochen selbst, seine geschäftlichen Erfolge seien auf seine Fähigkeit als 'Netzwerker', wie er sagte, zurückzuführen.
Stattdessen entstand eine einzige riesige Vetternwirtschaft zwischen der Bank, der kommunalen Politik und etlichen hiesigen Unternehmen. Die finanziellen Abhängigkeiten vergrößerten sich mit jedem Projekt. Ich wollte es lange Zeit nicht wahr haben, aber mein Mann ließ sich bei seinen Vorhaben unglaublich stark von Gernot Pracht, einem großen Kölner Bauunternehmer beeinflussen, ja fast schon manipulieren...“
Nina Mahlstädt erklärte, ihr Mann sei in seinem Denken so in seinen millionenschweren Großprojekten verhaftet gewesen, dass für ihn Mauscheleien - so drückte sie sich aus - wie die bei der privaten Anlage ihres Gartens oder der unversteuerten Ehrenmitgliedschaft im Golfclub - einfach Peanuts geworden seien.
„Aber andererseits“, betonte sie, „kaufte Jochen, bevor er sonntags seine Eltern besuchte, für seine Mutter vorher jedes Mal einen Blumenstrauß und für seinen Vater zwei Päckchen Zigaretten - im Bewusstsein, dass sie sich diese kleinen Dinge selbst nicht leisten konnten.“
Sie seufzte.
„Ich weiß, dieses gegensätzliche Verhalten muss in Ihren Ohren verrückt klingen, doch genauso ist Jochen gewesen“, murmelte sie.

Nora Meindrich schaute zur gleichen Zeit immer wieder so unauffällig wie möglich hinüber zur Eingangstür der 'Pizzeria Pinocchio' in der Euskirchener Innenstadt.

Sie wartete an jenem Freitagabend auf das erste Blind Date ihres Lebens.
Um neunzehn Uhr wollte sie sich mit Mister Unbekannt treffen.
Was sagte es über ihn aus, dass er sie seit fünfzehn Minuten warten ließ?
Mit Sicherheit hat sein Zug aus Bonn Verspätung, versuchte sie sich zu beruhigen.
Bleib' entspannt...
Seinen Namen kannte Nora natürlich.
Martin Berghaus, soviel wusste sie seit Sonntagabend aus dem Partnervorschlag von Two-hearts, war ein fünfunddreißig Jahre alter Geophysiker, ein Meter einundneunzig groß und sportlich. Und: Two-hearts hatte ihm hundert Matchingpunkte vergeben! Sie müssten also laut der Liebesformel sehr gut zusammenpassen.
Nora klickte auf ihrem Smartphone noch einmal auf die beiden Fotos in seinem Profil: Martin im Wanderurlaub mit Rucksack, Martin auf einer Messe.
„Hey Unbekannte", hatte er zunächst geschrieben, „du hast mich kontaktet und mir ein paar Spaßfragen gestellt."
Two-hearts gab seinen Mitgliedern im Online-Portal eine ganze Liste solcher Fragen mit verschiedenen Antwortmöglichkeiten an die Hand. Auf diese Weise konnten die Kunden im Chat mit einem fremden Single die Kommunikation zunächst mit ein wenig virtuellem Small Talk ankurbeln.
„Du wolltest gerne wissen, welche Situation mir im Leben besonders unangenehm sei?", hatte Martin daraufhin getextet. „Nachts allein über einen Friedhof zu gehen, wäre überhaupt kein Problem für mich. Vielleicht kämst du ja mit?"
Das sollte wohl hoffentlich ein Scherz gewesen sein!

„Ich wähle stattdessen Antwort drei", hatte er geschrieben. „Müsste ich bei einer Herz-OP zusehen, würde ich glatt in Ohnmacht fallen!"
Nora lächelte.
Offenbar handelte es sich bei Martin nicht um einen Macho; ein solcher hätte doch eher den harten Mann markiert, auch bei einer Herz-OP.
Im Verlaufe ihrer allabendlichen Chats waren Martin und sie sich immer näher gekommen.
Nora fand es erstaunlich, wie viel Privates sie dem unbekannten Vertrauten von sich preisgegeben hatte.
Umgekehrt ließ der Geophysiker sie in seinen Nachrichten ebenfalls viel von sich, seiner Familie und seinen ehemaligen Beziehungen wissen.
Vorgestern hatte Nora dann zum ersten Mal mit Martin telefoniert.
Sie war unheimlich aufgeregt, doch das hatte sich nach wenigen Minuten gelegt.
Im Gespräch mit ihm fühlte sie gleich die Vertrautheit zwischen ihnen wie im Chat.
Er hatte eine angenehm männliche Stimme, konnte sich gut ausdrücken und scheinbar auch über Gefühle sprechen. So gab er gleich zu, ganz nervös zu sein.
Als Nora nach fast zweieinhalb Stunden das Gespräch beendet hatte, war es fast Mitternacht gewesen.
Da muss man sich doch etwas zu erzählen haben!, machte sie sich Mut für ihr Treffen heute Abend.
Nora hatte vorgeschlagen, sich in der Pizzeria zu treffen. Ein neutraler Ort und beim Essen hatte man schließlich etwas zu tun, was die Anspannung hoffentlich rasch weichen lassen würde.
Schon neunzehn Uhr zwanzig.

Sie knetete ihre Finger so heftig, dass sie ganz weiß wurden und stieß um ein Haar das Wasserglas, das vor ihr stand, um.
Da!
Das musste Martin Berghaus sein.
Er winkte ihr vom Eingang aus etwas unbeholfen zu und steuerte ihren Tisch an.
Irgendwie wirkte er so ganz anders als auf den Fotos.
Mindestens wie fünfzig und sehr ernst sah er aus.
Aber natürlich war es Martin, kein Zweifel!
Sogar diesen grau-blauen Trekkingrucksack vom Foto trug er über der Schulter.
„Sorry, ich bin ein bisschen zu spät", begann er abgehetzt und ließ sich samt Jacke und Gepäck auf einen Stuhl fallen.
„Ich war im Institut so in meinen aktuellen Forschungen vertieft, dass ich unsere Verabredung fast vergessen hätte..."
Nora sah ihm ruhig ins Gesicht und zwang sich zu einem Lächeln.
Zum Glück kam in diesem Augenblick ein Kellner und fragte sie nach ihren Getränkewünschen.
„Für mich zum Wasser gern ein Glas halbtrockenen Roséwein", sagte sie.
Martin überlegte.
„Haben Sie auch isotonische Sportgetränke?"
Sie konnte nicht konkret sagen, warum.
Aber spätestens in diesem Moment war sich Nora Meindrich sicher, dass der Funke zwischen ihr und Martin Berghaus trotz der hundert Matchingpunkte einfach niemals überspringen würde.
Ihre Chats und die Telefonate waren doch so viel-versprechend gewesen.
Und nun das!

Sie konnte ihre Enttäuschung während der zäh verlaufenden Verabredung, die sie nach dem Essen höflich aber betont unverbindlich beendete, nur schwer verbergen.

Die Aussage Nina Mahlstädts machte Ilka und Stettenkamp ratlos. Eine Weile saßen sie schweigend mit ihr zusammen in der großzügigen Küche.
Wie passte das, was sie ihnen über ihren Mann erzählt hatte, zusammen?
Schließlich stand die Witwe unvermittelt auf, setzte sich ins Wohnzimmer im Schneidersitz auf den Teppichboden zu ihren drei Kindern und legte die Arme von hinten um sie. Die Jungen lehnten sich instinktiv gegen ihre Mutter.
Ilka und Stettenkamp gingen fast lautlos zu ihnen hinüber.
Niemand sprach ein Wort.
Aus dem Fernseher drangen die Stimmen der Comicfiguren Homer Simpson und Shrek.
Nach einer ganzen Weile drehte Nina Mahlstädt sich zu ihnen um.
„Mein Mann ahnte, glaube ich, dass viele seiner Millionengeschäfte den Bach heruntergehen würden", murmelte sie. „In den letzten Wochen meinte er mehrmals, wenn er spätabends von der Bank heimkam, zu mir: 'Nina, lass' uns fortgehen aus der Eifel'.
'Warum denn das?', habe ich ihn gefragt.
Doch eben das wollte er mir nicht sagen."
Sie begann leise zu weinen.
„Im Nachhinein hätte ich seine Worte viel ernster nehmen sollen. Inzwischen bin ich sicher: Er muss gespürt haben, dass ihm die Dinge komplett aus dem

Ruder gelaufen waren. Aber er sprach einfach nicht mit mir darüber..."

Die Hauptstelle der Eifelbank in Euskirchen schloss freitags um sechzehn Uhr.
Doch Jan wusste genau, dass Ralph Lünebach häufig noch bis in den Abend hinein arbeitete; ein Job im Risikomanagement war halt kein Nine-to-Five-Job.
Und so wartete er zusammen mit Erwin bis kurz nach halb acht in 'Billas Stüffje'; aus dem Fenster der Gaststätte konnten sie den gut beleuchteten Parkplatz der Eifelbank trotz der abendlichen Dämmerung einsehen.
Als auch der letzte Firmenwagen davonfuhr - Jan kannte das Autokennzeichen des BMW seines Schulkollegen nicht auswendig - gaben sie die Hoffnung auf. Stattdessen machten sie sich auf den Weg nach Weidesheim.
In dem zur Kreisstadt gehörenden Ortsteil wohnte Ralph Lünebach in einem Mehrparteienhaus in einer Eigentumswohnung.
Auf ihr Klingeln reagierte der Banker nicht.
Jan und Erwin versuchten ihr Glück an der Wohnungstür gegenüber, an der sich neben einem Weihnachtskranz auch das Namensschild seiner Besitzer befand.
„Guten Abend, Frau Kaspers", grüßte Jan freundlich. „Wir sind zwei Arbeitskollegen von Ralph und wollten ihn auf ein Bierchen abholen. Aber er scheint nicht da zu sein." Er lächelte vertrauensselig. „Wissen Sie vielleicht..."
Die Frau im Türrahmen hatte offenbar gerade geduscht; sie stand im Bademantel vor ihnen, um ihr Haar hatte sie einen Handtuchturban geschlungen.

Frau Kaspers unterbrach ihn und lachte.
„Ihrem Kollegen ist es wohl zu lang geworden. Jedenfalls hab ich Herrn Lünebach schon vor einer Stunde rüber 'Zur Post' gehen sehen. Schönen Abend noch!“
Sie rückte ihren Turban auf dem Kopf zurecht und schloss die Tür.
So ein Mist, dachte Erwin, als sie vor dem einzigen Restaurant des Dorfes standen.
Wir wollten uns dieses Kapitalistenschwein doch vorknöpfen, aber hier werden wir ihn garantiert nicht alleine antreffen.
„Lass' uns trotzdem reingehen“, schlug Jan vor.
„Mit wem er hier zusammen sitzt, ist mir vollkommen egal. Das, was ich ihm zu sagen habe, kann ruhig jeder mitanhören!“
Ralph saß an der Bar.
Vor ihm standen ein Kölsch und ein Schnaps.
Es schienen keinesfalls die ersten Getränke zu sein, die der junge Mann im Anzug an diesem frühen Abend zu sich genommen hatte. Sein Kopf ruhte auf der Theke, abgestützt auf seinen linken Ellbogen.
„Was macht ihr denn hier?“, lallte Ralph, als er Jan erkannte.
Der packte ihn gleich am Hemdkragen, als die Bedienung für einen Moment verschwunden war.
„Das weißt du ganz genau! Wir haben unter vier Augen über das Luxushotel in Schwammenauel gesprochen. Schon vergessen?“
Ralph hob kraftlos den Kopf und schaute an den beiden vorbei.
„Du hast mir vor ein paar Monaten erzählt, euer Gutachter habe bescheinigt, dass eine Geldanlage in dem Immobilienfonds eine sichere Sache mit einer super Renditeaussicht sei.“

Jan erhob seine Stimme, obschon die Kellnerin hinter die Theke zurückgekehrt war.
„Und jetzt zahlen wir alle fett drauf! Weil die feinen Herren mal eben vier Millionen Euro mehr Kohle brauchen als vorgesehen."
Er zog Ralphs Hemdkragen immer enger zusammen.
„Wir hängen inzwischen alle mit der Hälfte unserer Einlage in der Nachschusspflicht, du Sau! Warum warst du nicht ehrlich, als ich bei dir war?"
Jan schrie nun.
Die junge Frau hinter der Bar blickte unsicher vom einen zum anderen.
„Lass' uns vor die Tür gehen", flüsterte Erwin ihm zu, legte einen Zwanziger auf den Tresen und zog Ralph hinaus in die Dunkelheit.
Der Banker sackte an der Fassade des Restaurants sogleich in sich zusammen.
„Der Mahlstädt hat doch überhaupt nicht mehr auf mich gehört", lallte er nur. „Ich hatte doch selbst ein Gutachten erstellt. Nicht nur für das Hotel, auch für die Byte Burg und den Umbau des Golfclubs..."
Jan und Erwin hatten Mühe, ihn überhaupt zu verstehen.
„Aber die Urteile, zu denen ich gekommen war, passten Mahlstädt ja nicht. Ein Vorhaben als risikoträchtig und renditeschwach einzuschätzen gehörten als Perspektive nicht mehr in seine Welt."
Jan beugte sich zu ihm hinab.
„Und da hat der Vorstand einen externen Gutachter beauftragt, richtig?"
Ralph nickte.
„Dr. Kohlhagen hat Mahlstädt und seinen Vorstandskollegen gegen entsprechende Honorare einfach alles bescheinigt! Die Ergebnisse seiner Gutachten standen doch vorher längst fest."

Während Jans ehemaliger Schulkollege sich in ein Papiertaschentuch schnäuzte, stopfte Erwin seelenruhig eine Pfeife.
„Wenn das tatsächlich so gelaufen ist", setzte der Landwirt an, „was ist denn dann überhaupt noch Ihr Job in der Bank als Risikospezialist?"
Ralph stöhnte und versuchte sich aufzurichten - vergeblich.
Sie halfen ihm auf die Beine.
„Ich habe nur noch eine Art offizielle Alibifunktion für den Vorstand", brach es aus ihm heraus. „Nach außen hin gibt es eine Abteilung 'Risikomanagement'. Tatsächlich aber wandern unsere internen Gutachten gleich in die Tonne, wenn das Ergebnis negativ ausfällt. Ein paar Tage später kommt dann von Dr. Kohlhagen ein externes positives Gutachten. Und weil der ja angeblich so viel mehr Erfahrung mit Großprojekten hat als wir Eifeler Dumpfbacken, wird das dann genommen."
Ralph begann hörbar, gegen seine merklich aufsteigende alkoholbedingte Übelkeit anzukämpfen.
„Ja, warum tust du dir den Scheiß dann überhaupt noch an?", fragte Jan aufgebracht.
Der Banker lehnte sich stöhnend gegen die Wand.
„Weil ich lange Zeit selbst nicht glauben konnte, was da läuft! Weil ich Mahlstädt vertraut habe und weil ich loyal war. Glaubt ihr, ich hätte so einen Job hier in der Eifel nochmal gefunden?Niemals!"
Lünebach übergab sich auf den Bürgersteig.
Als sich sein Magen wieder einigermaßen beruhigt hatte, krächzte er: „Aber es ist vorbei! Ich habe heute gekündigt. Dr. Schmidt hat mich für die nächsten sechs Wochen zum Glück ab sofort beurlaubt. Ich kann mir im Spiegel einfach nicht mehr ins Gesicht sehen."

Samstag - 8. Tag

Claudia Rollinger hatte sich am gestrigen Abend angesichts Ilkas kritischer Nachfragen hinsichtlich der ihnen verschwiegenen Auseinandersetzung mit Dr. Jürgen Bönisch mehrmals entschuldigt.
An den Rechtsstreit mit ihm habe sie bei ihrer letzten Befragung tatsächlich nicht gedacht. Für Daphne sei dieser kaum einmal der Rede wert gewesen, da sie sich klar im Recht gefühlt habe. Vor Gericht habe sie sich durch zwei Anwälte vertreten lassen und sich ansonsten so wenig wie möglich mit der Sache beschäftigt.
Claudia Rollingers Aussage klang glaubwürdig, fand Ilka.

Peter Bongardt hatte inzwischen durch einen Anruf bei Dr. Jürgen Bönischs Arbeitgeber tatsächlich Erhellendes über ihn erfahren.
Dem wissenschaftlichen Leiter war nämlich wenige Tage nach dem Gerichtsurteil personenbedingt gekündigt worden. Und zwar, so der Personalchef, weil Dr. Bönisch seine Arbeitsleistung seit Monaten nicht mehr ausreichend habe erbringen können. Und zwar aufgrund regelmäßigen Kokainkonsums.
Der wissenschaftliche Leiter habe sein massives Drogenproblem zwar zugegeben, nachdem die Geschäftsführung ihn auf seine häufigen Fehlzeiten und schlechten Leistungen hin angesprochen habe; einsichtig sei er aus seiner Sicht jedoch nicht gewesen. Therapieangebote habe er ausgeschlagen. Nach mehreren Ermahnungen und einer Abmahnung

habe man das Arbeitsverhältnis mit Dr. Jürgen Bönisch vor zwei Wochen fristgerecht beendet.
Doch das war noch nicht alles, was Peter Bongardt herausgefunden hatte.
Nach seiner ordentlichen Kündigung sei Bönisch ab dem folgenden Tag nicht mehr zur Arbeit erschienen. Eine Kollegin habe sich Sorgen um ihn gemacht und sei einige Tage später nach mehreren vergeblichen Anrufen zu ihm nach Blankenese hinaus gefahren. Nachdem Jürgen Bönisch ihr die Wohnungstür nicht geöffnet, obwohl sein Mercedes SL in der Tiefgarage gestanden habe und der Briefkasten übergequollen sei, hatte die Mitarbeiterin die Polizei gerufen.
Dr. Bönisch hatte sich mit Hilfe eines Stricks das Leben genommen und einen Abschiedsbrief auf dem Wohnzimmertisch hinterlassen. Er werde im Leben nicht mehr gebraucht, er sei viel mehr zu einer Last geworden. Schuld an seinen Problemen seien weder sein Arbeitgeber noch, so hatte er eigens betont, seine verhasste Konkurrentin Daphne Lautwein. Vielmehr habe sein Kokainproblem ihn immer tiefer in einen Sumpf finanzieller und persönlicher Probleme gerissen.
Ilka seufzte und sprach noch eine ganze Weile mit Bongardt, Habig und Stettenkamp über den ihnen unbekannten Menschen Jürgen Bönisch.
„Wieder einmal ein Ermittlungsansatz, der sich zerschlagen hat!“, brummte ihr Chef frustriert.

Obschon die Uhr erst den frühen Mittag anzeigte, verspürten sie ein deutliches Knurren im Magen.
„Lasst uns zu Nipps hinübergehen und dort eben etwas zu essen holen“, schlug Ilka vor. „Ich jedenfalls kann erst wieder klar denken, wenn ich etwas im Bauch habe.“

Als sie durch die kühle Winterluft zurückkehrten, schoss Stettenkamp ein neuer Gedanke durch den Kopf. Vielleicht hatte das mit reichlich Käse, ein paar Salatblättern und Tomaten belegte Brötchen ihm zu neuer geistiger Frische verholfen.
„Jedes Geldinstitut, das mit Projekten wie die *Eifelbank* befasst ist, muss doch ein internes Risikomanagement betreiben“, überlegte er. „Menschen, die das Know-how haben, den Vorstand hinsichtlich neuer Investitionen zu beraten.“
Bongardt biss in seine Brezel.
„Na logisch! Selbst ein noch so kleines Unternehmen, das einen Kredit haben will, wird von der Bank doch erst einmal geratet.“
„Ge - was?“, fragte Habig nach.
„Geratet!“, wiederholte Peter. „Die Bank schätzt nach einem Punktesystem ein, wie kreditwürdig die betreffende Firma ist. Da spielen dann Faktoren wie die bisherige Umsatzentwicklung des Unternehmens, der zu erwartende Gewinn sowie die Branche, um die es geht, eine Rolle. Nach dem internen Rating entscheidet das Geldhaus dann, ob die Firma überhaupt einen Kredit bekommt - und falls ja, in welcher Höhe.“
Stettenkamp nickte zufrieden.
Er zückte sein IPhone und fragte sich an diesem Samstag so lange beharrlich im Callcenter der *Eifelbank* durch, bis er die drei Namen der bankinternen Risikospezialisten in Erfahrung gebracht hatte. Selbstverständlich seien die betreffenden Mitarbeiter allesamt erst ab Montag wieder im Hause, sagte ihm eine sehr bestimmt klingende Dame am Telefon.

Er blätterte über das Internet im elektronischen Telefonbuch und rieb sich nach wenigen Minuten die Hände.
„Es gibt immerhin zwei Einträge! Laura Hölling stammt aus Schleiden und Ralph Lünebach lebt ein paar Kilometer von hier entfernt in Weidesheim. Der dritte Banker hat sich nicht mit seiner privaten Telefonnummer registrieren lassen."
Der Kommissar verspürte völlig neue Energie.
„Peter und Manni, nehmt euch den Rest des Samstags mal frei. Mit Ilka mache ich jetzt gleich einen Ausflug zu unserem großen Spezialisten. Ich bin wirklich gespannt, was Ralph Lünebach uns zu sagen hat."
Sie nickte.
„Allerdings, ich auch."

Bis zum Dörfchen Weidesheim waren es nur wenige Kilometer.
„Weißt du, wer mir nicht aus dem Kopf geht?", überlegte Ilka unterdessen.
„Jetzt, wo Daniel in Barcelona ist? Ich natürlich!", witzelte Stettenkamp.
„Genau!", zwinkerte sie ihm zu. „Nein, Frederik Schumacher. Der Düsseldorfer muss doch mehrere Millionen in den Umbau des Eschweiler Golfclubs gesteckt haben. Ich hatte bei unserem Besuch den Eindruck, er bereut seine Investition inzwischen. Achtzig Mitglieder nach zwei Jahren - das kann ihn doch nicht zufriedenstellen."
Stettenkamp nickte.
„Ihn nicht. Und die *Eifelbank* genauso wenig."
Er sah sie alarmiert an.
„Apropos! Ich habe ganz vergessen, dir zu erzählen, dass sich Ben Braun angeblich aus der 'Byte Burg' in Blankenheim zurückziehen will - weil er nämlich mit

seinem kreativen Zentrum vermutlich nie in die schwarzen Zahlen geraten wird!"
„Woher weißt du das?"
Er schmunzelte.
„Ausgerechnet von Roland Lohmann! Nachdem Braun durch uns von der Geschichte mit der gefakten Todesanzeige erfahren hat, erteilte er Lohmann Hausverbot", berichtete der Kommissar. „Vorgestern rief dieser kranke Typ mich plötzlich an und erzählte mir, Braun habe sich - angeblich nur für eine Zeit lang - in die USA zurückgezogen. Und plauderte dann locker flockig aus dem finanziellen Nähkästchen der 'Byte Burg'."
Er sah zu ihr hinüber.
„Zuerst habe ich noch gedacht, was erzählt Lohmann mir da, was interessiert mich das alles? Doch allmählich ergibt alles seinen Sinn: Die *Eifelbank* hat vermutlich nicht nur im Golfclub, sondern auch in der 'Byte Burg' Blankenheim durch ihre Fehlinvestitionen etliche Millionen versenkt. Da wollte er mich mit der Nase drauf stoßen, glaube ich."
Ilka deutete, in der Weidesheimer Hauptstraße angekommen, auf einen Firmenwagen der Bank.
„Es sieht so aus, als sei Lünebach zu Hause."
Sie schlug die Beifahrertür hinter sich zu.
„Ich hoffe, wir müssen ihm nicht jeden Wurm aus der Nase ziehen und ihn am Ende noch offiziell zu uns vorladen..."
Ihr Chef betrachtete den schwarzen, frischpolierten BMW des Bankers.
„Da sagst du was. Seit dem Mord an Daphne Lautwein und Jochen Mahlstädt ist nun fast eine Woche vergangen. An Motiven hat es uns bisher nicht gefehlt, aber letztlich haben wir den Mörder immer noch nicht ausfindig gemacht."

Frust lag in seiner Stimme.
„Dabei haben genügend Menschen zweifelsohne einen Grund, Wut und Rachegelüste Mahlstädt gegenüber zu empfinden."
Ilka nickte grimmig.
Ralph Lünebach öffnete den Kripobeamten in schwarzer Laufkleidung und grauen Joggingschuhen die Wohnungstür.
Seine aschfahle Gesichtsfarbe führte Ilka einen Moment lang auf seine sportliche Betätigung zurück, bis sie auf dem Küchentisch neun leere Bierflaschen stehen sah. Ein Anblick, der so gar nicht zum Rest der aufgeräumten und gepflegten Wohnung passte.
Auf die Großprojekte der *Eifelbank* hin angesprochen, ließ sich der Risikospezialist zu Ilkas Erstaunen schneller als vermutet aus der Reserve locken.
Der Endzwanziger schien innerlich mit seinem Arbeitgeber abgeschlossen zu haben. Freimütig berichtete er ihnen von etlichen seiner negativ ausgefallenen und daher in den Augen des Vorstands wertlosen Projekteinschätzungen; darunter auch das geplante Luxushotel in Schwammenauel.
Die *Eifelbank* sei in den vergangenen Jahren immer stärker in die Schieflage geraten - eine Tatsache, die Jochen Mahlstädt stets mit der immens wichtigen Wirtschaftsförderung in der Eifel schöngeredet habe, die eben erst einmal angekurbelt werden müsse. Es sei doch verständlich, dass erst einmal investiert werden müsse, aber dann würden die Bank und die Privatinvestoren schon in die Gewinnzone gelangen. Und schließlich kräftig absahnen.
„Mit diesem Argument hat er viele Menschen - mich eingeschlossen - lange Zeit überzeugt", gab Lünebach zu. „Wir Mitarbeiter haben ihm fast blind vertraut.

Die gefälschten Risikogutachten haben mich allerdings misstrauisch gemacht. Zunächst habe ich an meiner eigenen Kompetenz gezweifelt - mit derartigen Großprojekten in der Eifel hatte ich ja tatsächlich keinerlei Erfahrung."
Er schlug sich vor die Stirn.
„Bis ich dann gemerkt habe, von wem die Gegengutachten stammten: Nämlich stets von Mahlstädts Busenfreund Dr. Wolfgang Kohlhagen."
Der Risikospezialist bestätigte den Kommissaren, wie schlecht es tatsächlich um die 'Byte Burg' Blankenheim und auch um den Elite-Golfclub stand. Die *Eifelbank* habe insgesamt dreizehn Millionen Euro in beide Umbauten gepumpt; inwieweit die jeweiligen Investoren Ben Braun und Frederik Schumacher finanziell angeschlagen seien, wisse er nicht.
„Die Herren müssen angesichts der positiven Risikobeurteilungen Dr. Kohlhagens im Nachhinein ziemlich verärgert über unsere Vorstände sein", mutmaßte Lünebach. „Genauso wie die vielen Eifeler, die über unseren geschlossenen Immobilienfonds Anteile am Luxushotel gekauft haben - das vermutlich niemals fertiggestellt werden wird. Die *Eifelbank* hat für jede Einlage übrigens zehn Prozent Provision kassiert! Und wissen Sie was?"
Er redete sich immer mehr in Rage.
„Unsere Anleger haben gestern zu allem Überfluss ein Schreiben erhalten, das sie zur Nachschusspflicht auffordert. Das heißt im Klartext: Die Kunden werden ihre Einlage in den Immobilienfonds vermutlich niemals wiedersehen, geschweige denn eine Verzinsung erhalten. Stattdessen müssen sie nun noch einmal ordentlich nachzahlen - und das für nichts und

wieder nichts! Was glauben Sie, wie wütend diese Menschen sind?“
Erst jetzt schienen Lünebach die vielen leeren Flaschen aufzufallen, die vor ihnen auf dem Tisch standen.
„Sorry, ich habe gestern auf meine eigene Kündigung getrunken“, sagte er. „Ach, und noch etwas: Reden Sie mal mit Werner Schmalke aus Rollesbroich. Ein Privatier, dem vier Miethäuser in Simmerath und zwei Supermärkte in Euskirchen gehören. Schmalke ist nämlich als Großanleger am Immobilienfonds beteiligt gewesen...“
Stettenkamp hob die Augenbrauen.
„Wieso, glauben Sie, sollte der Mann mit uns reden?“
„Werner Schmalke wird mit Ihnen sprechen“, bekräftigte Lünebach. „Denn er ist gerade noch rechtzeitig aus dem Schwammenaueler Pleiteprojekt ausgestiegen - eine Sache, die für keinen anderen Anleger möglich gewesen wäre. Er hat sich dadurch natürlich mit der *Eifelbank*, sprich mit dem Vorstand, für alle Zeiten überworfen.“
Er zögerte kurz.
„Vor fast zwei Wochen hat Schmalke sein Geld aus dem Projekt abgezogen“, erzählte er. „Wir reden übrigens über eine Summe von fünfhunderttausend Euro! Damit hat er Mahlstädt und die *Eifelbank* natürlich in einen erheblichen finanziellen Engpass gebracht.“

Auf dem Weg zurück ins Kreishaus überlegte Stettenkamp: „Ich frage mich schon seit Tagen, wie Jochen Mahlstädt im Alleingang überhaupt derartige Millionenprojekte für die *Eifelbank* zeichnen konnte? Gut, er war immerhin der Vorstandsvorsitzende. Die beiden anderen Vorstände, Dr. Oliver Schmidt und

Peter Althaus, werden sicherlich mitunterzeichnet haben. Aber trotzdem..."
Ilka sah hinaus in den weißgrauen Nebel.
„Sie werden alle drei jeweils eine sehr hohe Einzelvollmacht gehabt haben", vermutete sie. „Wir wissen, dass Dr. Schmidt bedingungslos an Mahlstädts Visionen glaubte und ihn in seinem Engagement vollkommen unterstützte. Er wird auf alle Fälle jeden Vertrag mitunterschrieben haben."
Sie fuhr sich mit der Zunge über die Lippen.
„Und vergiss nicht, etliche Projekte hat Mahlstädt über die Kapitalbetreibergesellschaften der *Eifelbank* abgewickelt. Ich bin auf diesem Gebiet zwar keine Expertin, aber juristisch klingt das zumindest sehr geschickt..."
Stettenkamp stimmte ihr zu.
„Wir müssen unbedingt mit diesem Werner Schmalke sprechen", sagte er energisch. „Ralph Lünebach glaubt, der Mann werde offen mit uns reden. Er kann uns garantiert Licht ins Dunkel um die Bankenopfer bringen. Ich mache für morgen einen Termin mit ihm aus..."
Er griff zu seinem IPhone.
In diesem Moment klingelte das flache, schwarze Telefon.
„Chef, ich bin es, Peter", drang die jugendliche Stimme des Kriminalassistenten an sein Ohr.
„Ihr ahnt nicht, was ich durch unsere Düsseldorfer Kollegen über Frederik Schumacher herausgefunden habe!"
„Spann' uns nicht auf die Folter", rief Ilka über den Lautsprecher in das Handy.
„Der Typ scheint kein unbescholtener Geschäftsmann zu sein", antwortete Bongardt. „Schumacher ist nicht nur Besitzer des neuen Schickimicki-Golfclubs, in

Düsseldorf gehören ihm auch mehrere Nobel-Diskotheken. Gegen den Mann laufen mehrere Anzeigen", berichtete Peter Bongardt und klärte sie auf. „Frederik Schumacher hat offensichtlich eine ganz spezielle Art, Außenstände einzutreiben. Ihm wird vorgeworfen, mehrmals osteuropäische Schlägertrupps engagiert zu haben, wenn es ihm darum ging, von zahlungsunwilligen Geschäftspartnern sein Geld zu bekommen."
Peter Bongardt räusperte sich.
„Osteuropäische Schlägertrupps, die für ihn die Drecksarbeit machen!", betonte er.
„Interessante Kontakte, die er da hat, oder?"

Alex verspürte schon seit gestern das dringende Bedürfnis, noch einmal alleine mit Lisa sprechen zu können.
Natürlich hatten sie gestern miteinander telefoniert; das erste Mal, als Ben und Moritz in der Schule waren und noch einmal am Abend, denn die beiden sechsjährigen Jungen vermissten ihre Mama.
Insbesondere Ben hatte immer schon besonders feine Antennen gehabt, wenn ihm in seiner Welt etwas nicht in Ordnung schien.
Doch Lisa hatte leider nicht die Möglichkeit gehabt, ungestört mit ihm zu reden, denn ihre Zimmernachbarin Doris durfte das Bett angesichts einer drohenden Frühgeburt nicht mehr verlassen.
Immerhin hatte seine Frau ihm gestern berichtet, dass sie sich etwas besser fühle - körperlich.
Alex stand nun vor ihrer Tür, die Hand auf der Klinke. Er überlegte, dass sie sich gleich einmal in die Sitzecke des langgezogenen Flurs verziehen sollten, falls es Lisa nicht wieder übel war.

Inzwischen hatte er sich intensive Gedanken um die Schwangerschaft und ihre familiäre Perspektive mit einem dritten Kind gemacht. Dazu wollte er sich gerne mit seiner Frau besprechen. Vielleicht war sie ja ebenfalls für sich zu einer Entscheidung gekommen.
Lisa lächelte erfreut, als er zu ihr ans Bett trat, sie umarmte und küsste.
„Schau mal“, sagte sie und deutete auf den Infusionsständer neben sich.
Es befand sich kein Beutel mehr daran.
„Den Zugang haben sie mir zwar noch nicht gezogen“, erzählte sie weiter und hob die linke Hand, „aber weil ich wieder kleine Mengen essen und trinken kann und seit gestern Morgen auch bei mir behalte, benötige ich erst einmal keine Infusionen mehr.“
Er freute sich mit ihr.
„Ich will nach Hause“, sagte sie dann. „So bald wie möglich. Mal sehen, was die Ärzte morgen Früh sagen. Ansonsten gehe ich auf eigene Verantwortung.“
Alex schluckte, sagte aber nichts.
Lisa erkundigte sich nach Ben und Moritz sowie nach ihrem Schwiegervater. Sie hatte zu dem alten Stettenkamp ein vertrauteres Verhältnis als zu ihrem eigenen Vater. Von Michael hatte Lisa sich bis zu dessen Demenzerkrankung wesentlich besser verstanden gefühlt.
Alex erzählte ihr, dass sein Vater im Sonnenhof mit der achtundsiebzigjährigen Veronika angebändelt hatte, die ebenfalls an Alzheimer litt. Seine guten Tage, an denen er Veronika erkannte, verbrachte er nun glücklich und händchenhaltend mit ihr in dem Kommerner Pflegeheim.

Erst gestern bei einem kurzen Besuch hatte er die beiden zusammen angetroffen.
„Stell' dir vor“, sagte er schmunzelnd, „die beiden treffen sich jeden Tag, erkennen sich aber natürlich nicht immer. Schwester Petra erzählte mir, sie verliebten sich dann quasi jeden Tag wieder aufs Neue. Ist das nicht schön?“
„Mensch, wie bewegend!“, fand Lisa.
„Ja, allerdings. Gestern, als ich Michael besucht habe, fand gerade ein Liedernachmittag statt. Er hatte sich ganz fein im Anzug für Veronika herausgeputzt. Sogar ein kleines Tuch hatte er sich in die Brusttasche stecken lassen und eine Nelke ins Knopfloch“, schmunzelte Alex.
„Als dann eine Sopranistin und ein Tenor in herzzerreißender Manier das alte Lied 'Brüderlein fein' vortrugen, gab es für die Verliebten kein Halten mehr“, erzählte er weiter. „Erst sangen beide vorsichtig mit, dann brach Veronika vor lauter Rührung in Tränen aus und schließlich fielen sie und Michael sich mitten im Gemeinschaftsraum in die Arme. Die beiden ließen einander gar nicht mehr los.“
Lisa streichelte seine Hand.
„Eine solche Lebensqualität wie im Sonnenhof hätte dein Vater bei uns zu Hause gar nicht haben können“, murmelte sie. „Ich freue mich wirklich, dass es ihm gerade so gut geht.“
Er nickte.
„Aber nun lass' uns mal von dir sprechen. Du wirkst deutlich entspannter als vorgestern“, sagte er. „Essen und Trinken ist schließlich auch gut für die Nerven“, meinte er etwas verlegen. Alex wusste nicht recht, wie er sich dem eigentlichen Thema, das ihm auf der Seele lag, angesichts Doris Anwesenheit nähern sollte.

„Lass' uns doch mal auf den Flur gehen und...“, setzte er an.
Lisas Bettnachbarin schien jedoch ein Gespür für die Situation zu haben.
„Ich darf zwar hier nicht weg“, sagte sie lächelnd zu ihnen, „aber ich stecke mir einfach die Stöpsel meines Discmans in die Ohren. Mein Mann hat mir Klaus-Peter Wolfs neuen Ostfriesenkrimi als Hörbuch mitgebracht. Ich bin schon so gespannt auf den neunten Band!“
Mit diesen Worten tauchte Doris in den jüngsten Fall der Ermittlerin Ann Kathrin Klaasen ab.

„Doris ist klasse“, begann Lisa in gedämpftem Tonfall. „Ich glaube, sie hat bemerkt, was mich beschäftigt, aber überhaupt nicht versucht, mich auszufragen. Stattdessen hat sie mir aus ihrem Leben erzählt.“
Alex sah sie verständnislos an.
„Doris betreibt von zuhause aus neben ihren drei - bald vier - Kindern einen sehr erfolgreichen Onlineshop für ökologisch hergestellte Kinderkleidung“, berichtete Lisa. „Doris hat mir die Sachen auf ihrem Tablet gezeigt, wirklich wunderschöne Sachen! Sie erzählte mir, dass sie früher als Assistentin der Geschäftsleitung für H&M gearbeitet habe. Nach dem zweiten Kind hat sie sich dann mit ihrer eigenen Firma selbständig gemacht. Das war vor fünf Jahren. Doris sagte mir, niemals habe sie erwartet, dass ihr Geschäft derart gut laufen werde. Und: Sie sei nun wesentlich glücklicher als in ihrer Zeit bei H&M.“
Alex nickte.
„Das verstehe ich gut! Schließlich ist sie nun ihr eigener Herr. Doris kann ihre Arbeitszeit frei

bestimmen und ist niemandem Rechenschaft schuldig."
Er sah zu ihr hinüber.
Sie schien tatsächlich vollkommen in ihren Krimi vertieft zu sein.
„Aber ob Doris und ihr Mann ihr viertes Kind tatsächlich geplant hatten?", flüsterte er Lisa zu.
„Nein, sie hat mir gleich erzählt, dass sie eigentlich kein weiteres Kind mehr gewollt hätten", antwortete seine Frau. „Aber sie wirkt trotzdem so positiv, so zuversichtlich. Doris hat für die Vormittage schon eine ehemalige Tagesmutter hier aus Mechernich organisiert, die sogar zu ihr nach Hause kommt. Sie selbst will diese Zeit dann nutzen, um zu arbeiten."
Es klopfte kurz und energisch an der Tür.
Ein krausgelockter, junger Pfleger brachte das Abendessen.
Lisa schien sich zu seiner Verwunderung richtig auf ihre Scheibe Graubrot mit Käse und Tomaten sowie einer Schale mit Obst zu freuen.
Er sah auf die Uhr und dachte an Ben und Moritz. Zum Glück hatte Annika heute Frühdienst im Krankenhaus gehabt und die Zwillinge von der Schule abholen können.
Allerdings verbrachten die beiden inzwischen bei den Nachbarn nun schon fast fünf Stunden.
„Fahr' zu den Jungs", sagte Lisa, „du siehst ja, mir geht es viel besser."
Sie verabschiedeten sich innig.
Alex wollte gerade die Tür hinter sich schließen, da fiel sein Blick auf den fast verdeckten Regalboden des Rolltischs, an dem seine Frau gerade zu Abend aß.
Lisa hatte außer ihrer Kulturtasche nichts hineingeräumt.

Außer einem Foto.
Ein schwarz-weißes Ultraschallbild...

Mit Ben und Moritz soeben zu Hause angekommen, bemerkte Stettenkamp fünf Anrufe in Abwesenheit auf seinem IPhone.
Ilka hatte versucht, ihn zu erreichen.
Erschöpft ließ er sich im Anzug auf das Sofa fallen und hörte seine Jungs im Kinderzimmer bereits um ein Piratenschiff streiten.
„Schön, dass du zurückrufst", begann lka mit fröhlicher Stimme. „Bevor du den Feierabend einläutest, muss ich dir unbedingt noch von einem echten Knaller berichten!"
„Ich bin gespannt."
Er richtete sich auf.
„Mein Vetter Frank hat mich eben noch im Büro besucht und wollte unbedingt mit mir unter vier Augen sprechen", sagte sie. „Du erinnerst dich, er hat ja vor, bei der *Eifelbank* zu kündigen, es aber noch nicht getan. Stell' dir vor, heute Nachmittag wurde Frank - trotz des eigentlich freien Samstags - in Dr. Schmidts Vorstandsbüro zitiert. Dieser wusste natürlich nichts von Franks Plänen, den Arbeitgeber zu wechseln. Schmidt konfrontierte Frank dann unvermittelt mit der Tatsache, er habe mehrere Male die Dienste der Seitensprung-Agentur *Secret Affair24* genutzt. Und ob das seine Freundin gar nicht interessiere?"
„Was? Das klingt ja ganz so, als ob Dr. Schmidt deinen Vetter mit seinem Wissen erpressen will. Wie lächerlich! Das ist doch sein privates Bier und nicht das der Bank. Stimmt die Sache mit den Affären denn überhaupt?"
Ilka lachte.

„Ja und nein. Obwohl auf seinem Schreibtisch im Büro wohl immer noch ein Foto von Laura steht, ist Frank tatsächlich ja inzwischen wieder Single. Demnach ist er also nicht fremdgegangen.
Aber vom Ende seiner Beziehung wusste in der *Eifelbank* wohl niemand. Frank ist in privaten Dingen nicht gerade der große Redner. Die Dienste von *Secret Affair24* hat er aber tatsächlich drei Mal in Anspruch genommen."
Sie fuhr fort: „Frank schwor mir Stein und Bein, niemandem - auch keinem besten Freund - davon erzählt zu haben. Dass heißt, es konnten doch nur die Frauen, mit denen er sich getroffen hat, Bescheid wissen."
„Was hat Dr. Schmidt weiterhin zu ihm gesagt?"
„Dass Franks Verkaufszahlen der Fondsanteile für das Bauprojekt Luxushotel Schwammenauel sehr zu wünschen übrig ließen, und die *Eifelbank Nord/Süd* sich gern von ihm trennen würde."
Stettenkamp kräuselte die Lippen.
„So etwas habe ich mir schon gedacht!"
Ilka berichtete weiter.
„Allerdings möge Frank das Arbeitsverhältnis von sich aus beenden. Ansonsten werde man dafür sorgen, dass seine Freundin von seinen Affären erfahre. Sie hätten doch auch viel Geld in ihr Haus gesteckt. Unglaublich, wie Schmidt seine Infos - wo immer er sie her bezieht - gegen Frank verwenden will, oder?"
„Ich fasse es nicht! Er will Frank erpressen. Um ihn loszuwerden und um der *Eifelbank* eine Abfindung zu ersparen. Stattdessen sollte Frank selbst kündigen. Was er ja ohnehin demnächst getan hätte. Was für ein schlechter Witz!"
Ilka atmete flach.

„Das ist noch nicht alles! Dr. Schmidt wartete laut Frank im Gespräch wohl mit Details hinsichtlich der Damen von *Secret Affair24* auf, die erst recht niemand kennen konnte."
Sie machte eine kurze Pause.
„Das kann doch nur eines bedeuten..."
Stettenkamp sprang auf und tigerte im Wohnzimmer umher.
„Nämlich, dass die Partnervermittlung *Two-hearts* die *Eifelbank* konsequent über Arbeitnehmer informiert hat, die deren Sexanbahnungsdienste über *Secret Affair24* genutzt haben. Wer weiß, wer sich von den Mitarbeitern, die die Bank loswerden wollte, daraufhin tatsächlich erpressen ließ? Und aus angeblich freien Stücken gekündigt hat..."
Er konnte es nicht fassen.
„Die Sache an sich ist schon ungeheuerlich genug", fand auch Ilka. „Darüber hinaus zeigt sie uns auch noch eine weitere Schnittstelle zwischen *Two-hearts* und der *Eifelbank*! Nach allem, was wir bisher bereits erfahren haben, kann man auch getrost sagen: Eine zusätzliche Verbindung zwischen Daphne Lautwein und Jochen Mahlstädt."
Sie räusperte sich.
„Du erinnerst dich, Frau Lautwein leitete diese Sparte lange Zeit selbst, bis sie dann die zahlungskräftigen VIP-Kunden übernahm. Offenbar reichen die Geschäftsbeziehungen der beiden zueinander nun sogar noch über deren Tod hinaus."
Alex verabschiedete sich von ihr.
„Ich bin einfach sprachlos!"
Je länger er über die Angelegenheit nachdachte, umso klarer reifte ein Gedanke in seinem Kopf heran: Wir müssen Dr. Oliver Schmidt noch einmal vernehmen

und ihm gehörig auf den Zahn fühlen, anstatt uns von seinem loyalen Gequatsche über seinen verehrten Jochen Mahlstädt und dessen Engagement für die Eifel einlullen zu lassen.

Unterdessen hegte Ilka zu Hause ganz ähnliche Gedanken. Auch ihr gingen die Machenschaften des ehemaligen Ziehsohns Oliver Schmidt nicht aus dem Kopf.
Ihre Überlegungen nahmen schlussendlich jedoch eine andere Richtung an.
Ilka schnappte sich das Telefon und wählte die Nummer des Computerforensikers Charly Wegner. Für eine gute Sache war er nicht selten bereit, an den Dienstvorschriften vorbeizuschauen.
Er musste ihnen jetzt einfach helfen!

Sonntag - 9. Tag

Knusprige Brötchen, großzügige Aufschnitt- und Käseplatten, hausgemachte Marmelade, Eier in allen Variationen, dazu frisch gepressten Orangensaft und duftend heißen Kaffee - es fehlte ihnen an nichts. Werner Schmalke hatte das 'Café Chalet' in Herhahn für ihr Arbeitsfrühstück, wie er es nannte, vorgeschlagen.
Der Fünfundfünfzigjährige saß in eine Zeitung vertieft auf der gemütlichen Eckbank der Gaststube. Als Ilka und Stettenkamp den Privatier begrüßten, blickten sie in ein wettergegerbtes, offenes Gesicht mit klarem Blick. Schmalke zeigte sich den Kommissaren gegenüber fast herzlich, obschon sie sich noch nie begegnet waren.
Als habe der Mann damit gerechnet, dass wir eines Tages just mit ihm über die Vorgänge um Mahlstädt und die *Eifelbank* sprechen würden, dachte Ilka und setzte sich ihm gegenüber.
Werner Schmalke berichtete ihnen nach ein wenig Small Talk freimütig, dass er um die Jahrtausendwende - damals noch als selbstständiger Versicherungskaufmann für die Volksfürsorge tätig - viel Geld mit Aktien verdient habe, dann jedoch rechtzeitig vor dem Börsencrash ausgestiegen sei. Sein Kapital habe er stattdessen in mehrere Mietobjekte und Supermärkte investiert. Und von deren Erträgen könne er nun gut leben, erzählte er, ohne dabei überheblich zu klingen.
„Was wollen Sie von mir wissen?“, fragte er geradeheraus.
Stettenkamp nahm einen Schluck Kaffee.

„Es geht uns um Jochen Mahlstädt. Wie würden Sie ihn beschreiben?“
Werner Schmalke seufzte.
„Die meisten Menschen würden an meiner Stelle nun antworten: Jochen Mahlstädt hatte zwei Gesichter. Die eine Seite zeigte das des bodenständigen Eifelers, der auf jedem Schützenfest und jeder Karnevalssitzung mitfeierte und für jedermann ein offenes Ohr hatte. Ein Mann, der die Eifel vor allem durch den Nationalpark wirtschaftlich enorm nach vorne gebracht hat. Durch Investitionen der *Eifelbank*, aber auch durch Fördergelder, die er lockerzumachen verstand. Und das nicht zuletzt durch seine wertvollen politischen Kontakte, die bis in den Landtag hineinreichten.“
Schmalke lächelte.
„Genau die gleichen Leute würden Mahlstädt jedoch ebenso als einen absolut geldgetriebenen Machtmenschen beschreiben, der stets auf seine eigenen finanziellen Vorteile bedacht gewesen ist.“
Er biss in ein Brötchen.
„Sie haben sich sicher längst über die Vorwürfe gegen ihn wegen Steuerhinterziehung informiert, als es um seine Ehrenmitgliedschaft im Golfclub ging. Oder um den Klüngel bei der Anlage seines privaten Gartens in Gemünd.“
Stettenkamp nickte.
„Selbstverständlich. Nun frage ich aber bewusst nicht irgendwelche Leute. Herr Schmalke, sagen Sie mir, wie schätzten Sie persönlich Jochen Mahlstädt ein?“
„Als ehrgeizigen Menschen, der die Eifel tatsächlich ein großes Stück voran gebracht hat. Letztlich hat er jedoch in meinen Augen mit seinen Visionen den Blick für die Region verloren, die ihm so sehr am Herzen lag. In der Eifel ist wirtschaftlich, vor allem

auch im Bereich des Tourismus, noch sehr viel möglich, gar keine Frage. Aber Mahlstädt hat millionenschwere Projekte initiiert wie diese 'Byte Burg' in Blankenheim, die schon vor Jahren in Großstädten wie Köln gescheitert sind."
Schmalke hielt einen Moment inne.
„Jochen Mahlstädt stammte aus kleinen Verhältnissen, wenn ich das einmal so sagen darf. Und hat sich - natürlich bedingt durch die Bankenfusion *Nord-und Südeifel* - bis zum Vorstandsvorsitzenden einer der fünf größten öffentlich-rechtlichen Geldinstitute in Deutschland emporgearbeitet."
Er kratzte sich hinter dem rechten Ohr.
„Eine solch steile Karriere macht etwas mit den meisten Menschen. Es verändert sie, schleichend natürlich. Mahlstädt spürte durch seine immer größer werdenden Erfolge seine wirtschaftliche Macht und auch den Einfluss, der bis in die Kommunalpolitik hineinreichte. Das hat er natürlich genutzt; mache würden ihm auch vorwerfen: ausgenutzt. Als herauskam, dass er einem geschassten, kleinen Lokalpolitiker einen Beratervertrag über fünfhundert Euro im Monat gegeben, der Mann tatsächlich aber nie für die *Eifelbank* gearbeitet hat - das hat vor ein paar Jahren Wellen geschlagen, sage ich Ihnen! Aber was bedeuteten für einen Mann wie Mahlstädt zu diesem Zeitpunkt fünfhundert Euro im Monat? Verstehen Sie, was ich meine? Er hat die Bodenhaftung und damit den Blick für die Sichtweise der Eifeler verloren. Obwohl ihm der persönliche Bezug zu seinen Kunden immer ein Kernanliegen gewesen ist."
Schmalke belegte sich ein weiteres Brötchen mit Schinken.
„Zusätzlich zu seinen geschäftlichen Erfolgen lebte Jochen Mahlstädt auch privat sehr lange auf der

Sonnenseite des Lebens: Denken Sie nur an das wunderschöne Haus in Gemünds bester Lage, dazu das gesellschaftliche Ansehen, das er und seine Frau in der Eifel genossen..."
Er lächelte.
„Sie kennen sicherlich sein Elternhaus in Urft und die Bescheidenheit, in der er als Kind dort aufwuchs. Ganz ehrlich: Ich verstehe, dass Mahlstädt über die Jahre nicht der gleiche Mensch geblieben ist, wie der junge Mann, der er nach seinem Studium war."
Er schob sein halbvolles Saftglas beiseite.
„Ich kannte Jochen schon, als er mir vor zwanzig Jahren über die *Eifelbank* den ersten Kredit gegeben hat, den ich damals dringend brauchte", sagte er wie zur Bestätigung.
Ilka mochte seine aufrichtige Art.
„Ralph Lünebach berichtete uns, Sie hätten sich angeblich inzwischen mit der *Eifelbank* - und vor Mahlstädts Tod auch mit ihm selbst - überworfen. Ist das richtig?"
Der Privatier wiegte den Kopf.
„Überworfen ist mir ein viel zu starkes Wort. Es hat mir nicht gepasst, wie die Bank mit den kleinen Anlegern des geschlossenen Immobilienfonds umgegangen ist. Sie wissen schon, das Luxushotel mit Erlebnisbad in Schwammenauel. Mit acht Millionen hat die Betreibergesellschaft ursprünglich geplant, inzwischen ist sie bereits bei zwölf Millionen Euro Baukosten angelangt."
Schmalke berichtete offen, dass er allein zwanzig Prozent der vorgesehenen privaten Gesamteinlagen gestellt habe. In seiner Rolle als Großinvestor konnte er sein Kapital durch eine mit Mahlstädt getroffene Sondervereinbarung allerdings jederzeit wieder abziehen, wenn ihm die Entwicklung des Bauprojekts

oder des Fonds missfiel. Die Bank, so Mahlstädts schriftlich Zusage, werde in diesem Fall seine Anteile übernehmen.
„Ohne diese Option hätte ich niemals eine halbe Million in das Hochrisikoprojekt investiert“, betonte er.
„Vor ein paar Wochen habe ich mein Geld dann tatsächlich komplett abgezogen. Ich habe schließlich gemerkt, wie die Baukosten explodierten! Meine Entscheidung war übrigens vollkommen richtig, denn inzwischen hat die Betreibergesellschaft ihre Kunden in die Nachschusspflicht genommen. Für mich persönlich ist also finanziell alles in Ordnung. Deshalb hatte ich auch keinen Grund, mich mit Jochen Mahlstädt zu überwerfen. Obwohl ihm meine Entscheidung natürlich überhaupt nicht gefiel.“
Seine Gesichtszüge wurden ernst.
„Aber ich kenne Menschen aus meinem Heimatdorf Rollesbroich, die auf diese Weise ihre gesamte Existenz verloren haben...“
Er berichtete ihnen von seinen Bekannten Lisbeth, Erwin, Jan und Horst.
„Die Privatanleger müssen doch eine irre Wut auf Mahlstädt haben!“, warf Ilka ein.
Schmalke nickte.
„Ich weiß, worauf Sie hinauswollen, Frau Landwehr. Zumal die *Eifelbank* - allen voran Dr. Schmidt - ihren Mitarbeitern ganz sicher Druck gemacht hat, den Kunden die Anlage schmackhaft zu machen.“
In gedämpftem Tonfall fügte er hinzu: „Ich habe sogar von einem gefälschten Risikogutachten erfahren.“
Er winkte die Kellnerin heran.
„Aber glauben Sie mir“, fuhr er fort, „die Eifeler, wie ich sie kenne, versteigen sich wegen dieser Misere

nicht zu einem Mord. Die meisten kleinen Investoren werden sich im Nachhinein vielleicht sogar eingestehen, dass der geschlossene Immobilienfonds die falsche Anlageform für sie gewesen ist.“ Er hob die Schultern. „Auch, wenn sie dies in offener Runde niemals zugeben würden. In der Kneipe trägt natürlich ausschließlich die Bank Schuld an der Geschichte.“
Werner Schmalke zahlte die drei Frühstücksgedecke.
„Ich danke Ihnen herzlich für Ihre Offenheit“, sagte Stettenkamp freundlich, während sie das 'Cafe Chalet' verließen.
„Bevor wir auseinandergehen, habe ich noch eine Frage an Sie, Herr Schmalke: Wir haben eben ausführlich über den umgebauten Nobel-Golfclub Eschweiler gesprochen. Schumacher wird dort vermutlich niemals schwarze Zahlen schreiben...“
Der Kommissar berichtete ihm in knappen Worten, was er über das angebliche Geschäftsgebaren des Düsseldorfers erfahren hatte.
„Ich weiß, dass Frederik Schumacher mit Mitte zwanzig durch seine Eltern zu viel Geld gekommen ist“, erklärte Schmalke. „Sie betrieben Jahrzehnte lang zwei gut gehende Bekleidungsgeschäfte auf der Kö, haben diese vor fünf Jahren verkauft und überließen ihrem einzigen Sohn Frederik aus dem Erlös eine erhebliche Summe.“
Er blickte nachdenklich in die Gesichter der Kommissare.
„Schumacher junior ist keinesfalls dumm. Ich weiß, dass er sein Master-Studium mit Bestnoten abgeschlossen und den kaufmännischen Sachverstand seiner Eltern geerbt hat. Was ihm fehlt, ist deren Geschäfts- und Lebenserfahrung.“
Er stand auf.

„Lange Rede, kurzer Sinn: Dass er tatsächlich in Düsseldorf diesen Schlägertrupp angeheuert hat, um seine Außenstände einzutreiben, das glaube ich sofort. Aber wegen des Golfclubs in Eschweiler würde er nicht zum Mörder werden."
„Und warum nicht?"
„Weil er mit dem Golfclub überhaupt kein Risiko eingegangen ist", betonte Schmalke. „Er verdient zwar derzeit nichts mit ihm, kann dort aber über eine Sondervereinbarung jederzeit als Betreiber aussteigen. Das wussten Sie sicher noch nicht."
Der feste Schnee knirschte auf dem Parkplatz unter ihren Schuhen.
„Der springende Punkt ist aber: Nicht Frederik Schumacher ist auf dem Papier Pächter der Anlage - sondern die Beteiligungsgesellschaft der *Eifelbank*! Somit ist der Düsseldorfer selbst überhaupt kein Risiko eingegangen..."
Ilka und Stettenkamp waren sprachlos.
Auch Werner Schmalke schwieg und lehnte sich in seinem dicken Wintermantel gegen seinen geparkten Wagen.
Er wirkt gerade sehr nachdenklich, fand Ilka.
„Sie schätzten den Menschen Jochen Mahlstädt auf eine ganz besondere Art, nicht wahr?", fragte sie sanft.
Er nickte nur.
„Helfen Sie uns durch ihr Vertrauen in unsere Arbeit, seinen Mörder zu finden", bat sie. „Und den seiner Geschäftspartnerin Daphne Lautwein."
Schmalke rieb sich die grauen Schläfen.
„Ich vermute ihn in Mahlstädts geschäftlichem Umfeld", sagte er leise. „Nicht jeder Mensch, der auf den ersten Blick loyal bis aufs Blut erscheint, ist es ein Leben lang auch tatsächlich. Die Gründe dafür,

das wissen Sie als Kripobeamte am besten, sind fast immer persönlicher Natur...“
Ilka ahnte, auf welchen Menschen er anspielte.
Werner Schmalke hob die Hand, setzte sich in seinen schwarzen Audi A6 und fuhr sachte durch den knirschenden Schnee.

Die fahle Wintersonne brach sich an diesem Mittag mit erstaunlicher Kraft durch einen sich allmählich aufklarenden Himmel. Nora Meindrich lächelte ihr auf dem Weg in das Restaurant 'Casa Marinotti' entgegen.
Sie dachte an den lustigen Abend, den sie gestern zusammen mit ihrem Arbeitskollegen Erich und dessen Lebensgefährtin Rita, die ebenfalls in der Marketingabteilung arbeitete, verbracht hatte. Obschon die zwei über zwanzig Jahre älter waren als sie selbst, mochte sie die beiden sehr gern. Dann und wann trafen sie sich nach Feierabend auf ein Bier; gelegentlich gingen sie auch zu dritt eine Kleinigkeit essen.
Gestern hatte sie Rita und Erich spontan zu sich nach Hause eingeladen und gekocht. Ihr war einfach nach der Gesellschaft ihrer vertrautesten Kollegen gewesen, mit denen sie immer schon hatte lachen, aber auch besprechen können, was sie gerade so bewegte.
Nach dem dritten Glas Rotwein hatte Nora den beiden von ihrer Anmeldung bei Two-hearts, den diversen Partnervorschlägen, die sie inzwischen erhalten hatte sowie von ihrem gefloppten Treffen mit Martin Berghaus erzählt.
„Ich glaube, wir beide wären nie zusammen-gekommen, wenn man uns irgendwelche Matching-

punkte vergeben hätte", schmunzelte Rita. „Seien wir doch mal ehrlich: Außer, dass wir beide in der gleichen Versicherung arbeiten, beide geschieden sind und die ein oder andere Zigarette am Tag rauchen", sie blickte schmachtend hinüber zu dem Aschenbecher auf Noras Balkon, „haben wir nüchtern betrachtet nicht wirklich viel gemeinsam - und trotzdem funktioniert es mit uns! Ansonsten wären wir doch seit fast sieben Jahren kein glückliches Paar."

Erich nickte und legte den Arm um sie.

„Unsere Alltagsgewohnheiten sind sogar so verschieden, dass wir beschlossen haben, dass jeder seine eigene Wohnung behält. Rita in der Kölner Innenstadt, ich in Quadrath-Ichendorf."

Sie sprachen noch eine Weile über die beiden, die jedoch immer neugieriger auf die Partnervorschläge und Kontakte wurden, die Nora über Two-hearts erhalten hatte.

Nora räumte den Tisch ab und gewährte Erich und Rita auf ihrem Laptop einen Einblick.

„Der hier!", rief Rita nach ein paar Minuten, „würde zu dir passen. Anfang dreißig, er wirkt natürlich - und er fährt sogar Motorrad, wie du!"

„Rita", lachte Ilka, „ein Biker wäre zwar klasse, aber andererseits... gibt es wichtigere Gemeinsamkeiten im Leben. Und guck mal! Er hat nur fünfundvierzig Matchingpunkte erhalten. Das heißt, viele Übereinstimmungen zwischen uns kann es gar nicht geben!"

Aber Rita hatte keine Ruhe gegeben. Sie behauptete, Motorradfahrer wie dieser Mann und sie seien an sich schon ein eigener Menschenschlag und sie solle doch einfach mal Kontakt zu ihm aufnehmen.

Erich war vollkommen Ritas Meinung und so überredeten sie Nora gestern Abend schließlich, 'Suzuki31' anzuchatten.
Der Biker schien jedenfalls Zeit zum Flirten zu haben, ein Satz ergab den nächsten - und aus einer Laune heraus rief Nora ihn drei Stunden später tatsächlich auf dem Handy an, dessen Nummer er ihr kurz zuvor gemailt hatte.
Das spontane Gespräch mit Mister X entpuppte sich als überaus unterhaltsam. Der junge Mann wollte sich unbedingt mit ihr treffen, am liebsten schon gleich am nächsten Tag. Dummerweise habe er jedoch Sonntagsdienst und schaffe es nur in der Mittagspause, hatte er gesagt, und dann gleich das 'Casa Marinotti' als Treffpunkt um dreizehn Uhr vorgeschlagen.

Vor dem Restaurant angekommen, öffnete Nora aufgeregt die schwere Eingangstür.
Der Inhaber, Cosimo Marinotti, empfing sie an diesem Sonntagmittag persönlich und führte sie zu einem liebevoll gedeckten Zweiertisch.
Der dunkelhaarige Biker mit markanten, sympathischen Gesichtszügen stand gleich auf und kam lächelnd auf sie zu.
Äußerlich ist er genau mein Typ, dachte Nora.
„Schön, dass du so spontan kommen konntest!“
Die Freude über ihren Anblick stand ihm ehrlich ins Gesicht geschrieben.
„Aber erstmal... ich bin natürlich nicht 'Suzuki31'.“
Er schmunzelte.
„Ich heiße Peter. Peter Bongardt.“

Unterdessen standen Ilka und Stettenkamp im

düsteren Keller des Computerforensikers Charly Wegner und konnten kaum glauben, was er ihnen gerade berichtete.
Kein Geringerer als Dr. Oliver Schmidt gehörte vor einem halben Jahr selbst zu den sporadischen Kunden von *Secret Affair24*, zu einer Zeit also, in der Daphne Lautwein die Geschäftssparte noch persönlich leitete. Im Grunde seine private Angelegenheit. Interessant fanden die Kommissare diese Tatsache insofern, da Jochen Mahlstädt folglich gewusst haben musste, dass sein Ziehsohn die Sexanbahnungsdienste genutzt hatte.
„Mahlstädt wird damit kein moralisches Problem gehabt haben, so ein Typ schien er mir nicht gewesen zu sein“, meinte Stettenkamp. „Aber er hatte den zweiten Vorstand mit dieser Sache doch im Grunde in der Hand. Oliver Schmidt lebte vor einem halben Jahr noch mit seiner Frau und seinen beiden Töchtern zusammen, das hat er uns selbst erzählt.“
Ilka sah die beiden an.
„Das Verhältnis zwischen Jochen Mahlstädt und Oliver Schmidt ist mir inzwischen schleierhaft. Wir sind bisher davon ausgegangen, dass Schmidt hinter seinem Chef und dessen Projektvorhaben stand; er unterzeichnete die Millionenprojekte schließlich mit! Uns gegenüber lobte Dr. Schmidt Mahlstädts Engagement für die Eifel doch in den höchsten Tönen...“
Stettenkamp atmete tief durch.
„Oliver Schmidt ist viele Jahre Mahlstädts Ziehsohn in der *Eifelbank* gewesen; bei jedem Karriereschritt hat der große Förderer dafür gesorgt, dass Schmidt mit ihm geht, natürlich in untergeordneter Position“, fasste er zusammen. „Irgendwann wurde Mahlstädt

dann sogar Vorstandsvorsitzender und Schmidt prompt einer der zwei weiteren Vorstände."
„Was für Abhängigkeiten!", flüsterte Ilka fassungslos. „Irgendetwas muss Schmidt dazu bewogen haben, Mahlstädt nicht mehr blind zu folgen - und das konnte dem Meister gar nicht gefallen haben. Schließlich benötigte er Dr. Schmidt als Mitunterzeichner seiner Millionen-Investitionen über die Beteiligungsgesellschaften..."
Sie beschlossen, Dr. Oliver Schmidt auf der Stelle aufzusuchen. Vor Gericht hätte Charlys widerrechtliche Entdeckung keinen Bestand gehabt - abgesehen davon, dass Ilka und Stettenkamp ihn und sein Unterfangen ohnehin niemals verraten hätten.
Mit etwas Glück würde sich Dr. Oliver Schmidt an diesem Sonntagnachmittag entweder zu Hause in Kleinbüllesheim oder in seinem Vorstandsbüro der Bank befinden.
„Ich hätte mich niemals in Mahlstädts PC einhacken dürfen", sagte Charly in ihre Aufbruchstimmung hinein. „Ilka, ich habe das gern für euch getan", fügte er hinzu, „aber die Konsequenzen für mich kennt ihr selbst am besten. Käme diese Sache jemals ans Licht..."
Stettenkamp klopfte ihm aufmunternd auf die Schulter.
„Charly, wovon redest du überhaupt?"

Nachdem die Kommissare Oliver Schmidt in dessen Haus in Kleinbüllesheim vergeblich aufgesucht hatten, fuhren sie zurück nach Euskirchen in die Hauptstelle der *Eifelbank*.
Werner Schmalke hatte Ilka bei ihrem Abschied vor dem 'Café Chalet' wortlos eine Visitenkarte

Dr. Schmidts in die Hand gedrückt - auf der mit Kugelschreiber eine Handynummer geschrieben stand.
Nach längerem Hin und Her ließ Dr. Schmidt die Kommissare ein und führte sie zunächst recht unwillig in sein Büro.
Stettenkamp konfrontierte den Vorstand, kaum dass sie in den schwarzen Clubsesseln Platz genommen hatten, mit seiner Vermutung, Jochen Mahlstädt habe ihn erpresst.
„Wir wissen aus einer zuverlässigen Quelle, dass Sie mehrere Male die Dienste verschiedener Hardcore-Dominas über die Agentur *Secret Affair 24* in Anspruch genommen haben", sagte er forsch, „und ihr Chef davon wusste!"
„Wie kommen Sie zu derartigen Behauptungen?", fragte der Bankvorstand.
„Ach, Herr Dr. Schmidt", lächelte Stettenkamp süffisant, „Sie wissen doch, wie redselig manche Damen des Gewerbes werden, wenn man ihnen nur die richtigen Fragen stellt und Sie wissen lässt, was man selbst weiß, deren Ehemänner oder Lebensgefährten aber nicht..."
„Sie Schwein!", stieß Schmidt aus.
„Eine der Damen hätte Sie locker mit einem heimlich gedrehten Filmchen erpressen können", bluffte Ilka und zog eine selbst gebrannte DVD ohne Aufschrift aus ihrer Tasche.
Sie grinste in sich hinein.
Tatsächlich befand sich der Film 'Hexe Lilli macht Zauberquatsch' darauf - Neles derzeitiger DVD-Favorit zur Verkürzung längerer Autofahrten.
Dr. Oliver Schmidts Lügengebäude vom bis ins Mark unerschütterlich loyalen Ziehsohn des Vorstandsvorsitzenden brach in diesem Moment in sich zusammen.

Jochen Mahlstädt war zwölf Jahre lang sein engster Vertrauter in der *Eifelbank* gewesen, mit dem er alle seine Geschäfte besprochen hatte. Eine Art Vaterfigur habe er in ihm gesehen, erzählte Schmidt. Fast blind habe er alle Projekte mit unterzeichnet, auch dann noch, als ihm Mahlstädts Visionen bereits allzu groß erschienen seien.
Als er allmählich bemerkt habe, so Oliver Schmidt, dass sein Chef auf gefälschte Gutachten zurückgriff, wenn ihm die Risikoeinschätzungen Lünebachs nicht passten, hätten sich die Dinge zwischen ihnen verändert. Er sei kritischer geworden und habe große Sorge gehabt, dass die Sache auffliege.
Doch Jochen Mahlstädt habe mit ihm überhaupt nicht über derlei Dinge sprechen wollen. Über seine Bedenken habe er nur gelacht.
„Dann vereinbarte der Chef im Namen des Gesamtvorstands zu allem Überfluss auch noch widerrechtliche Sonderdeals mit Großinvestoren wie Werner Schmalke und Frederik Schumacher. Das Risiko der *Eifelbank* vergrößerte sich somit immens. Durch die Großprojekte der vergangenen Jahre ist uns meines Erachtens inzwischen ein finanzieller Schaden von mindestens siebzig Millionen Euro entstanden, eher noch deutlich mehr!“
Seine Pupillen zuckten hin und her.
„Es ist doch nur noch eine Frage der Zeit, bis die Staatsanwaltschaft gegen mich ermittelt!“, sagte Oliver Schmidt heftig. „Was glauben Sie, wie viele wütende Anleger mich Spätabends zu Hause anrufen? Zum Beispiel Handwerker, die sich durch ihre eigene Hausbank inzwischen in ihrer Existenz bedroht sehen, und unverhohlen damit drohen, mich anzuzeigen.“
Aschfahl im Gesicht schob er auf seinem Schreibtisch ein paar Akten von rechts nach links.

„Ich wollte meinen Kopf nicht länger für Geschäfte hinhalten, die ich überhaupt nicht mehr vertreten konnte. Verstehen Sie das nicht?“
Seine Hände zitterten, während er einen Bleistift zwischen zwei Fingern drehte.
„Aber selbstverständlich“, bekräftigte Ilka.
„Ich habe noch einmal versucht, mit Jochen zu reden. Doch er konnte meine Einwände nicht einmal ansatzweise nachvollziehen. Schlussendlich habe ich ihm dann gesagt, dass ich als Vorstand aussteigen werde. Aber dann“, murmelte er, „begann ausgerechnet der Mann, dem ich mein Leben anvertraut hätte, mich ganz billig zu erpressen. Mit diesen elenden Weibergeschichten.“
Schmidt habe lange Zeit überhaupt nicht gewusst, dass Jochen Mahlstädt sich durch Daphne Lautwein und später deren Nachfolgerin über unliebsame Mitarbeiter informieren ließ, die die Dienste von *Secret Affair24* in Anspruch genommen hätten. Ein großes Thema sei das Ganze nicht gewesen, betonte Dr. Schmidt, denn Mahlstädt habe angeblich nur drei Mal einen entsprechenden Hinweis erhalten und überdies keine personellen Konsequenzen aus seinem Wissen gezogen.
„Trotzdem - wie naiv muss ich gewesen sein, dass ich Jochen derart vertraut habe und nicht einmal auf den Gedanken gekommen bin, dass er mich selbst ebenfalls in der Hand hatte?“, fragte er sich. „Aber wir waren schließlich über all die Jahre auf das Engste miteinander verbunden, fast wie Vater und Sohn...“
Er starrte ins Nichts.
Die Erpressung durch Jochen Mahlstädt habe nicht aufgehört - auch dann nicht, als er die Dienste von

Secret Affair24 längst nicht mehr in Anspruch genommen habe.
„Ich stecke bis zum Hals im Schlamassel. Genau so tief wie Jochen selbst - mit dem großen Unterschied, dass er inzwischen tot ist und ich für den Bankenbetrug geradestehen werden muss.“
Schmidt verlor nun vollkommen die Fassung. Haltlos begann er auf 'die Schlampe' Daphne Lautwein zu schimpfen, die intimste Daten ihrer Kunden heimlich an ihren Weggefährten Jochen Mahlstädt weitergegeben habe.
„Meine Frau hat mich verlassen und die Mädchen mitgenommen“, erzählte er mit brüchiger Stimme.
„Ich sehe sie nicht einmal an jedem zweiten Wochenende. Entweder musste ich für Jochen arbeiten oder aber meine Frau hat immer neue Ausreden parat, warum die geplanten Treffen mit den Kindern wieder einmal nicht stattfinden können. Außer letztes Wochenende, da wollte Marie nämlich in Köln feiern gehen und die Mädels haben bei mir in Kleinbüllesheim von Samstag auf Sonntag geschlafen.“
Oliver Schmidt ging hinaus auf den Balkon seines Büros und rauchte zusammen mit Stettenkamp eine Zigarette.
„Ihnen ist klar, dass wir Sie des Mordes an Jochen Mahlstädt und Daphne Lautwein verdächtigen, nicht wahr?“, hob der Kommissar nach einer Weile an.
„Sie haben durch das Verhalten der beiden alles verloren. Ihre berufliche Existenz genauso wie Ihre Familie.“
Er wollte ihn nun aus der Reserve locken.
„Rache ist seit je her ein starkes Mordmotiv und ihre Emotionen kann ich durchaus nachvollziehen...“

Doch Dr. Schmidt stritt vehement ab, in den Doppelmord verwickelt zu sein, geschweige denn, ihn persönlich begangen zu haben. Noch einmal verwies er auf sein Alibi, das seine Frau, die Nachbarn sowie seine Töchter bestätigen würden.
Du kannst mir viel erzählen, aber mein Gefühl trügt mich in diesem Fall ganz sicher nicht, dachte Stettenkamp.
In Gedanken versunken schnippte er seine Kippe den Balkon hinunter.

Auf dem Weg zum Kreishaus - Ilka hatte ihren Golf dort abgestellt und wollte genau wie ihr Chef endlich nach Hause - sprachen sie noch einmal über die Indizien, die Bernd Schmitz am Tatort entdeckt hatte.
„Ich verstehe es nicht“, seufzte Stettenkamp. „Schmitz schwört Stein und Bein, dass ihm bei der DNA-Analyse der Nieströpfchen kein Fehler unterlaufen sei. Und wir wissen, dass er schließlich nicht ohne Grund Leiter des Erkennungsdienstes geworden ist.“
Ilka stimmte ihm zu.
Vielleicht hatten sie sich zu rasch mit der Tatsache abgefunden, dass Heinz Koletzko als Träger der identifizierten DNA-Spuren zur Tatzeit im Gefängnis gesessen hatte.
Natürlich.
Als Täter schied er aus.
Was aber, wenn es einen zweiten Menschen gab, dessen DNA Schmitz zunächst als die gleiche erschienen war wie die Heinz Koletzkos?
„Er hat aber ja definitiv keinen eineiigen Zwilling“, warf Stettenkamp ein. „Und selbst wenn er einen hätte: Minimale Unterschiede in der DNA gäbe es trotzdem.“

Doch Ilka ließ sich nicht beirren.
Sie griff zum Telefonhörer und wählte die Nummer der *DKMS*, der Deutschen Knochenmarkspenderdatei. Sie wies sich per Fax offiziell als Hauptkommissarin Ilka Landwehr des KK11 Euskirchen aus und Polizeidirektor Armin Groß bestätigte diese Tatsache nach einem Rückruf der *DKMS* noch einmal ausdrücklich. Erst dann konnte Ilka der Dame am Telefon endlich die Frage stellen, die ihr so auf der Seele brannte: „Hat ein Mann namens Heinz Koletzko aus Bochum-Stahlhausen in seinem Leben einmal Knochenmark gespendet?“
Stettenkamp sah sie zunächst etwas verdattert an. Doch dann schwante ihm, worauf seine Mitarbeiterin hinauswollte.
Nach ein paar Minuten legte sie auf.
„Er hat!“, rief sie mit einem triumphierenden Lächeln. „Alex, stell' dir vor: Frau Lieske von der *DKMS* sucht uns nach einem richterlichen Beschluss die Unterlagen des Mannes heraus, dem Koletzko vor knapp neunzehn Jahren sein Knochenmark gespendet hat! Die Blutzellen dieses unbekannten Menschen weisen seit der Knochenmarktransplantation nämlich exakt die DNA-Merkmale seines Spenders auf! Heinz Koletzko...“
Sie ließ sich auf ihren Schreibtischstuhl fallen.
„Das hieße ja“, murmelte Stettenkamp fassungslos, „dass definitiv jener Mann Daphne Lautwein und Jochen Mahlstädt von der Dachterrasse des KölnSKY-Turms aus erschossen hat.“
Ilka nickte.
„Und zu unserem Glück musste er genau in dem Moment niesen, als er gebückt vor der Scheibe der Dachterrasse stand.“

Hatte Oliver Schmidt den unbekannten Mann als Täter beauftragt?
Einerseits war diese Theorie angesichts des Verdachts gegen ihn nicht unwahrscheinlich.
Andererseits passten zu einem Bankvorstand wie ihm einfach keine Kontakte zur Unterwelt.
Oder wo sonst engagierte man einen Auftragskiller?

Montag - 10. Tag

Staatsanwalt Dr. Rettich zeigte sich an diesem Morgen, vielleicht angesichts seiner Panne in ihrem letzten Fall um den Geschichtslehrer Jürgen Rudolph, sogleich kooperativ, als Stettenkamp ihn bat, bei Gericht einen Hausdurchsuchungsbeschluss zu erwirken.
Als Ilka und er gegen sieben Uhr vor dessen Haus in Kleinbüllesheim standen, wirkte Oliver Schmidt an der Tür außerordentlich fahrig. Sein Smartphone fiel ihm aus der Hand und knallte mit dem Display auf die Fliesen. Offensichtlich hatte er gerade telefoniert.
„Was wollen Sie? Ich bin auf dem Weg in die Bank“, erklärte er.
Als Ilka ihm wortlos das Schreiben des Amtsrichters unter die Nase hielt, ließ er sie ohne jeden weiteren Kommentar hinein und sich selbst auf ein Sofa fallen. Oliver Schmidt nahm sein Gesicht in die Hände und starrte auf den filigranen Glastisch.
Sie machten sich ans Werk.
Nach einer ganzen Weile fanden die Kommissare in einer Küchenschublade tatsächlich unter dem Besteckkasten einen interessanten Rechnungsbeleg - ausgestellt über einen manipulierten Kugelschreiber mit integriertem Abhörsender.
Ein gewisser Lars Hornbach hatte ihn im Internet bestellt; inklusive der gefälschten Gravur des *Clubs Rheinischer Unternehmer*. Und das bereits im September.
„Wer ist dieser Lars Hornbach?“, wollte Stettenkamp wissen.

„So ein Schwachkopf aus dem Dorf. Dem habe ich fünf Euro dafür gegeben, dass er das Ding für mich geordert hat“, gab Schmidt zu. „Der Tuppes hat sowieso nicht geschnallt, was er da bestellt hat.“
Dr. Schmidt gestand sogar, Jochen Mahlstädt den manipulierten Stift am Samtagmorgen während dessen Stippvisite in Bitburg zur Klausurtagung unauffällig in die Jackentasche gesteckt zu haben. Schließlich kannte er die langjährige Angewohnheit seines Chefs, einen Anzug, für den dieser sich morgens entschieden hatte, auch vor einer Abendveranstaltung am gleichen Tag nicht mehr zu wechseln, sondern lediglich ein frisches Hemd anzuziehen. Angeblich aus reiner Neugierde, so Dr. Schmidt weiter, habe er Mahlstädt während der Feier in Köln abhören wollen.
Außer der Kaufbestätigung fanden sie jedoch selbst nach stundenlanger Suche nichts, was ihnen auch nur ansatzweise hätte weiterhelfen können.
Die Kommissare beschlagnahmten zum Schluss zwei private Laptops des Bankvorstands. Sie machten sich damit auf den Weg ins Kreishaus zu Charly Wegner, während Dr. Schmidt in sein Büro fahren wollte. Stettenkamp bat Bongardt, der in seinem Wagen ein Stück abseits gewartet hatte, sich unauffällig an dessen Fersen zu heften. Möglicherweise würde Schmidt statt der Vorstandsetage der *Eifelbank* einen Kontaktmann aufsuchen.

Doch Stettenkamps Hoffnung zerschlug sich.
Oliver Schmidt fuhr ohne Umweg zur Euskirchener Hauptstelle der *Eifelbank* und verließ diese auch die nächsten Stunden nicht.
Computerforensiker Charly untersuchte in seinem Keller gleich die beiden beschlagnahmten Computer.

Im Vergleich zum durchschnittlichen PC-Nutzer sei der Bankvorstand äußerst umsichtig mit seinen privaten Daten im Netz umgegangen, erklärte er. Unter anderem hatte Oliver Schmidt den Verlauf sämtlicher besuchter Internetseiten gelöscht.
„Die stelle ich euch wieder her", versprach Charly. „Gebt mir halt ein bisschen Zeit."
Er grinste verschlagen.
„Ich habe auch schon eine konkrete Idee, wonach ich suchen werde!"
Während der Kriminalassistent den Haupt- und Nebeneingang der *Eifelbank* weiterhin im Auge behielt, besprachen sich Stettenkamp, Ilka und Manfred Habig in ihrem Büro.
„Falls Schmidt nicht unser Mann ist, dann bleibt uns nichts anderes übrig, als uns sämtliche Privatanleger vorzunehmen, die viel Geld in diesem Immobilienfonds verloren haben", sagte Manni gerade. „Es kann mir keiner weismachen, dass..."
In diesem Augenblick erschien Charly ohne anzuklopfen in der Tür.
Sein strahlendes Gesicht verriet ihnen sofort, dass er etwas gefunden haben musste.
„Gut, dass ihr alle auf euren Stühlen sitzt", begann er geheimnisvoll.
„Um es gleich vorweg zu nehmen: Oliver Schmidt ist tatsächlich der Auftraggeber des Doppelmordes an Mahlstädt und Lautwein!"
„Was?"
„Wie heißt der Täter?"
„Wie hat er die Morde in die Wege geleitet?"
In seiner unaufgeregten Art klärte Charly Wegner sie über das 'Darknet' im Netz auf.
Je mehr die Kommissare darüber hörten, umso ungläubiger wurden ihre Gesichter.

„Das kriminelle Angebot im 'Darknet' ist schier unendlich", erklärte der Computerforensiker. „Ich habe mich in dubiosen Diskussionsforen unter verschiedenen Pseudonymen bewegt und mal versucht, auf den bekannten Schwarzmärkten mit Dokumentenfälschern, Drogenhändlern und Waffenschiebern in Verbindung zu treten. Das Ergebnis ist erschreckend..."
Stettenkamp unterbrach ihn.
„Wie bist du überhaupt in diese virtuelle Schreckenskammer gelangt?", wollte er wissen.
„Ich habe mir den Zugang völlig legal über eine Anonymisierungs-Software verschafft", berichtete Charly. „Im Internet sind mehrere solcher Programme gratis zum Herunterladen verfügbar. Krass, oder? Das populärste - und beängstigend einfach zu bedienen - ist übrigens der Tor-Browser."
Ilka sprang auf und blieb direkt vor dem Computerforensiker stehen.
„Charly, willst du uns damit sagen, dass quasi jedermann im 'Darknet' einen Auftragsmörder engagieren könnte?", fragte sie irritiert.
Er hob die Schultern.
„Oliver Schmidt hat es jedenfalls getan! Er ist ohne jeden Zweifel über entsprechende Angebote im 'Hidden Wiki' zu einem Auftragsmörder gelangt. Zugegebenermaßen den unheimlichsten Dienstleistungsanbietern des 'Darknets'", murmelte er. „Der Bankvorstand hat unter einem Pseudonym Kontakt zu einem gewissen Karim Ghadban aufgenommen. Dessen Klarnamen musste ich natürlich erst herausfinden. Der Libanese bietet im 'Darknet' als angeblich erfahrener Mann seine Dienste in Europa und Übersee an. Normale Leute räume er für sieben- bis

fünfzehntausend Euro aus dem Weg, wirbt er im Netz für sich."
Charly schwieg einen Moment.
„Schmidt hat Ghadban in einer verschlüsselten Nachricht zugesagt, eine Anzahlung von achttausend Euro zu leisten und nach erledigter Arbeit den Rest zu zahlen. Die Einzelheiten werde man über zwei später zu entsorgende Prepaid-Handys regeln!"
Stettenkamp hing sich augenblicklich ans Telefon.
„Worauf warten wir noch?"

Dass sich Ghadban nach seinem Auftragsmord an Daphne Lautwein und Jochen Mahlstädt abermals in Deutschland befand, lag an einer neuerlichen Mission für den Königsfalken, die er auszuführen hatte: Shaakin hatte ihm aufgetragen, Kokain nach Köln zu schmuggeln.
Am gestrigen Sonntag war er zwei Drogenfahndern während einer Kontrolle an einem bekannten Umschlagplatz am Hauptbahnhof ins Netz gegangen. Karim hatte zu diesem Zeitpunkt bereits Dreiviertel des Kokains an zwei Zwischenhändler gebracht.
Die Drogenfahnder hatten Ghadban einstweilen in Untersuchungshaft genommen, hielten ihn allerdings für einen kleinen Fisch in der Dealerszene.
Heute - just einen Tag später - erreichte sie dann überraschend der Fahndungsaufruf des KK11 Euskirchen nach dem Auftragskiller Karim Ghadban.

Der Sohn einer deutschen Mutter und eines libanesischen Vaters hatte bis vor neunzehn Jahren in Gelsenkirchen gelebt - also unweit seines Knochenmarkspenders Heinz Koletzko aus Bochum-Stahlhausen.

Die beiden waren sich nie im Leben begegnet.
Koletzko betonte in einer neuerlichen Befragung in der JVA glaubhaft, er habe damals nicht erfahren, wem er sein Knochenmark gespendet habe. Es sei ihm aber auch völlig gleichgültig gewesen.
Die Untersuchung von Karim Ghadbans Blut bestätigte Ilkas Vermutung.
Seine DNA-Merkmale stimmten exakt mit denen seines Knochenmarkspenders Heinz Koletzko überein.
„Nun arbeite ich seit fünfundzwanzig Jahren bei der Spurensicherung und ich dachte, mir ist nichts mehr fremd", gab Bernd Schmitz unumwunden zu. „Aber einen dermaßen schrägen Fall hatte ich noch nie", erklärte Bernd Schmitz. „Wusstet ihr, dass wir Karim Ghadban trotz der *AFIS*-Datenbank selbst dann niemals als Täter hätten überführen können, wenn er sich zum Beispiel als Verdächtiger einmal einem Speicheltest hätte unterziehen müssen?"
Stettenkamp schüttelte den Kopf.
„Wieso nicht? Spätestens dann wäre er uns doch aufgefallen!"
„Eben nicht", beharrte Schmitz. „Denn in allen anderen Körperzellen - von der Mundschleimhaut über Spermien, Haare und Zähne bis hin zu den Hautschuppen - ist das ursprüngliche DNA-Muster Ghadbans nämlich nach der Transplantation erhalten geblieben."
Stettenkamp sah nachdenklich aus dem Fenster auf den sich leerenden Parkplatz der Kreisverwaltung.
„Der Mann wäre uns also niemals ins Netz gegangen...", er drehte sich zu Ilka um und klopfte ihr in westfälisch-anerkennender Manier auf die Schulter, „wenn du nicht an die Möglichkeit gedacht hättest,

dass der Täter von Koletzko einmal eine Knochenmarkspende erhalten haben könnte!“
Ilka lächelte zufrieden.
Sie freute sich über sich selbst, dass ihr eben dieser Geistesblitz gestern durch den Kopf geschossen war.
„Auch von mir ein Riesenlob!“, fügte Bernd Schmitz überschwänglich hinzu.
„Eine solche Option prüft nämlich in der Regel von Hamburg bis München kein Mensch - außer, ein Erkennungsdienstler wie ich wird von einem klugen Kopf wie Ihnen ausdrücklich auf sie hingewiesen.“

Karim Ghadban, so recherchierte Ilka an diesem Montag, hatte von 2007 bis 2010 bei der Bundeswehr gedient. Der Unteroffizier war dort für seine Leistungen als Scharfschütze ausgezeichnet worden. Ein Auslandseinsatz hatte ihn 2009 nach Afghanistan geführt.
Nach seiner Entlassung aus der Bundeswehr hatte Ghadban zunächst bei einem Sicherheitsdienst in seiner Heimatstadt Gelsenkirchen gearbeitet. Bis er über den Libanesen Khalid Kontakte zum Königsfalken Shaakin hatte knüpfen können, der für den militärisch perfekt ausgebildeten Präzisionsschützen Karim Ghadban sofort eine für beide Seiten deutlich lukrativere Verwendung im Sinn hatte...

Den Laptop Ghadbans zu knacken war für den Computer-Crack Charly Wegner zwar eine Herausforderung, der er sich jedoch gewachsen sah. Doch da die Beweislast gegen Ghadban ohnehin erdrückend war, erwarteten die Kommissare hier keine großen Überraschungen mehr.
Und dennoch machte Charly eine Entdeckung, mit der Stettenkamp und sein Team nicht gerechnet

hatten: Der Scharfschütze Ghadban schien sich mit seiner Arbeit als Auftragskiller und Drogenschmuggler nicht zu begnügen, sondern bot über das Tor-Netzwerk 'Darknet' auch seine Dienste als Waffenschieber und Kontaktmann für gefälschte EU-Pässe an.
In einem geschlossenen Forum übernahm er darüber hinaus gut bezahlte Aufträge als Internetbetrüger.
In Karim Ghadbans Computerdateien fanden sich eindeutige Hinweise auf seine Zugehörigkeit zur 'Nigeria Connection': Einer Betrügerbande, der sich inzwischen längst auch Angehörige anderer Nationalitäten angeschlossen hatten.

Die 'Nigeria Connection' war inzwischen jeder Polizeidienststelle ein Begriff.
Deren Mitglieder gaukelten arglosen alleinstehenden Frauen im Internet die große Liebe vor, um sie kurz darauf mit einem angeblichen Schicksalsschlag emotional und finanziell zu erpressen. Nachdem die Männer kräftig abkassiert hatten, hörten die geprellten Damen nie wieder von ihnen.
Ghadban entpuppte sich als der verkappte Sergeant Ann Hester Leigh alias 'Starlight'!
Zumindest bei *Two-hearts* war er dank Nora Meindrichs Initiative im Portal gesperrt worden und für die Zukunft auf einer schwarzen Liste gelandet.
Die gleiche treuherzige Mail wie ihr hatte Karim Ghadban allein im Laufe diesen Jahres an über achttausend Frauen verschickt; darunter an rund dreißig Singles, die bei *Two-hearts* angemeldet waren.
Der überwiegende Teil der Damen hatte seine Botschaft, offenbar wie Nora, gleich gelöscht. Bei zweien war es ihm jedoch gelungen, sie zur

Überweisung eines fünfstelligen Betrags zu bewegen - natürlich sahen sie niemals ihr Geld wieder noch hörten sie jemals noch einmal etwas von ihrer großen Liebe Sergeant Ann Hester Leigh.

Am Ende dieser unendlich aufreibenden Tage saß Ilka zusammen mit Daniel und Nele im Wohnzimmer vor dem prasselnden Kaminfeuer.
Bei 'Peter Pan' hatten sie eine himmlisch nach Oregano und Knoblauch duftende Familienpizza bestellt. Während sie aßen, plapperte Nele aufgekratzt von ihren Erlebnissen im Center Parc mit Opa und Hubertine. Die Kleine nannte Paul Landwehrs neue Lebensgefährtin ganz einfach Tinchen und hatte die ältere Frau offenbar schon ganz und gar in ihr Herz geschlossen.
Ilka gestand sich ein, dass sie sich noch ein wenig an den Gedanken gewöhnen musste, dass es nun eine neue Frau im Leben ihres Vaters gab; obschon der Tod ihrer Mutter über acht Jahre zurück lag.
Doch sie freute sich für ihn.
Später brachten Daniel und sie Nele zusammen ins Bett, beide legten sich noch ein paar Minuten zu der Fünfjährigen und lasen ihr abwechselnd aus ihrem Lieblingsbuch 'Der kleine Drache Kokosnuss' vor.
Nach drei Seiten war Nele, ihr weißes Plüsch-Einhorn fest an sich gedrückt, bereits eingeschlafen.
Als Ilka und Daniel wenig später mit einem guten Rotwein anstießen und sich auf dem kleinen Sofa aneinander kuschelten, sagte er lächelnd: „Ich habe noch eine kleine Überraschung für dich: Ab morgen habe ich eine Woche lang frei. Und da dachte ich, vielleicht könntest du ja mal...“
Ilka sah Daniel in die Augen und legte beide Arme um ihn.

„Den gleichen Gedanken hatte ich heute Nachmittag auch! Alex hat meinen Urlaub schon abgesegnet. Ab morgen gibt es erst mal nur uns drei - lass uns zusammen etwas Schönes unternehmen!“, schlug sie vor.
Die aufgezehrte Energie der vergangenen Monate kehrte bei diesem Gedanken bereits ganz langsam zurück.
Daniel erhob sein Glas.
„Ich habe da auch schon eine Idee. Was hältst du“, er zog einen Prospekt hervor, „hiervon?“
Er schlug ihn auf.
„Ein Wellnesshotel in den Alpen mit einer tollen Kinderbetreuung für Nele!“
Daniel strahlte.
„Wenn du einverstanden bist, könnten wir schon morgen hinfahren. Ich habe eben einfach mal dort angerufen“, gestand er.
Ilka küsste ihn auf den Mund.
„Und ob ich einverstanden bin! Und Nele wird aus dem Häuschen sein, wenn sie davon erfährt.“
Sie seufzte wohlig und trank einen großen Schluck Rotwein.
„Ich kann dir gar nicht sagen, wie sehr ich mich freue! Eine ganze entspannte Woche mal nur für uns...“

Lisbeth, Erwin, Horst und Jan saßen einen Tag vor dem ersten Advent gemütlich mit Werner Schmalke in dessen Kaminzimmer zusammen.
Die fünf schworen sich bei zwei Flaschen Moselwein, nach diesem Abend niemals wieder in dieser unseligen Geschichte zu rühren, durch die sie bis auf Werner alle enorm viel Geld verloren hatten.

Ein letztes Mal aber wollten sie miteinander über die Ereignisse sprechen.
„Warum glaubt ihr, dass die Eifelbank so glimpflich aus der Sache herauskommen wird?", fragte Lisbeth. „Jochen Mahlstädt ist tot. Aber was ist mit Dr. Schmidt? Der wird doch hoffentlich zur Rechenschaft gezogen werden, oder etwa nicht?"
Horst zuckte mit den Schultern.
„Ich denke schon, dass die Staatsanwaltschaft gegen ihn wegen Untreue und Bestechlichkeit ermitteln wird, aber ganz ehrlich, außer der Zahlung einer saftigen Geldstrafe wird ihm nicht allzu viel passieren."
Sie schaute ihn irritiert an.
„Ach Lisbeth, in Sachen Vetternwirtschaft hatte die Bank doch leichtes Spiel. Ich nenne dir ein konkretes Beispiel: Du weißt vielleicht, dass Jan und ich Fondsanteile zeichnen mussten als Voraussetzung dafür, dass wir den Auftrag überhaupt erhalten haben. Mahlstädt hat bei der Projektleitung dafür gesorgt, dass sie uns beim Preis dafür um fünfundzwanzig Prozent entgegengekommen sind - mit der Begründung, dass mein Bruder schließlich bis zu seinem Unfall seit Jahren CDU-Ratsherr gewesen sei. Und nun überlege mal, wie viele Handwerksbetriebe aus der Gegend am Bau beteiligt und deren Chefs im Gemeinderat vertreten sind!"
„Filz wie er im Buche steht...", murmelte Lisbeth. „Also hatten Firmen, die kein Geld in dem Immobilienfonds anlegen konnten, überhaupt keine Chance?"
Horst hob die Augenbrauen.
„Im Nachhinein habe ich erfahren, dass auch vier solcher Unternehmen mit dabei sind. Und weißt du was? Denen hat die Eifelbank die Anteile, die sie

zeichnen mussten, finanziert. Allerdings zu einem sehr niedrigen Zinssatz von knapp drei Prozent.“
Sein Gesicht hatte eine wutrote Farbe angenommen.
„Nun werden diese Handwerker erstens - genau wie Jan und ich - für ihre Arbeit nicht bezahlt werden. Und zweitens können sie vermutlich nicht einmal den Kredit für ihre Anteile zurückzahlen! Denn die werden wohl, wenn kein Wunder über eine neue Baugesellschaft geschieht, niemals fertiggestellt werden.“
Er blickte in die Runde.
„Die betroffenen Handwerksbetriebe können doch dank Mahlstädt & Co. dicht machen, soviel steht fest.“
Lisbeth sank in ihrem Sessel zusammen.
„Das ist alles einfach unfassbar!“
Werner Schmalke nickte.
„Das ist es allerdings.“
Er fuhr sich über die Stirn.
„Für Jochen Mahlstädt und seinen Ziehsohn Oliver Schmidt muss es im Grunde ein Leichtes gewesen sein, das Gemauschel im großen Stil zu vertuschen.“
Er sah zu Lisbeth hinüber.
„Du fragst dich, weshalb? In das Millionenprojekt sind dreißig Prozent über private Anleger investiert worden, einschließlich der Handwerksbetriebe. Also insgesamt fast zweieinhalb Millionen Euro. Die übrigen siebzig Prozent flossen durch die Kommune, die EU sowie aus diversen Wirtschaftsfördertöpfen.“
Werner Schmalke räusperte sich.
Ob die vier verstanden, worauf er hinauswollte?
„Ich habe den Verdacht, dass im Projekt Schwammenauel - wie in so vielen öffentlichen Bauvorhaben übrigens - enorm viel Schwarzgeld untergebracht worden ist, um es auf diese Weise rein

zu waschen", erklärte er. „Dieses Durcheinander einer solchen Mischfinanzierung ist gewollt. Weil hinterher kein Wirtschaftsprüfer mehr klären können soll, was genau mit wessen Kohle bezahlt worden ist."
Der Privatier überlegte einen Augenblick.
Würde er Lisbeth, Erwin, Horst und Jan noch mehr Schmerz zufügen, wenn er ihnen seine Sicht der Dinge vor Augen führte?
Doch sicherlich hatten sie inzwischen längst ganz ähnliche Gedanken.
„Seien wir doch mal ehrlich", begann er zögernd. „Im Nachhinein ist es uns doch klar, dass das ganze Ding nicht glatt laufen konnte. Die Vetternwirtschaft bei den Grundstücksverkäufen, die erzwungenen Beteiligungen der Handwerksfirmen, die unüberschaubare Zahl an Geldgebern... als ich meine fünfhunderttausend Euro von heute auf morgen rausgezogen habe, hat Mahlstädt einen Tag später einen Schweizer Finanzmakler eingeschaltet, der dafür gesorgt hat, dass ganz schnell fremde Risikogelder aus Zürich lockergemacht wurden. Und das Ende vom Lied: Die Privatanleger wurden trotzdem in die Nachschusspflicht genommen. Statt acht Millionen Euro soll das Luxushotel nun knapp zwölf Millionen kosten. Ihr wisst es selbst am besten."
Lisbeth blickte in den düsteren Novemberabend hinaus und stöhnte verzweifelt.
„Eines interessiert mich doch noch", meinte Horst. „Wer steckt eigentlich als führender Kopf hinter der Pleitegesellschaft Pracht & Sachs Immobilienvertrieb GmbH?"
Werner leerte sein noch fast volles Glas Weißwein in einem Zug.

„Das kann ich dir sagen: Der große Kölner Bauunternehmer Gernot Pracht. In meinen Augen ist er der eigentliche Strippenzieher gewesen. Ein heimlicher Banker, der offiziell gar keiner ist, eine Art graue Eminenz, die aber auf einen Visionär wie Jochen Mahlstädt unfassbar viel Einfluss genommen hat."
Er knallte das Glas auf den Tisch.
„Ihr werdet sehen: Vorstand Oliver Schmidt wird vor Gericht nicht viel zu befürchten haben. Er wird sein Engagement als Wirtschaftsförderung verteidigen und erklären, selbst niemals seine Kompetenzen überschritten zu haben. Dabei haben Mahlstädt und er gewiss Verluste in mindestens zweistelliger Millionenhöhe zum Schaden der Eifelbank verursacht - wenn man die Byte Burg in Blankenheim oder den gefloppten Umbau der Eschweiler Golfanlage in einen Eliteclub hinzurechnet. Auch an diesen beiden Projekten war der Kölner Bauunternehmer Pracht selbstverständlich beteiligt. Aber er wird mit Sicherheit überhaupt nicht zur Verantwortung gezogen werden: Gernot Pracht konnte ja rein rechtlich überhaupt keine schwere Untreue zulasten der Eifelbank begehen - weil er nie offiziell zu ihr gehört hat. Jochen Mahlstädt und Oliver Schmidt haben ihm sicherlich blind vertraut."
Schmalke rieb sich die müden Augen.
„Die Gelackmeierten sind allein die Privatanleger einschließlich der Handwerksbetriebe, da können wir uns nichts vormachen."

Alex gönnte sich zu Hause einen Augenblick Ruhe in Lisas geliebtem Ohrensessel. Er genoss die abendliche Stille und blickte hinaus in den nur durch die

Terrassenleuchten erhellten Garten. Auf dem verschneiten Rasen thronte ein stattlicher Schneemann - auf dem kugeligen Kopf saß der beste Sonntagshut seines Vaters.
Alex lachte laut.
Ben und Moritz rutschten immer noch unermüdlich auf einem dicken schwarzen Reifen den Hang hinunter; ihr fröhliches Lachen drang bis zu ihm ins Haus hinein.
Die Tatsache, zusammen mit seinem Team - allen voran natürlich Ilka - einen Profikiller und dessen Auftraggeber gefasst zu haben, die zwei Menschenleben und das eines ungeborenen Kindes auf dem Gewissen hatten, verschaffte ihm ein befriedigendes Gefühl.
Alex stand aus dem Sessel auf und hörte Lisa im Obergeschoss. Sie hatte das Krankenhaus tatsächlich gestern auf eigenen Wunsch hin verlassen; wenn sich erst einmal ein Plan in ihrem Kopf festgesetzt hatte, war sie so leicht nicht aufzuhalten.
Aus dem Arbeitszimmer drang ihre helle, so wohlklingende Gesangstimme - vor einer Woche noch unvorstellbar!
Alex stieg die schmale Wendeltreppe hinauf.
Ob er heute Abend noch einmal mit ihr über die Entscheidung für oder gegen ein drittes Kind sprechen sollte? Oder ob Lisa stattdessen erst einmal zur Ruhe kommen musste?
Oben angekommen verstand er endlich den Refrain des Ohrwurms, den seine Frau gerade sang.

„Immer wenn es Zeit wird zu gehen
verpass ich den Moment und bleibe stehn
das Herz sagt bleib
der Kopf schreit geh

Herz über Kopf
immer wenn es Zeit wird zu gehen
verpass ich den Moment und bleibe stehn
das Herz sagt bleib
der Kopf schreit geh
Herz über Kopf

Herz über Kopf
Herz über Kopf, lass ich dich immer noch nicht gehn
lass ich dich immer noch nicht gehn
auch wenn es längst Zeit wär zu gehn
Herz über Kopf"
(aus „Herz über Kopf" von Joris)

Alex nahm Lisa in den Arm.
„Ich mag diesen Sommerhit immer noch unheimlich gern. Aber ich hoffe, du denkst bei dem Text nicht gerade an uns beide", sagte er zärtlich.
Sein Blick fiel auf den Schreibtisch ihres Büros, der vor lauter Büchern geradezu überquoll - allesamt Fachliteratur über das Handwerk des Schreibens, stellte er fest.
Lisa berührte ihn sanft an der Hand.
„Ich habe bei dem Lied an das Kind gedacht", murmelte sie. „Der Refrain trifft ziemlich genau mein Empfinden." Sie lächelte. „Wenn ich an unsere Zukunft denke, habe ich immer noch Sorge, wie wir das alles schaffen sollen. Aber mein Herz sagt mir: Zusammen werden wir es irgendwie schaffen."
Alex war ehrlich verblüfft.
Eine derart klare Entscheidung hatte er zumal an diesem Tag noch nicht von ihr erwartet.
Und.

Er kannte Lisa gut genug um zu ahnen, dass sie diesen Entschluss, einmal getroffen, für sich nicht wieder revidieren würde.
„Doris hat mir im Krankenhaus unheimlich imponiert“, erklärte Lisa. „Ihr gelingt es, ihre Familie mit ihrer Selbstständigkeit zu verbinden. Genau das möchte ich auch gern! Nicht, um mir etwas zu beweisen, sondern...“ sie machte eine kleine Pause, „weil ich inzwischen davon überzeugt bin, dass mich ein solcher Weg ebenfalls wirklich glücklich machen könnte.“
Lisa sah ihn zögernd an.
„Was sagst du dazu?“
Alex fühlte sich erleichtert. So sehr, dass ihm seit einer Ewigkeit die Tränen in die Augen traten.
„Dein Plan“, meinte er langsam, „macht mich unglaublich glücklich! Ich würde sehr gern noch einmal Vater werden. Und ich verspreche dir, ich werde diesmal alles tun, um dich zu unterstützen.“
Zart streichelte er über ihren noch kaum sichtbaren Bauch.
„Ich glaube, es wird ein Mädchen“, flüsterte Lisa gerührt.
Alex lächelte und nickte.
„Estelle“, murmelte er.
„Ich wünsche mir, dass unser Mädchen diesen Namen tragen soll. Nach all dem, was in der letzten Zeit geschehen ist, wird sie für uns ganz sicher ein Hoffnungsstern werden.“

Epilog

Karim Ghadban gehörte zu einem internationalen Ring Schwerstkrimineller, die sich im 'Darknet' unter anderem als Auftragskiller angeboten hatten. Die fünf Mann starke Gang besteht aus zwei US-Amerikanern, einem Polen sowie zwei Deutschen.
Kopf der Auftragskiller ist der achtundvierzig Jahre alte Libanese Shaakin Sattouf. Die sechs Männer sitzen inzwischen in der JVA Köln-Ossendorf ein.

Für Dr. Oliver Schmidt endete angesichts der Geschehnisse mit sofortiger Wirkung dessen Tätigkeit als Vorstand der Eifelbank Nord/Süd.
Er sitzt aufgrund der Anklage gegen ihn wegen Anstiftung zu dem Doppelmord an Jochen Mahlstädt und Daphne Lautwein noch in Untersuchungshaft.
Von seiner Ex-Frau und seinen Töchtern erhält er dort keinen Besuch. Oliver Schmidt sieht einer lebenslangen Haftstrafe entgegen.
Die Kölner Staatsanwaltschaft stellte das Ermittlungsverfahren gegen den ehemaligen Bankvorstand wegen des Anfangsverdachts der Bestechlichkeit sowie des Verdachts der Untreue nach einiger Zeit ein.
Der Vorwurf, Jochen Mahlstädt und er hätten die wirtschaftlichen Risiken der initiierten Großprojekte nicht ausreichend prüfen lassen, konnten die Anwälte des externen Gutachters Dr. Kohlhagen juristisch geschickt widerlegen.
Der ehemalige Risikospezialist der Eifelbank, Ralph Lünebach, verzichtete aufgrund angeblich

unauffindbarer Dateien, die seine eigenen Gutachten belegt hätten, vor Gericht auf seine Zeugenaussage.

Die Witwe Lisbeth Bornfleth sah von ihren investierten hunderttausend Euro aus dem Grundstücksverkauf zugunsten des Hotelbaus schlussendlich noch zweihundert Euro wieder.
Bio-Landwirt Erwin, die Heizungsinstallateure Horst und Jan sowie viele weitere Privatanleger erhielten ebenfalls nur 0,02 % ihrer Einlage aus dem Fonds zurück.
Lediglich diese winzigen Summen blieben trotz der Werte ihrer Baugrundstücke noch übrig - den Rest verschlangen die immensen Kosten für den Abbruch des nicht fertiggestellten Hotelbaus, den Insolvenzverwalter, zwei Berater, einen Anwalt sowie für die Tätigkeit des Gerichts.
Das Kapital aus der Nachschusspflicht hatte die weiter explodierenden Kosten nicht decken können.
Ein beauftragter Insolvenzverwalter übernahm schließlich das gescheiterte Großprojekt der Pleite-Betreibergesellschaft Pracht & Sachs Immobilienvertrieb GmbH.
Dessen halbherziger Vorschlag, das Baukonzept hin zu einem gewöhnlichen Drei-Sterne-Hotel mit einem Hallenbad zu verändern, stieß allerdings auf keine positive Resonanz der Investoren: Zu groß ist längst die Konkurrenz innerhalb der Hotelbranche im Eifeler Nationalpark; verstärkt durch die erfolgreich betriebene Ferienanlage Landal Park in Heimbach.

Dorothea Mohn, Leiterin Finanzen bei der Verbraucherzentrale Bundesverband (vzbv), fordert ein grundsätzliches Verbot des aktiven Vertriebs von

Anteilen eines geschlossenen Immobilienfonds an Privatanleger.
Zumindest solle die Vermittlung solcher Produkte maximal 5 % des Vermögens eines Privatanlegers betragen dürfen.
Für Lisbeth Bornfleth hätten dies konkret fünftausend statt der tatsächlich investierten hunderttausend Euro bedeutet.
Mohn verlangt zudem, dass Interessenten trotz der Regulierung des Marktes seit 2013 auf die Möglichkeit des kompletten Verlusts ihrer Einlagen deutlich hingewiesen werden sollen - ähnlich wie bei den Warnhinweisen auf einer Schachtel Zigaretten.
Sie ist davon überzeugt, dass ein geschlossener Immobilienfonds für 99 % aller Anleger ungeeignet sei, weil ein Totalverlust möglich ist.
Tragisch für Menschen wie Lisbeth, Erwin, Horst und Jan, bei denen es sich eben nicht um Großkapitalisten handelt.

Liebe Leserin, lieber Leser,

an dieser Stelle möchte ich die Gelegenheit nutzen, Ihnen dafür zu danken, dass Sie meinen fünften Eifel-Krimi gelesen haben.
Für Sie schreiben wir Autoren unsere Bücher und hoffen, dass Sie in eine spannende Geschichte eintauchen, die Sie anregt und die Sie zufrieden - und mit der Neugierde auf den nächsten Band - zurücklässt.

Wenn Ihnen meine Krimis gefallen, freue ich mich über eine positive Bewertung bei Amazon oder einem anderen Portal, das Sie kennen und natürlich auch, wenn Sie meine Bücher weiterempfehlen.

Alle meine Eifel-Krimis sind auch als E-Books erhältlich.

Ich freue mich sehr über Ihren Besuch auf meiner Fanseite im Internet:
www.facebook.com/ulrikeschelhove.autorin
sowie auf meiner Homepage
www.ulrike.schelhove.de
oder über ein persönliches Feedback per Mail an:
ulrikeschelhove@yahoo.de

Herzliche Grüße aus der Eifel

Ihre
Ulrike Schelhove

Bisher erschienen in der Eifel-Krimi-Reihe um die Kommissare Ilka Landwehr & Alex Stettenkamp im KVE-Verlag:

- **Der Kindermacher (Band 1)**
- **Trügerische Fährten (Band 2)**
- **Bande des Schweigens (Band 3)**
- **Fangnetz (Band 4)**
- **Höhenflüge (Band 5)**

Nachwort

Personen und Handlung sind frei erfunden. Ähnlichkeiten mit lebenden Personen sind rein zufällig.

Bildmaterial
Hintergrund: r.classen / shutterstock.com
Geldscheine: Sergey Nivens / shutterstock.com

16645039R00156

Printed in Poland
by Amazon Fulfillment
Poland Sp. z o.o., Wrocław